ये इश्क़ नहीं आसां

संजीव पालीवाल हिंदी पत्रकारिता के अग्रणी हस्ताक्षर हैं। आप इस क्षेत्र में तीस वर्षों से कार्यरत हैं और *दैनिक जागरण, अमर उजाला, आज, दूरदर्शन, बीआईटीवी, आईबीएन7/ न्यूज़18* और *टीवी टुडे* जैसे प्रतिष्ठित समाचार-पत्रों और न्यूज़ चैनलों में काम कर चुके हैं। फिलहाल आप *आज तक* में सीनियर एग्ज़िक्यूटिव एडिटर के पद पर कार्यरत हैं। *नैना* और *पिशाच* जैसे उपन्यासों से आपने युवाओं के बीच अपनी लोकप्रिय पहचान बनाई है। *ये इश्क़ नहीं आसां* आपका तीसरा उपन्यास है।

बेटी सिया पालीवाल; और उनके ज़रिये
दुनिया की सभी बेटियों
को समर्पित

रात के ग्यारह बजे कार में बैठ कर मैं दफ़्तर से बाहर निकला ही था कि आकाशवाणी पर लता मंगेशकर की आवाज़ में गाना बजने लगा—

हम तेरे प्यार में सारा आलम खो बैठे हैं, खो बैठे

तुम कहते हो कि ऐसे प्यार को भूल जाओ, भूल जाओ...

पर भूलने की जगह मेरी आंखों में श्वेता शर्मा का चेहरा घूम गया। वही श्वेता, जो बहुत बोलती थी—गोल-सा चेहरा, गोरा रंग, लंबे बाल, साढ़े पांच फुट लंबा क़द और फ़रटिदार इंग्लिश बोलने वाली। श्वेता के साथ मेरा रिश्ता बनना भी कम दिलचस्प नहीं था। माता-पिता के बहुत मनाने के बाद ही मैं उससे मिलने गया था।

ये बात तब की है जब मैं शादी करना ही नहीं चाहता था। दिल्ली में एक टीवी चैनल में नई नौकरी शुरू की थी। अपने शहर से मैं टूटा दिल लिये दिल्ली आया था। मन में ख़ुद से इंतक़ाम लेने की भावना थी। हाथ में गोल्ड फ्लैक की सिगरेट। रात को दोस्तों के साथ शराब की महफिल। मुकेश और रफी के गानों से सारी रात गुलज़ार रहती। हम देवदास की भूमिका में ज़िंदगी का लुत्फ़ उठा रहे थे। किसी से शिकायत नहीं थी, उससे भी नहीं जिसने दिल तोड़ा था।

लेकिन एक बात थी जो दिल को हमेशा कचोटती थी, कि जिसके लिये उसने मुझे छोड़ा वो एक पैसे वाला लड़का था। उस लड़के को चुन कर जैसे लड़की ने मुझे मेरी औक़ात दिखा दी थी। इसे मेरा घमंड कहिये या अकड़, लेकिन इस रिजेक्शन को मैंने चुनौती की तरह ले

लिया था कि मुझे भी दुनिया में कुछ बन कर दिखाना था। बस अब ख़ुद को साबित करने का एक जुनून-सा सर पर सवार हो गया था।

लेकिन ये राह आसान बिल्कुल नहीं थी। इसमें जो दोस्त मिले वो भी एक से बढ़ कर एक, जिनकी अपनी ज़िंदगी का कोई ठौर-ठिकाना नहीं था। एक से एक फक्कड़-फ़कीर और पैसे का आलम ये कि एक महीने अगर सैलरी न मिले तो भूखे मरने की नौबत आ जाये।

ज़िंदगी ऐसे ही ऊबड़-खाबड़ रास्तों से गुज़र रही थी और ऐसे में माता-पिता चाहते थे कि मैं शादी कर लूं। लड़का अगर तीस साल की उम्र में शादी नहीं करेगा तो कब करेगा! बस हर वक़्त यही रट लगाये रहते थे। अब तक उनके लाये कई रिश्ते मैं टाल चुका था।

उस साल दीवाली पर मैं घर गया तो पिताजी ने फरमान सुना दिया कि 'आज शर्मा जी के यहां जाना है। उनकी लड़की है, दिल्ली में रहती है। वो तुम्हारे साथ अपनी बेटी का रिश्ता जोड़ना चाहते हैं।'

पिताजी के मुंह पर किसी काम को मना करने की हिम्मत अभी आयी नहीं थी इसलिये मन मार कर शर्मा अंकल के यहां जाने को मान गया और अपने एक दोस्त को साथ लेकर उनके यहां चला गया।

श्वेता के बारे में जो मां ने बताया था वो वैसी ही थी। मैं अपना गंभीर-सा चेहरा लिये बैठा था। वो मेरे क़रीब आकर बैठ गयी। पांच मिनट तक हम दोनों के बीच चुप्पी रही। इस चुप्पी को श्वेता ने ही तोड़ा।

"आप तो कुछ बोलते ही नहीं हैं," उसने मुझे गहरी नज़र से देखते हुए कहा।

"बोलता तो हूं लेकिन इतने लोगों के सामने नहीं," मैंने भी उसे गौर से देखा। मुस्कुराहट थी उसके चेहरे पर। मैंने महसूस किया कि मेरे चेहरे पर तनाव था। माथे पर सलवटें आ रही थीं। मैंने ख़ुद को रिलैक्स किया।

इतने में श्वेता के पिता ने कहा, "बच्चों, आप लोग दूसरे कमरे में चले जाओ, वहां पर बैठ कर इत्मीनान से बातें कर लो।"

हम दोनों दूसरे कमरे में आ गये। वहां आते ही श्वेता ने पूछा, "बताइये आप क्या करते हैं?"

"मैं जर्नलिस्ट हूं। टीवी चैनल में काम करता हूं।"

"लेकिन आप दिखायी तो देते नहीं हैं, तो काम क्या करते हैं?"

"मैं प्रोड्यूसर हूं। प्रोड्यूसर रिपोर्टर्स की कॉपी लिखता है। एंकर के लिये इंट्रो लिखता है, हैडलाइन लिखता है। आप जो भी देखते हैं, वो किस रूप में सामने आयेगा वो प्रोड्यूसर ही तय करता है।"

"आप कभी टीवी पर आते हैं?"

"अभी तो नहीं लेकिन शायद किसी दिन ... हो सकता है मैं एंकर बन जाऊं।"

"तब आप भी मशहूर हो जाएंगे। आशुतोष और दीपक चौरसिया की तरह," श्वेता ने कहा।

"क्यों आपको पसंद हैं ये लोग?" मैंने पूछा।

"नहीं, मुझे राजदीप सरदेसाई पसंद हैं। मैं हिंदी न्यूज़ बहुत कम देखती हूं।"

"आप क्या करती हैं?" मैंने टीवी से उसका ध्यान बंटाने की गरज़ से सवाल कर दिया।

"मैं तो अभी पढ़ायी कर रही हूं। इंटीरियर डिज़ाइनिंग का कोर्स। एक साल बाक़ी है। फिर कोई जॉब या अपना काम।"

"एक सवाल पूछूं आपसे?" उसने पूछा।

"हां, पूछिये ना।"

"आपको शादी के बाद मेरे काम करने से कोई दिक्कत तो नहीं होगी?"

"ये बहुत ही स्टूपिड सवाल है। इसका जवाब ये है कि ये सवाल आपको करना ही नहीं चाहिये था। काम करना, न करना आपका डिसिशन है जिसे लेने की आपको पूरी स्वतंत्रता और अधिकार है।"

"ओह, थैंक यू! आपने तो मेरी सारी उलझन ही ख़त्म कर दी। मेरी तरफ़ से ये शादी पक्की।"

उसकी इस बात पर मेरी हंसी छूट गयी।

"वैसे डू यू ड्रिंक?" उसने हाथ से गिलास का इशारा करते हुए फिर एक सवाल किया। "सॉरी, बस ये आख़िरी सवाल है," उसने अपने कानों को हाथ लगाया।

मैंने 'हां' में सिर हिला दिया और जेब से सिगरेट का पैकेट निकाल कर उसे दिखाया, "और सिगरेट भी पीता हूं। दो पैकेट तो रोज़ के हो ही जाते हैं।"

"वैसे आपको मेरे सिगरेट और शराब पीने पर एतराज़ तो नहीं है?" मैंने शरारती अंदाज़ में उसकी तरफ़ झुकते हुए कहा।

"सोच कर बताऊंगी, थोड़ा बहुत तो एडजस्ट कर लूंगी। कुछ तुम मेरी मान लेना, कुछ मैं तुम्हारी सुन लूंगी, बस एक बीच का रास्ता बन जायेगा।"

"नहीं, पर फ़ैसला अभी करना है। पाश ने कहा है 'बीच का कोई रास्ता नहीं होता' इसलिये अभी बताओ।" मुझे उसके साथ बातें करने में मज़ा आ रहा था।

"पाश? हू पाश? मेरा मतलब कौन हैं ये पाश?" उसने सवाल किया।

"ये एक बहुत बड़े पोएट हैं।"

"अच्छा तो पोएट ने कहा है। सो फिलहाल दो की जगह सिगरेट के एक पैकेट पर समझौता कर लेते हैं, बाक़ी बाद में देखा जायेगा। चलेगा?"

"चलेगा। और कोई सवाल है तो अभी पूछ लो," मैंने कहा।

"डू यू हैव ए गर्लफ्रेंड?"

"व्हॉट? ये कैसा सवाल है?"

"अरे! कितना सीधा और छोटा-सा तो सवाल है कि क्या कोई गर्लफ्रेंड है तुम्हारी? है तो बोलो 'हां', नहीं तो 'ना'। इतना परेशान क्यों हो रहे हो?"

"पर ये सवाल क्यों? अगर मेरी गर्लफ्रेंड होती तो मैं यहां आता ही क्यों?" मैंने जवाब देने की बजाय उस पर एक सवाल दाग दिया।

"प्रेशर मिस्टर जर्नलिस्ट, प्रेशर! मां-बाप का दबाव हमें वो सब करने पर मजबूर कर देता है जो हम शायद मर कर भी नहीं करना चाहेंगे।"

"मेरे साथ ऐसा कुछ नहीं है। मेरी कोई गर्लफ्रेंड नहीं है और न ही मुझ पर किसी तरह का कोई दबाव है। अगर ऐसा कुछ होता तो आपसे मिलने नहीं आता।"

"और आप? आपका कोई बॉयफ्रेंड?" मैंने भी पूछ ही लिया।

"अनफ़ॉरचूनेटली नन! ज़ीरो, ज़िल्च ऐसी क़िस्मत ही न थी कि कोई मिलता। अब तक कोई मिला ही नहीं।"

इससे पहले बात आगे बढ़ती, श्वेता की मां हमें बुलाने कमरे में आ गयीं। हम दोनों उनके पीछे-पीछे ड्राइंग-रूम में वापस आ गये। कुछ देर की बातचीत के बाद हम अपने घर भी लौट आये।

अगले दिन मां ने मुझसे पूछा कि मुझे श्वेता कैसी लगी। क्या इरादा है मेरा। मैंने शादी के लिये हामी भर दी। फिर मैं दिल्ली चला आया।

इस बात को अभी कुछ ही दिन बीते थे कि एक दोपहर मेरे फ़ोन की घंटी बजी।

"हैलो मिस्टर पाश, हाऊ आर यू?" फ़ोन उठाते ही एक लड़की ने मुझसे पूछा।

"कौन बोल रहा है?" मैंने बदतमीज़ी से पूछा।

"ऊप्स! हाऊ रूड! श्वेता हेयर।"

"ओह! सॉरी-सॉरी।" अब सकपकाने की बारी मेरी थी।

"आर यू फ्री? कैन वी टॉक?" उसने पूछा।

"अभी थोड़ा बिज़ी हूं। एक घंटे के बाद फ़ोन करूं? मेरा शो जाने वाला है, उसके बाद?"

"डन! विल वेट ... बाय।"

ये 'बाय' सुनकर मेरे कानों में मिश्री-सी घुल गयी। इस 'बाय' में एक मुहब्बत थी। ये 'बाय' इससे पहले बोले गये सभी 'बाय' से अलग था। इस 'बाय' में एक सरगम थी जो देर तक मेरे कानों में बजती रही।

एक घंटे के बाद जब मेरा शो ख़त्म हो गया, तब मैंने उसे कॉल किया।

"हैलो मिस्टर पाश, एक घंटे पंद्रह मिनट बाद आपकी कॉल आयी है।"

"ये मिस्टर पाश क्या लगा रखा है? मेर नाम अमन है ... अमन त्रिपाठी।"

"तो मैं आपको क्या कह कर पुकारूं—अमन, मन या फिर ऐजी, सुनते हो जी?"

"फिलहाल के लिये अमन ही ठीक है," मैंने जवाब दिया। मैं 'मन' के नाम से पुकारा जाना नहीं चाहता था। इस नाम से मेरी सारी भावनाएं मेरी एक्स गर्लफ्रेंड से जुड़ी हुई थीं।

"आई लाइक मन। मन हैज़ ए फीलिंग ऑफ़ लव, यू नो। सुनने में और बोलने में अच्छा लगता है। ओके मन, कल मिलें?" उसने पूछा।

"मिल सकते हैं। लेकिन सुबह मिलना होगा। मेरी शिफ्ट है तीन बजे से।" उसका मुझे मन कह कर पुकारना मुझे क़तई पसंद नहीं आया।

"ओह, पर सुबह तो मेरी क्लास है। नेवर माइंड, लेट्स मीट ऑन सैटरडे। अब ये मत कहना कि तुम बिज़ी हो।"

"ठीक है, हम सैटरडे को मिलते हैं। मेरी छुट्टी है।" उसके बाद वो एक घंटे तक मुझसे बात करती रही। अपनी कहानी सुनाती रही। मैं सुनता रहा।

न जाने क्यों श्वेता का साथ मुझे अच्छा लग रहा था। पहले प्यार की चोट भी अब उतनी तक़लीफ़ नहीं दे रही थी। शायद नये ज़ख्म की तैयारी हो रही थी।

हम रोज़ाना बात करने लगे। हर वक़्त श्वेता का फ़ोन आता रहता। फ़ोन नहीं आता तो मैसेज आते रहते। मैं अब बिज़ी हो गया था। हर वक़्त मेरे साथ श्वेता रहने लगी थी। ये जैसे एक नई ज़िंदगी की शुरुआत थी।

शनिवार को हम दिल्ली हाट में मिले। जींस और टी-शर्ट पहन कर आयी थी वो। अक्टूबर का महीना था। मौसम सुहाना हो गया था। हम दिल्ली हाट में घूमते रहे। फिर एक जगह देख कर बैठ गये। शाम का वक़्त था, ज़्यादा भीड़ नहीं थी।

वो बोलती रही, मैं सुनता रहा। उसकी बातों पर मुस्कुराता रहा। श्वेता की दुनिया अलग थी, पत्रकारिता का 'प' भी वो नहीं जानती थी। अंग्रेज़ी के तमाम लेखकों को जानती थी। उनकी किताबों पर वो बात कर सकती थी। नये गानों की दीवानी थी।

'जब वी मेट' उसकी फेवरेट पिक्चर थी और 'ये इश्क़ हाय जन्नत दिखाये' उसका फेवरेट गाना।

एक-दूसरे का हाथ पकड़े हम देर तक घूमते रहे। शाम के सात बजे उसने कहा कि अब जाना होगा। हॉस्टल में रात आठ बजे के बाद एंट्री नहीं मिलती है। उस दिन मैं अपनी मोटर साइकिल लेकर नहीं गया था। हमने दिल्ली हाट के बाहर से एक ऑटो लिया और चल पड़े उसके हॉस्टल। वो नॉन-स्टॉप बोलती रही। हॉस्टल के गेट पर पहुंचने से पहले उसने मेरे चेहरे को पकड़ा और मेरे होंठों पर अपने होंठ रख दिये। झटके से ऑटो रुका और वो इत्मीनान से उतर गयी। वो मुड़ी और मुस्कुराते हुए बाय कहकर अंदर चली गयी। कुछ ही देर में उसका फ़ोन आ गया और मैं पूर रास्ते उससे बात करता रहा।

फ़ोन का सिलसिला शुरू हो चुका था। वो जब क्लास में होती थी बस तभी मुझसे बात नहीं करती थी। या फिर जब मैं शाम को अपने काम

में बिज़ी होता था तब हमारी बातचीत नहीं होती। अब सारा वक़्त श्वेता मेरे साथ थी। और मैं उसके साथ।

अगले हफ़्ते कई बार फिर हम साथ थे। दिन भर हम घूमते रहे। पहले हमने पिक्चर देखी। कनॉट प्लेस गये। हमारा इश्क़ परवान चढ़ रहा था। मुझे उसका बोलना अच्छा लगने लगा था। वो मेरा हाथ पकड़े रहती। मैं भी कभी ये कोशिश ना करता कि उसका हाथ छोड़ूं। मेरा मन करने लगा था कि अब हमारी शादी हो ही जानी चाहिये। अब हम एक-दूसरे के बग़ैर नहीं रह सकते थे। ये तय हो गया था।

उस दिन लौटते वक़्त मैंने उससे कहा, "चलो शादी कर लेते हैं।"

"सीरियसली!" ये सुनकर श्वेता की आंखें चमक उठीं। उसने एक बार फिर मुझे किस कर लिया। आज वो ये कई बार कर चुकी थी। जैसे ही वो ख़ुश होती तुरंत मुझे किस कर देती। वो जगह और लोग कुछ भी न देखती।

मैंने उसे कई बार समझाया लेकिन वो कहां सुनने वाली थी। उसने कहा, "यू डोंट वरी। आई कैन हैंडल।"

हम दोनों ने तय कर लिया कि मां-पिताजी को बोलकर हम जितनी जल्दी होगा शादी की तारीख़ निकलवा लेंगे। अब हमें दूर रहना गवारा नहीं है।

उस रात मैं घर लौटा तो मुझे नींद नहीं आयी। शादी का ख्याल रात भर मेरे दिमाग़ में चलता रहा। अपने साथ रहने वाले दोस्तों को अपने फ़ैसले के बारे में बताया। वो भी हैरान थे कि मैं इतनी जल्दी शादी करने के लिये कैसे तैयार हो गया। सारी रात मैं शादी के बारे में सोचता रहा। अगले दिन सुबह मैंने अपनी मां को फ़ोन करके शादी से इंकार कर दिया। मैंने कह दिया कि मैं ये शादी नहीं कर सकता। मां भौचक्क थीं कि मैं ऐसा क्यों कह रहा हूं। पिताजी ने भी मुझसे जानने की कोशिश की कि आख़िर बात क्या हो गयी। मैंने किसी को कोई जवाब नहीं दिया। कुछ ही देर में श्वेता का फ़ोन भी बजने लगा। मुझे उसे तो जवाब देना ही था। लेकिन मेरे पास कोई जवाब दरअसल था ही नहीं कि आख़िर मैं

क्यों शादी नहीं करना चाहता। कल रात तक मैं शादी के लिये तैयार था। रात भर में ऐसा क्या हो गया कि मैं पीछे हट गया।

काफ़ी देर बाद जब मैंने श्वेता का फ़ोन उठाया तो उसने एक ही सवाल पूछा, "इज़ दिज़ ए जोक और व्हॉट?"

"आई एम सॉरी, श्वेता। मैं ये शादी नहीं कर सकता," मैंने धीरे से कहा।

"बट व्हाई? व्हॉट हैपेंड? रात को तो तुम शादी करना चाहते थे।"

"बस मैं शादी कर नहीं सकता। मुझे माफ़ कर देना," कहकर मैंने फ़ोन काट दिया। उसके और सवालों का जवाब देने की मेरी हिम्मत नहीं थी।

महीनों तक मेरे पास उसके फ़ोन और मैसेज आते रहे लेकिन मैंने किसी का भी जवाब नहीं दिया। मुझे नहीं पता कि मैंने उससे शादी क्यों नहीं की। वो हर हाल में एक बेहतरीन लड़की थी। मेरी जीवनसाथी बनने के सारे गुण उसमें थे।

एक महीने के बाद मेरे पते पर एक ऑडियो सीडी आयी। इसमें सिर्फ़ एक ही गाना था। ये गाना फ़िल्म 'दिल एक मंदिर' का था, आवाज़ लता मंगेशकर की।

हम तेरे प्यार में सारा आलम खो बैठे हैं, खो बैठे
तुम कहते हो कि ऐसे प्यार को भूल जाओ, भूल जाओ ...

मुझे दुख उस दिन भी हुआ था, आज भी है। लेकिन मैं ये आज भी नहीं जानता कि मैंने शादी से इंकार क्यों किया। आख़िर किस बात से घबरा गया था मैं? सिवाय इस बात के कि शायद मैं मेंटली और फाइनेंशियली स्टेबल नहीं था। आज मैं देश के सबसे बड़े चैनल का एंकर कम मैनेजिंग एडिटर हूं। मेरे पास पैसा है, गाड़ी है, सब कुछ है। पत्नी है, बच्चे हैं। ये जानता हूं कि वो मुझे देख चुकी होगी। बस इतना नहीं जानता कि उसने मुझे कभी माफ़ किया या नहीं। ये बात शायद मैं कभी जान भी नहीं पाऊंगा।

मैं जानता हूं कि मैं श्वेता का गुनाहगार हूं। ये अहसास हर वक़्त मुझे खाये रहता है।

आई एम सॉरी श्वेता!

तो दोस्तों ये थी आज की कहानी 'ये इश्क़ नहीं आसां' सीरीज़ की दसवीं कहानी। उम्मीद करता हूं कि आपको ये कहानी पसंद आयी होगी। कल फिर मिलेंगे एक नयी कहानी के साथ। अपने दोस्त अमन चौधरी को इजाज़त दीजिये। बाय-बाय!

कहानी ख़त्म हुई और काफ़ी अच्छे व्यूज़ आने लगे। फ़ेसबुक पर पचास हज़ार तो यूट्यूब पर पच्चीस हज़ार लोग अब तक इसे देख चुके थे, जबकि ज़्यादा देर नहीं हुई थी कहानी का वीडियो पोस्ट किये हुए। अचानक अमन ने फ़ेसबुक मैसेंजर क्लिक कर दिया।

हैलो सर!

एम सॉरी फ़ॉर मैसेजिंग यू लाइक दिस ...

अभी-अभी आपको फ़ेसबुक पर देखा ...

एक बार तो आपको यहां देख कर अच्छा लगा पर अगले ही पल आप पर ग़ुस्सा भी बहुत आया।

आपको मेरा इस तरह मैसेज करना अजीब लग सकता है पर एक पाठक के तौर पर ये जानना मेरा हक़ है कि आपने श्वेता के साथ ऐसा क्यों किया?

ये पांच मैसेज मैसेंजर पर एक के बाद एक आये थे। इनमें ग़ुस्सा था, खीज थी और प्यार था, साथ ही एक बेचैनी भी थी। अमन को हंसी आ रही थी। अपने चेहरे पर बिखरी मुस्कुराहट को अमन महसूस कर सकता था। बड़ा दिलचस्प होता है ख़ुद को पढ़ना। अपनी मुस्कुराहट को भांपना। अमन ने सोचा, चलो थोड़ा मज़ाक़ किया जाये। लेकिन मज़ाक़ करने से पहले ये देखना ज़रूरी था कि भेजने वाला कौन है। नाम था, एनी सिंह। प्रोफ़ाइल भी लॉक नहीं था। ये एक अच्छी बात थी। टूर गाइड। लंबे बाल। लेकिन उसका चेहरा आधा ढंका हुआ था, किताब

से। काफ़ी तस्वीरें थीं पर कहीं भी पूरा चेहरा नुमाया नहीं हो रहा था। लेकिन जो भी दिख रहा था, उससे दो बातें साफ़ थीं—एक, वो गोरी है और दूसरा, ख़ूबसूरत भी। कविता और कहानियों में दिलचस्पी रखती है। वो भी इश्क़, मुहब्बत और रिलेशनशिप पर।

"वेरी इटरेस्टिंग," अमन के मुंह से निकला। कुछ भी ऐसा नहीं जिस पर शक किया जा सके।

अमन देश में जाना-माना नाम है। उसके उपन्यास और कहानियां ख़ूब चर्चित होते हैं। उसका फ़ेसबुक प्रोफ़ाइल और यूट्यूब चैनल भी है जहां वो अक्सर कहानियां सुनाता है। उसके हज़ारों फ़ॉलोअर्स हैं जो अक्सर कॉमेंट करते हैं, जिनमें से ज़्यादातर तारीफ़ वाले ही होते हैं। लेकिन ये मैसेज कुछ अलग थे। अमन ने सोचा चलो देखते हैं क्या होता है, थोड़ा टाइम पास किया जाये।

व्हॉट इज़ रॉन्ग विद द स्टोरी? इट्स माय लाइफ़, माय स्टोरी! जैसे चाहूं वैसे ख़त्म करूं। मुझे अगर वो लड़की समझ नहीं आयी, तो ना कर दिया। कोई ज़बरदस्ती है क्या? अमन ने भी एक के बाद एक तड़ातड़ मैसेज भेज दिये। ज़्यादा देर नहीं लगी उधर से जवाब आने में।

व्हॉट्स रॉन्ग विद यू ... कितने घमंडी हैं आप! आप हैं कौन, क्या समझते हैं ख़ुद को? 'समझ नहीं आया तो ना कर दिया' का क्या मतलब है? कितना प्यार करती थी वो आपसे। कितना वक़्त बिताया था आपने उसके साथ। यू आर डिसगस्टिंग, आई हेट यू! विल नेवर हियर यॉर स्टोरीज़ एवर अगेन। गुड बाय! अन फ़ॉलोइंग यू राइट नाऊ।

इतना ग़ुस्सा! कोई किसी एक कहानी पर इतना ग़ुस्सा कैसे कर सकता है? ये अमन के लिये हैरानी की बात थी। अमन कोई बहुत बड़ा लेखक नहीं था। अब तक उसके तीन उपन्यास और बीस-पच्चीस कहानियां ही छपी थीं। वीडियो चैनल भी ठीकठाक ही चल रहा था। दस लाख से ऊपर फ़ॉलोअर हो गये थे लेकिन इतना ज़बरदस्त रियेक्शन किसी कहानी पर पहली बार आया था।

'अब इस एनी का क्या किया जाये?' अमन इसी सोच में डूबा था। 'चलो इसे सच बता ही देते हैं।'

हैलो!

मैं मज़ाक़ कर रहा था। ये सिर्फ़ एक कहानी है और ये मेरी कहानी नहीं है। इतना बेवक़ूफ़ नहीं हूं कि मैं अपनी कहानी सरेआम महफ़िलों में सुनाता फिरूं। वैसे ये काफ़ी अच्छा है कि आपको ग़ुस्सा आया। ये जानकर और भी अच्छा लगा कि मैं आपको पसंद आया था।

यहां 'था' बहुत इम्पॉर्टेंट है क्योंकि अब तो आप मुझसे नफ़रत करती हैं। अमन ने एक स्माइली लगाकर ये मैसेज भेज दिया।

अगली बार ग़लती ठीक कर लूंगा ये वादा है। ऑनेस्ट ओपीनियन के लिये थैंक यू!

जवाब में उधर से दो स्माइली आये।

फिर जवाब आया।

अगर ये सिर्फ़ कहानी है, तो माफ़ किया।

तब आप सिर्फ़ और सिर्फ़ अच्छे लगे।

'कमाल लड़की है ये, पल में तोला पल में माशा।' अमन ने मन ही मन सोचा। 'क्या किया जाये? क्या इसके साथ बातचीत आगे बढ़ाऊं या रुक जाऊं?' अमन का मन कर था कि इससे बात करता रहे। कुछ था जो उसे इसकी तरफ़ खींच रहा था। अमन ने फिर मैसेज लिखा, *मेरी और भी कहानियां सुनियेगा। आपको मज़ा आयेगा।*

बिल्कुल, अब तो सुननी ही पड़ेंगी। एनी ने भी झट से जवाब दिया।

मुझे आपके रियेक्शन का बेसब्री से इंतज़ार रहेगा। अमन ने जवाब दिया।

इसके बाद एनी के मैसेज लगातार आते रहे।

मैंने भी सोचा कि बड़ी बेबाकी से आप स्वीकार कर रहे हैं अपने बीते हुए कल को पब्लिक फोरम पर ... इतनी सच्चाई थी आपकी कहानी में कि लगा ही नहीं ये कहानी है, इसलिये जब ग़ुस्सा आया

आपकी 'ना' पर तो आपको ट्विटर पर ढूंढ़ा पर आपको मैसेज करने का ऑप्शन ऑफ़ था।

अजीब लगा मुझे ऐसे मैसेज करना पर ग़ुस्सा इतना था कि पूछना तो बनता ही था कि अजीब इंसान हो ... आख़िर ना क्यों किया?

एनी ने अपने मन की सारी बात लिख दी थी। अब बारी अमन की थी कि वो भी उससे उतनी ही साफ़गोई से बात करे। ये लड़की फ्रॉड नहीं हो सकती। फ्रॉड इतने बेबाक नहीं होते। ये ख़ुद ही बेखौफ़ है।

अमन ने उसे जवाब लिखा: *तुम्हारी इन बातों का जवाब फिर कभी दूंगा। अभी नहीं। कहानियों में जो होता है वो किसी ना किसी के साथ तो होता ही है। ज़रूरी नहीं कि मेरे साथ ही हुआ हो। पर आपकी बेबाकी ग़ज़ब है। ऐसे सवाल पूछा कि मेरी हंसी छूट गयी।*

एनी ने फिर मैसेज लिखा: *बात तो सही है, अधिकतर हम अपनी ही आपबीती और भावनाओं को क़लम देते हैं।*

अमन ने जवाब दिया: *हम्म ... कभी बताऊंगा इस कहानी का सच। बहुत सारे रियेक्शन आये हैं इस कहानी पर। इतने की मैंने उम्मीद नहीं की थी।*

एनी बहुत तेज़ी से जवाब लिख रही थी।

सच कहूं तो आपने जिस स्टाइल से अपने बाल कलर किये थे वो पसंद आया था, इसलिये मैंने आपको सुनना शुरू किया ... फिर आपकी आवाज़ भी दमदार थी ... उसके बाद लगा कि बड़ा ईमानदार इंसान है जो इतनी बेबाकी से अपने जीवन के सच को स्वीकार कर रहा है पर कहानी का अंत आते-आते मेरी पसंद ग़ुस्से में तब्दील हो गयी। मुझे लगा कि कितना अजीब इंसान है जो ऐसे प्यार को ठुकरा रहा है।

सामने होते तो शायद श्वेता के हिस्से की लड़ाई मैं ही लड़ लेती, इसलिये जब मुझसे रहा नहीं गया तो मैंने आपको मैसेजेस कर दिए।

ये मत सोचियेगा कि मैं फ्लर्ट कर रही हूं। एक्चुअली अगर वो कहानी नहीं होती तो वो आदमी जो बेबाक और सच बोलने वाला था, वो बिल्कुल मेरी तरह होता।

'उफ़, क्या लड़की है ये एनी? कैसे इतना कुछ बड़े इत्मीनान से लिख सकती है ये?' सोचते हुए अमन ने उसे लिखा: *नहीं मैं ऐसा कुछ नहीं सोच रहा। मान लीजिये कि मैं भी आपके जैसा ही हूं। बेबाक हूं। ये है मेरा मोबाइल नंबर।* अमन ने बग़ैर कुछ सोचे उसे अपना नंबर भेज दिया।

जो मैसेज एनी ने भेजा उसे देखते ही अमन की हंसी छूट गयी।

सेव्ड यॉर नंबर, श्वेता चौधरी!

'एनी के पास सेंस ऑफ़ ह्यूमर भी है,' अमन सोच ही रहा था कि एक और मैसेज आया: *हमेशा मैं आपको आपकी इस कहानी के लिये याद रखना चाहती हूं।*

एनी की इस आख़िरी बात से अमन सोच में पड़ गया, 'कोई किसी को क्यों याद रखना चाहता है? ये सवाल हमेशा से ही एक पहेली रहा था। अजनबियत में भी कोई अपनापन होता है क्या? क्यों हम किसी एक को किसी एक कहानी के लिये याद रखना चाहेंगे? क्या है ऐसा इस कहानी में? कहानियों की भी क्या कोई क़िस्मत होती है जो वो बेवजह किसी से जुड़ जाती हैं? आख़िर ऐसा क्या है इस कहानी में कि वो मुझे याद रखना चाहती है? पहले तो ऐसे किसी ने कभी नहीं कहा।'

अमन सालों से कहानियां सुना रहा था। रियेक्शन पहले भी आते रहे, पर एनी कुछ अलग थी। किसी कहानी से एक अजनबी का इतना गहरा जुड़ाव अमन ने कभी महसूस नहीं किया था। इस दिन के बाद से एनी हमेशा अमन के साथ रहने लगी। वो उसे अपनी कहानी भेजता। वो कहानी सुनती और उस पर अपना रियेक्शन देती। दोनों घंटों बात करते रहते। कभी मैसेंजर पर। कभी फ़ोन पर। व्हॉट्सएप तो चलता ही रहता।

'क्या मैं एनी से प्यार करता हूं?' ये सवाल अक्सर अमन ने ख़ुद से पूछा था। अब तक की उनकी बातचीत में प्यार और मुहब्बत कभी आया नहीं था। अक्सर वो दुनियादारी की बातें करते। रिलेशनशिप ख़ूब डिस्कस करते। रिलेशनशिप एनी का फेवरेट टॉपिक था।

दोनों एक-दूसरे को अपने बारे में बता चुके थे। एनी सिंगल थी। अमन भी सिंगल था। लेकिन वह रिलेशनशिप में रह चुकी थी। उस रिलेशनशिप से बाहर आने की कोशिश में थी। बस इतना ही कहा था उसने।

बातों-बातों में कहने लगी, "रिश्ता बनाना आसान है, बेहद आसान। अब आप हमें ही देखिये। कितनी आसानी से आप हमारे हो गये। हमसे बात करने लगे। हमारे रिश्ते को आप क्या कहेंगे? कुछ तो है ना? मतलब आप इतना वक़्त हमारे साथ क्यों बर्बाद कर रहे हैं?"

"मैं तुम्हारे साथ वक़्त बर्बाद नहीं कर रहा।"

"फिर क्या कर रहे हैं?" उसकी आवाज़ में शोखी थी। वह अमन को परख रही थी, ये समझ आ रहा था।

"शायद अपनी नयी कहानी लिख रहा हूं," अमन ने बात टालने की गरज़ से कहा।

"ओह, तो आपके लिये ज़िंदगी सिर्फ़ एक कहानी है? या जीवन में आने वाली हर लड़की एक कहानी होती है?"

"ऐसा तो नहीं कहा मैंने।" अमन थोड़ा फंस गया। वह हाज़िर जवाब भी नहीं था, बस जोड़-तोड़ करके कहानियां बना लेता था। लेकिन एनी के सामने हार ही जाता था।

एक दिन बोली...

"तो ये कहना कि रिश्ते मुश्किल से बनते हैं बेकार की बात है? मैं नहीं मानती। हां, इतना जानती हूं कि रिश्ता निभाना मुश्किल है।"

"क्यों? क्या तुम जन्म-जन्मांतर के रिश्ते में बिलीव नहीं करतीं?" अमन ने पूछा।

"ये सवाल तो मैंने भी सोचा है पर जवाब अब तक नहीं मिला। लेकिन तुम मेरे एक सवाल का जवाब दो—क्या तुम जानते हो एक जन्म से दूसरे जन्म का फासला कितना होता है? मतलब क्या ऐसा होता है कि हम एक जन्म में मरकर अगले ही दिन पैदा हो जायें? और फिर इक्कीस

साल के होते ही अपने पूर्व साथी को पा सकते हैं क्या? ऐसा तो होता नहीं कि दोनों लोग एक साथ मरते हैं और एक साथ ही जन्म लेते हैं। दोनों की मौत के फ़र्क़ को अगला जन्म कैसे कवर करता है, बोलो?"

"यार, ये तो बड़ा मुश्किल सवाल है। इस सवाल को गौर से देखें तो जन्म-जन्मांतर के रिश्ते की अवधारणा ही ख़त्म हो जाती है। और सात जन्मों का साथ तो केवल कल्पना ही लगता है।"

"मतलब तुम समझ गये कि मैं क्या कहना चाह रही थी।"

"जी, माना कि खाक़सार आपके जितना स्मार्ट नहीं है, पर इतनी मोटी बुद्धि का भी नहीं है कि आपकी बात न समझ सके।"

ऐसे ही न जाने कितनी बातें दोनों करते रहते। अमन की सुबह अब एनी की गुड मॉर्निंग से होने लगी। एनी हर वक़्त अमन को मैसेज करती। सोशल मीडिया अकाउंट पर एक्टिव रहती। हर फ़ोटो पर उसे मैसेज करती।

एक दिन अमन ने कुर्ता पहने अपनी एक तस्वीर लगायी तो उसने मैसेज किया *आज कोई वॉल्कैनिक लग रहा है।* अमन को समझ नहीं आया कि इसका क्या जवाब दे, पर उसका दिल ज़ोर से धड़का। चेहरे पर मुस्कुराहट आयी। पहली बार अमन का दिल किसी के लिये धड़क रहा था। उसने जवाब में एक स्माइली भेज दिया। ये अलग बात थी कि अमन को स्माइली का मतलब तक ठीक से नहीं पता था।

स्वभाव से अमन एक सीरियस टाइप का इंसान था। बहुत ज़्यादा दोस्त नहीं थे उसके। घर की परिस्थितियों ने उसे ऐसा बना दिया। स्कूल हो या कॉलेज, ना तो लड़के उसके अच्छे दोस्त बने और ना ही लड़कियां उसके क़रीब आ सकीं। लोग उसे बेहद बोरिंग इंसान मानते थे जो न पार्टी में जाता, ना लड़कियों के इर्द-गिर्द नज़र आता। पर इस एनी ने इस धीर-गंभीर इंसान के जीवन में जैसे हलचल मचा दी थी। अमन के दिल में एनी के लिये तड़प बढ़ती जा रही थी। वो अब हर पल उससे मिलना चाहता था।

उस दिन रात हो चुकी थी जब एनी का व्हॉट्सएप मैसेज आया:

हैलो बॉय, व्हॉट्स अप...

कुछ ख़ास नहीं। बस यूं ही तुम्हारे बारे में सोच रहा था।

अच्छा! तुम सोचते भी हो? वह खिलखिलाकर हंसने वाले स्माइली भेजने के साथ बोली, *बताओ! बताओ! क्या सोच रहे हो?*

नथिंग मच। अच्छा टेल मी, व्हॉट आर यू हैविंग? अमन ने पूछा।

वोदका विद टॉनिक!

सेम हियर, चियर्स ... अमन ने लिखा।

आज का रंग कौन-सा है? एनी ने पूछा। वो हर रोज़ अमन से उसकी शर्ट का कलर पूछती थी। अमन की ब्राइट कलर की शर्ट उसे बेहद पसंद आती थीं।

ग्रे ... अमन ने लिखा।

दिस रिमाइंड्स मी ऑफ़ 'फ़िफ़्टी शेड्स ऑफ़ ग्रे'।

नॉटी गर्ल! अमन ने साथ में एक स्माइली भी भेज दिया।

जवाब में एनी का खी खी खी करता हुआ स्माइली आया। फिर उसने लिखा:

एक्चुअली, आई लाइक्ड फ़र्स्ट वॉल्यूम, बट सेकेंड एंड थर्ड वर डिज़ास्टर।

सॉरी, दूसरी-तीसरी की छोड़ो, मैं तो पहली किताब ही पूरी नहीं कर पाया। अमन ने लिखा।

आहां ... बड़े सयाने हो। अरे! गे तो नहीं हो? लिख कर खिलखिलाता हुआ इमोजी भेजा एनी ने।

उसने फिर लिखा, *मैंने तीनों पढ़ीं—पहली पूरी, दूसरी और तीसरी स्किप कर करके।*

मुझे किताब पर बनी फ़िल्म ज़्यादा अच्छी लगी, अमन ने जवाब दिया।

मैं भी यही कहना चाहती थी कि मूवी वॉज़ ए ब्यूटिफुल समरी ऑफ़ दिस ट्रिलोजी।

हम्म ... अमन ने लिखा।

कुछ देर दोनों के बीच शांति रही। वो एक-दूसरे के मैसेज का इंतज़ार करते रहे। दोनों एक-दूसरे को ऑनलाइन देख रहे थे।

फिर एनी ने लिखा: *सुनो!*

बोलिये।

नहीं!!! लिखो ... बोलो या कहो ... ये बोलिये ... कहिये ... बहुत फॉर्मल होता है ... पराया-पराया टाइप यू नो!

बोलो!

कन्या इज़ फीलिंग हॉट। कैन यू कम राइट नाऊ?

ज़्यादा हो गयी क्या?

दूसरा ही तो है ... काश तुम यहां होते, मेरे पास!

अमन को समझ नहीं आया कि वो इस बात का क्या जवाब दे। बोरिंग अमन सोच ही नहीं पा रहा था।

इतना दिमाग़ मत लगाओ सयाने लड़के! कुछ तो बोलो।

अमन ने बस *हम्म* लिखा और भेज दिया।

उफ़्फ़! कितने बोरिंग हो तुम, यार! अब ऐसा करो, चुपचाप सो जाओ। वैसे भी, रात के ग्यारह बज गये, तुम्हारे सोने का टाइम हो गया है। एनी ने लगभग डांटने के अंदाज़ में ये मैसेज लिखा।

गुड नाइट, सी यू टुमॉरो ... अमन ने लिखा।

ओ येस, यू बेटर सी मी टुमॉरो ... उधर से फौरन जवाब आया। अमन ने बग़ैर ज़वाब दिये अपना फ़ोन साइड टेबल पर रख दिया।

बातों का सिलसिला ऐसे ही चलता रहा। वे दोनों अक्सर देर रात तक चैट करते रहते। ऐसे ही एक रात एनी और वो चैट कर रहे थे। दोनों ही दो-दो ड्रिंक्स ले चुके थे।

मिस्टर बोरिंग राइटर, काश तुम मेरे पास होते ...

काश?

सुनो! एक बात बोलूं?

बोलो।

इतना सब लिखते हो तुम, क्या कभी मुझे एक लेटर लिखोगे? लव लेटर! लेखकों की भाषा में कहूं तो प्रेम पत्र।

लिखोगे, मेरे लिये? एक के बाद एक उसने ये दो मैसेज लिखे।

क्यों? लव लेटर क्यों चाहिये?

यार, आज तक किसी ने मुझे लव लेटर नहीं लिखा।

ओह! ये तो बड़े अफ़सोस की बात है। अमन ने लिखा।

कितना रोमांस है ना लेटर में? मैसेज में कहां वो बात। पेपर की स्मेल, वो एनवलप खोलना ... दैट ओल्ड वर्ल्ड रोमांस। कोई मुझे इतना प्यार करे ... *रोज़ एक लेटर लिखे। प्लीज़, राइट मी वन।*

हम्म!!!!

आई नीड एनदर ड्रिंक, आई एम फीलिंग हॉट।

कंट्रोल लड़की।

जवाब में एनी के भेजे मैसेज को पढ़ कर अमन के चेहरे पर हज़ार वॉट की मुस्कुराहट आ गयी। उसने फ्रांज काफ्का का एक कोट भेजा था:

"आई एम इन अर्जेंट नीड ऑफ़ हैविंग माई लिप्स सील्ड विद किसिज़!"

नीचे लिखा था: *यूं ही ...*

अगले दिन अमन ने एनी से मिलने का फ़ैसला कर लिया। प्लेन का टिकट बुक कराया और पहुंच गया राजस्थान के जैसलमेर।

जैसलमेर एयरपोर्ट पर उतरने के साथ ही अमन वहां की ख़ूबसूरती की गिरफ़्त में फंस गया। थार मरूस्थल के बीच बसे जैसलमेर में हर तरफ़ पीले पत्थर की इमारतें नज़र आती हैं। दूर से ही जैसलमेर का क़िला नज़र आता है। दुनिया भर में ये 'गोल्डन फ़ोर्ट' या 'स्वर्ण क़िला' के नाम से जाना जाता है और सत्यजीत रे ने इसे 'सोनार किल्ला' के नाम से मशहूर कर दिया।

अमन हतप्रभ था इसे देख कर। थार रेगिस्तान में जगमगाता साढ़े आठ सौ साल पुराना शहर। जहां हवेलियां, मंदिर, बावड़ियां और झीलें देखने की चाहत लिये लाखों की तादाद में दुनिया भर से लोग आते हैं।

अमन को ये शहर बेहद अपना लग रहा था। यहां आकर उसे बड़ी अनजानी-सी ख़ुशी मिल रही थी। इसकी इमारतें बड़ी जानी-पहचानी लग रही थीं। दिसंबर का मौसम जैसलमेर में वैसे भी बेहद सुहाना होता है। नीला आसमान, खिली हुई धूप और हौले-हौले चलती हवा।

अचानक उसके सामने एक ऊंटों का काफ़िला आ गया। ये काफ़ी लंबा काफ़िला था। एक क़तार में ढेर सारे ऊंट चले जा रहे थे। रंग-बिरंगे कपड़ों से ढंके। बड़ा मनमोहक दृश्य था। थोड़ी देर में उसकी टैक्सी *जैसल एन* होटल के बाहर खड़ी थी। *जैसल एन* में बुकिंग एनी ने ही करायी थी। उसी ने एयरपोर्ट पर टैक्सी भी भेजी थी। अमन ने सुबह ही एनी को मैसेज कर बता दिया था कि वो आ रहा है।

जैसलमेर के क़िले से जो रास्ता सम की तरफ़ जाता है, ठीक उसी रास्ते पर ये होटल *जैसल एन* है—बड़ा-सा गेट, पीले रंग के पत्थरों से बनी एक भव्य इमारत जिसके अंदर सामने बड़ा-सा लॉन बना हुआ था। पोर्च में गाड़ी रुकते ही दरबान ने दरवाज़ा खोला और खमागणी कह कर स्वागत किया।

अमन ने भी सिर झुका दिया।

आगे बढ़ते ही उसका स्वागत राजस्थानी परिधान में खड़ी कई महिलाओं ने किया। मधुर संगीत की धुन बज रही थी। एक महिला ने आगे बढ़ कर उसके गले में माला पहनायी, तो एक ने माथे पर चंदन

का तिलक किया और फिर एक ने उस पर फूलों की बारिश कर दी। एक और महिला ने उसके सामने तरह-तरह के पेय पदार्थ रख दिए। अमन का काफ़ी वक़्त होटलों में गुज़रता था। लिटरेचल फेस्टिवल्स में भाग लेने के दौरान वो एक से एक अच्छे होटल में रह चुका था। लेकिन *जैसल एन* की साफ़-सफ़ाई, रख-रखाव से वो प्रभावित था। होटल का रख-रखाव किसी चार या पांच सितारा होटल से कम नहीं था।

उसे उम्मीद नहीं थी कि एनी ने उसके लिये इतने अच्छे होटल का इंतज़ाम किया होगा। चेक-इन की सारी फ़ॉरमेलिटीज़ पूरी करके वो अपने कमरे में आया। उसका सामान कमरे में उससे पहले ही आ चुका था। अमन ने देखा कि होटल काफ़ी बड़ा और फैला हुआ था। इसमें स्विमिंग पूल और एक बड़ा-सा रेस्तरां भी था।

अमन ने अपने कमरे की खिड़की खोली तो सामने टैरेस था। टैरेस पर नज़र दौड़ायी तो सामने सोनार क़िला चमक रहा था। सूरज की रोशनी में नहाया। अपनी सम्पूर्ण भव्यता में। 'क्या सोच कर राजा जैसल ने इसको बनाया होगा?' अमन के दिमाग़ में सवाल आया।

शाम ढल रही थी। अमन के फ़ोन की घंटी बजी। एनी का फ़ोन था।

"हैलो!"

"खमागणी हुकुम," उधर से आवाज़ आयी।

सुनकर अमन अचकचा गया। खमागणी, बड़ी मुश्किल से बोल पाया।

"हुकुम, आप शाम की चाय टैरेस पर लेना पसंद करेंगे या फिर नीचे रेस्तरां में?" हंसते हुए एनी ने सवाल किया।

"अगर आपके साथ चाय पीने का मौक़ा मिलेगा तो हुकुम टैरेस पर ही चाय पीना पसंद करेंगे," अमन ने थोड़ा स्मार्ट बनने की कोशिश की।

"जो हुकुम," हंसते हुए एनी ने फ़ोन काट दिया।

कुछ ही देर में रूम की घंटी बजी। अमन ने दरवाज़ा खोला तो पाया कि रूम सर्विस स्टाफ़ चाय के साथ हाज़िर था। उसके पीछे खड़ी थी, एनी। पहली बार एनी को देख रहा था अमन। इससे पहले उसने उसकी कोई तस्वीर भी नहीं देखी थी। लंबा क़द, कमर तक लहराते बाल, गोरा रंग, गहरी काली लेकिन शरारती आंखें। इस वक़्त भी उसकी आंखों में शरारत थी। कमबख्त आंखों से मुस्कुराती है। करीने से साड़ी पहने हुए थी, वैसे ही जैसे अमूमन होटल का स्टाफ़ पहनता है।

"अंदर आने को नहीं कहेंगे हुकुम? चाय पिलाने का इरादा बदल लिया क्या?" एनी ने हंसते हुए कहा तो अमन को होश आया। वो दरवाज़े के एक तरफ़ हो गया। एनी ने अंदर आते ही रूम सर्विस स्टाफ़ को जाने का इशारा किया और आगे बढ़ कर दरवाज़ा बंद कर दिया।

टैरेस पर आकर एनी चाय बनाने लगी। चाय बना कर उसने अमन को दी और एक कप ख़ुद लेकर बैठ गयी।

"होटल में कोई दिक्कत तो नहीं हुई हुकुम?" उसने मुस्कुराते हुए अमन से पूछा।

अमन था कि उसकी नज़र एनी से हट ही नहीं रही थी। एनी इतनी ख़ूबसूरत होगी ये उसने ख़्वाब में भी नहीं सोचा था। किताबों की आड़ में छुपा चेहरा जब सामने आया तो यक़ीन ही नहीं हुआ उसे। लंबी-पतली-सुतवां नाक, तराशे हुए पंखुड़ी नुमा होंठ, एक मुस्कुराता हुआ चेहरा। रग-रग से मोहकता बरस रही थी। परफेक्ट फ़िगर। क्या मजाल कि कुछ भी रत्ती भर इधर से उधर हो। ऊपर से नीचे तक अमन देखता ही रह गया।

'ये वाक़ई बेहद ख़ूबसूरत है। अब मेरी ज़िंदगी कभी पहले जैसी नहीं रह पायेगी। मिस्टर बोरिंग, अब तू गया काम से ...' अमन ने मन ही मन सोचा।

"हुकुम, तबीयत तो ठीक है? म्हारे स्टाफ़ से कोई ग़लती हुई क्या?"

अचानक अमन को अहसास हुआ कि वो क्या कर रहा है।

"ओह सॉरी, मैं तुम्हें देख कर थोड़ा अचकचा गया था। पहले कभी देखा नहीं ना, काफ़ी सुंदर हो यार!"

"हां, हूं तो!"

"अच्छा! तो तुम्हें पता है।" अमन हंसा।

"पर अब ये सुनना अच्छा नहीं लगता। सुंदर लड़की को कोई सीरियसली नहीं लेता। लोग जानते नहीं हैं लेकिन कुछ लड़कियों के लिये सुंदरता अभिशाप होती है।" इस बार एनी गंभीर थी। "ख़ैर छोड़ो, ये फ़िज़ूल की बातें हैं। मैंने तुम्हारी पूरी आइटनरी सेट कर दी है। आज से, बल्कि अभी से हुकुम आप हमारे मेहमान हैं और मैं आपकी गाइड," कहते हुए वो अपनी कुर्सी से उठ खड़ी हुई और अपना बायां हाथ दाहिने कंधे से थोड़ा नीचे रखा और सीधा हाथ आदाब करने वाले अंदाज़ में लाकर अमन के सामने झुक गई। उसकी आंखों में शरारत साफ़ झलक रही थी।

अमन उसे देख हंस पड़ा, "अब नाटक बंद करो और सामने बैठ जाओ। जो मैं पूछ रहा हूं उसका जवाब दो।"

"कहिये हुकुम," एनी ने मुस्कुराते हुए पूछा।

"ये होटल तुम्हारे किसी जानने वाले का है? तुम यहां क्या कर रही हो?"

"जी हुकुम, आपका ही होटल है," कहते हुए उसने सिर झुका लिया।

"मेरा होटल है! मतलब?"

"जी हुकुम आपका ही होटल है," एनी के चेहरे की मुस्कुराहट और गहरा रही थी।

"लेकिन इट्स नॉट माई होटल, व्हॉट आर यू सेइंग?" इस बार अमन के चेहरे पर दुविधा और आवाज़ में खीज थी।

"ओ बॉय, हमारे राजस्थान में जब कहना होता है कि 'ये मेरा है' तो हम कहते हैं कि 'ये आपका है', कुछ समझे!"

"ओह, अच्छा। तो ये आपका होटल है। एंड यू आर नॉट ए टूर गाइड।"

"आई एम ए सर्टिफ़ाइड टूर गाइड, हू ऑल्सो ओन्स दिस ब्यूटिफुल प्रॉपर्टी।"

"एंड आई बिलीव एनी इज़ नॉट यॉर रियल नेम। तुम्हारा नाम क्या है, एनी?" अमन ने पूछा।

इस बार एनी की हंसी छूट गयी। अमन के बोलने का अंदाज़ एकदम शोले फ़िल्म के धर्मेंद्र की तरह था, 'तुम्हारा नाम क्या है, बसंती'।

उसने अपना हाथ अमन की तरफ़ बढ़ाया और बोली, "हाय, आई एम अनन्या माहेश्वरी। प्लीज़ टू मीट यू!"

"अमन, अमन चौधरी," कहते हुए अमन ने अनन्या का हाथ थाम लिया।

बायीं तरफ़ सूरज ढल रहा था। आसमान पर स्वर्णिम लालिमा छा रही थी। सामने जैसलमेर फ़ोर्ट की लाइटें भी जलने लगी थीं। पहाड़ी पर बसा सोनार क़िला अपने भव्य स्वरूप में दो दिलों की पहली मुलाक़ात का गवाह बन रहा था।

अमिता टावर्स के टॉप फ़्लोर पर राज सिंह चौधरी का दफ़्तर था। बत्तीस बरस पहले राज ने अपनी पत्नी के साथ मिल कर अमिता राज बिल्डर्स नाम की कंपनी की स्थापना की थी जो आगे चलकर एआरबी के नाम से मशहूर हो गयी। आज देश में एआरबी रियल एस्टेट का एक बड़ा नाम है। नोएडा के पास की बंजर ज़मीन पर देश का सबसे ख़ूबसूरत टाउनशिप बसाकर उन्होंने कमाल कर दिया था। नब्बे के दशक का ये वो दौर था जब देश को अपना सोना तक गिरवी रखना पड़ा था। तब राज सिंह चौधरी की पत्नी अमिता ने उन्हें यहां काम शुरू करने की सलाह दी थी।

अमिता की दूरदर्शिता थी कि उन्होंने इस जगह की संभावना को समझा। अमिता ने ही टाउनशिप की पूरी रूपरेखा बनायी। लोगों की ज़रूरत क्या होगी, भविष्य क्या मोड़ लेगा। अमिता की दूरदर्शिता ही थी कि आज तीस साल बाद भी 'एमी गार्डन्स' एक मॉडर्न टाउनशिप कहलाता है।

इसकी कामयाबी ने फिर राज सिंह चौधरी को कभी पीछे मुड़ कर देखने नहीं दिया। आज एआरबी रियल एस्टेट देश के पैंतीस शहरों तक फैल चुका है। पच्चीस हज़ार करोड़ से ज़्यादा का वैल्यूएशन है कंपनी का। और तो और यह जल्द ही अपना आईपीओ लाने वाली है। लिस्टिंग के बाद कंपनी का इरादा देश के सौ शहरों तक अपना बिज़नेस फैलाने का है। वो रिटायरमेंट होम और सेकंड होम, यानी हॉलिडे होम के बिज़नेस सेगमेंट में भी जाना चाहते हैं।

कोरोना के बाद सेकंड होम का मार्केट एक नयी संभावना है। गोवा, हिमाचल और उत्तराखंड में वो अपने टाउनशिप प्लान भी कर चुके हैं। लेकिन उनका हर प्लान उनके सामने एक सवाल लेकर आता है ... एक ऐसा सवाल जिसका जवाब किसी के पास नहीं है और जिसके पास जवाब है, वो राज सिंह चौधरी से बात नहीं करता। राज सिंह चौधरी के आगे दुनिया बिछी रहती है। लेकिन जिसे वो अपनी जान से ज़्यादा प्यार करते हैं वो उनसे मिलना ही नहीं चाहता।

राज के ऑफ़िस में, उनकी कुर्सी के पीछे उनकी पत्नी अमिता चौधरी की बड़ी-सी तस्वीर लगी थी। उस पर एक माला चढ़ी हुई थी। पंद्रह साल पहले अमिता का निधन हो गया था और इतने ही साल हो गये उन्हें अपने बेटे से बात किये हुए। एक साथ अपनी पत्नी और बेटे के जुदा होने का ग़म राज अपने साथ लिये घूमते हैं।

"तुम्हारा बेटा मुझसे अब तक नाराज़ है मीता ..." अमिता को प्यार से हमेशा मीता ही पुकारा था राज ने, "कैसे मनाऊं उसे? मुझे बताओ ना ..." अपनी पत्नी की तस्वीर के सामने खड़े राज ने कहा। उनकी आंखों में आंसू थे। "आज वो तीस बरस का हो गया है पर जाने कहां है।

मुझसे अब और नहीं सहा जाता मीता। प्लीज़ मुझे मुक्ति दे दो इस दर्द से। नहीं बनना रियल एस्टेट किंग। नहीं चलानी ये कंपनी। पहले तुम मुझे छोड़ कर चली गयीं, अब बेटा भी साथ नहीं है। क्या करूं, क्यों करूं मीता? प्लीज़ कुछ तो बोल दो।" दर्द से कराह रहे थे राज।

जब थक गये तो अपनी कुर्सी पर बैठ गये। दफ़्तर में जगजीत सिंह की आवाज़ में मिर्ज़ा गालिब गूंज रहे थे।

दिल ही तो है ना संग ओ खिश्त, दर्द से भर ना आये क्यों

रोयेंगे हम हज़ार बार, कोई हमें सताये क्यों ...

काफ़ी देर तक राज सिंह चौधरी आंखें बंद करके कुर्सी पर सिर टिकाये बैठे रहे। बंद आंखों से आंसू बहते रहे। कुछ देर बाद आंखें खोलीं और अपना फ़ोन उठा कर एक नंबर डायल कर दिया। घंटी बजती रही ... बजती रही ... फ़ोन ना उठना था ... ना उठा। अंत में उन्होंने एक मैसेज टाइप किया:

जन्मदिन मुबारक मेरे बेटे। जीवन की सारी ख़ुशियां भगवान तुम्हें दे। ख़ुश रहो। स्वस्थ रहो।

एक-एक करके उन्होंने कई और मैसेज टाइप किये:

आज तुमसे मिलने और बात करने का बहुत मन कर रहा है। जानता हूं कि तुम मिलना नहीं चाहते लेकिन तुम्हें सच जानना ज़रूरी है। कई बार सच वो नहीं होता जो हम समझते हैं। कभी अपने पिता की बात भी सुन लेना।

एक बार मेरी बात सुन लो। फिर तुम्हारी मर्ज़ी। मेरे लिए नहीं तो अपनी मां के लिये ही मेरी बात सुन लो।

मैं तुम्हारा पिता हूं, कोई दुश्मन नहीं हूं। मुझे एक मौक़ा तो दो अपनी सफ़ाई देने का।

एनीवे, हैप्पी बर्थडे सन!

ये मैसेज भेज कर राज सिंह चौधरी ने अपनी आंखें बंद कर लीं। पिछले पंद्रह साल से यही सिलसिला चल रहा था। राज फ़ोन करते, मैसेज करते, लेकिन उधर से कोई जवाब नहीं आता।

जैसल एन होटल के रूफ़ टॉप रेस्तरां की वो सबसे ख़ास टेबल थी जिस पर अमन और अनन्या बैठे थे। इस टेबल से पीली रोशनी से जगमगाता फ़ोर्ट साफ़ नज़र आ रहा था। दूसरी तरफ़ बसा शहर भी रौनकज़दा था। क्रिसमस की पूर्व संध्या पर चल रही हल्की-हल्की हवा ठंड का अहसास करा रही थी। ठंड से बचान के लिये अंगीठियों का इंतज़ाम था।

पिछले आधे घंटे से अनन्या बोल रही थी और अमन चुपचाप सुन रहा था। अपने स्कूल से लेकर कॉलेज तक की कहानी वो अमन को सुना चुकी थी।

अमन के कान तो उसे सुन रहे थे लेकिन दिल कुछ और ही कह रहा था। दिल कह रहा था कि ये शहनाई यूं ही बजती रहे। फूलों की बारिश होती रहे। सच्चाई का ये लहजा उसकी रूह को यूं ही महकाता रहे। ऐसा नहीं था कि अमन इससे पहले किसी लड़की के साथ डिनर पर या डेट पर नहीं गया था। लेकिन ऐसा कनेक्शन उसने पहले कभी महसूस नहीं किया था। अनन्या के सामने ना जाने क्यों वो गुम हो जाता है। खो जाता है। उसके पास आकर वो पुर-सुकून महसूस कर रहा था। एक स्पिरिचुअल या आध्यात्मिक शांति। जैसे वो ध्यान में हो। हां, ध्यान, मेडिटेशन ही सही शब्द था। "व्हॉट आर यू थिंकिंग? कहां हैं आप?" अनन्या की आवाज़ से अमन का ध्यान भंग हुआ।

"आई कैन स्लीप विद यू।" अचानक से अनन्या ने कहा।

"हैं!"

"हां, अगर आप ये सोच रहे हैं कि मैं आपके साथ सोऊंगी या नहीं, तो आई कैन। लेकिन अभी नहीं।"

"अरे मैं ऐसा कुछ भी नहीं सोच रहा," अमन ने हंसते हुए कहा।

"इट्स नॉट ए बिग डील, ओके? सो, ज़्यादा दिमाग़ नहीं लगाना।"

"कितने लोगों के साथ अब तक सो चुकी हो?" अमन ने पूछा। अब उसको अनन्या तो तंग करने का मौक़ा मिल गया था।

अनन्या जवाब दे उससे पहले ही अमन का फ़ोन बजने लगा। अमन ने फ़ोन की तरफ़ देखा तो कुछ देर के लिये उसकी नज़र फ़ोन पर ही टिक गयी। उसने हाथ बढ़ा कर फ़ोन को साइलेंट कर दिया। इससे पहले कि कोई कुछ बोलता फ़ोन फिर से बजने लगा। अमन ने फिर से फ़ोन साइलेंट कर दिया।

"अरे घबराओ नहीं, फ़ोन उठा लो। गर्लफ्रेंड का ही है ना, ले लो।"

"अरे नहीं। ऐसे ही, बस ये फ़ोन मैं लेना नहीं चाहता," अमन ने कहा।

फ़ोन लगातार बज रहा था।

"मुझे तुम्हारी किसी गर्लफ्रेंड से फ़र्क़ नहीं पड़ता अमन, उठा लो फ़ोन।"

"इट्स नॉट फ्रॉम माई गर्लफ्रेंड। मेरे डैड फ़ोन कर रहे हैं।"

फ़ोन बजना बंद हुआ तो लगातार व्हॉट्सएप मैसेज आने लगे।

"ये भी डैड के हैं?" अनन्या के अंदाज़ में तंज़ था।

"आज मेरा बर्थडे है एनी," अमन ने धीरे से कहा।

"क्या बोल रहे हो! अरे, पहले क्यों नहीं बताया?" कहते हुए अनन्या उठ खड़ी हुई, "मैं एक मिनट में आयी।"

कुछ ही देर में वो वापस आकर अमन से बोली, "चलो।"

दोनों रेस्तरां से निकले। क्रिसमस लाइट्स से सजे गलियारे में मेहमान बच्चों की धमा-चौकड़ी चल रही थी। सैंटा क्लॉज़ के साथ वो लोट-पोट हो रहे थे। मधुर संगीत में सारा मंज़र बेहद ख़ूबसूरत था। बचते-बचाते दोनों होटल के एक कमरे में आ गये जहां के टैरेस पर झिलमिलाती लाइट्स लगी थीं। दो कुर्सियां और एक टेबल पर छोटा-सा

केक रखा हुआ था। रूम में एक बार भी था। दीवार पर ढेर सारी तस्वीरें थीं। हर तस्वीर में एक ही बात कॉमन थी कि सबमें अनन्या थी। ये अनन्या का पर्सनल रूम था।

"लेट्स सेलीब्रेट! इट्स यॉर बर्थडे, हुकुम," छुरी पकड़ाते हुए अनन्या ने कहा।

अनन्या ने केक पर लगी मोमबत्ती को जलाया और *हैप्पी बर्थडे* टू यू गाने लगी। अमन ने मुस्कुराते हुए केक काटा। एक छोटा टुकड़ा लेकर अनन्या को खिलाने की कोशिश की, "ना ऐसे नहीं," कहते हुए उसने ख़ुद केक लिया और अमन को खिला दिया। बाक़ी बचा केक ख़ुद अपने मुंह में रख लिया, "अब आया ना मज़ा। अब पता चला कि बर्थडे है। क्या यार, तुमको पहले बताना चाहिये था ना। चलो बताओ क्या पियोगे?" अनन्या गुनगुना रही थी, मानो वो बहुत ख़ुश हो। "स्कॉच, सिंगल मॉल्ट ... ग्रेट, लेट्स हैव ग्लेनफिडक।"

"लेट मी हेल्प यू," कहते हुए अमन ने उसके हाथ से बोतल ले ली।

"ओह, जेंटलमैन! आई एम इंप्रेस्ड, थैंक यू!"

अनन्या ने अपने फ़ोन पर रोमांटिक जैज़ म्यूज़िक प्ले किया और बाहर टैरेस पर रखी कुर्सी पर बैठ गयी। उसने सिगरेट जला ली। अमन पास आया तो वो बोली, "आई होप, यू डोंट माइंड।"

"इट्स ओके," कहते हुए अमन ने भी एक सिगरेट जला ली।

"मैं स्टाफ़ के सामने ड्रिंक और स्मोक नहीं करती इसलिये तुम्हारा बर्थडे सेलिब्रेट करने के लिये यहां आयी हूं। ज़्यादा ख़ुश होने की ज़रूरत नहीं है और ना ही कोई ख्याल पालने की।"

अमन ने मुस्कुराते हुए सिर हिला दिया, "जैसी आपकी मर्ज़ी देवी जी। मुझे कुछ नहीं कहना और सोचना।"

"चलो अब बताओ, क्या चल रहा है डैड के साथ? उनका फ़ोन क्यों नहीं उठा रहे?" अनन्या ने सीधा सवाल पूछ लिया।

अमन चुपचाप उसे देखता रहा। सिगरेट का एक गहरा कश लेकर वो चुपचाप बैठा रहा। ये सवाल उससे आज तक किसी ने नहीं पूछा था। आज से पहले कोई इस बारे में जानता ही नहीं था। क्या जवाब दे वो इस सवाल का? क्या ज़िंदगी के सवालों के जवाब इतनी आसानी से दिये जा सकते हैं? जिन सवालों से हम बरसों से भाग रहे होते हैं, वही सवाल बार-बार हमारे सामने आकर क्यों खड़े हो जाते हैं और क्या कोई उनके जवाब नहीं दे सकता? ज़िंदगी की कितनी बड़ी उलझन है कि अपने हर सवाल का जवाब हमें ख़ुद ही खोजना होता है।

"हैलो, मिस्टर राइटर ... टैल मी! क्या स्टोरी है आपकी ज़िंदगी की?"

"कुछ ख़ास नहीं है," कहते हुए अमन ने एक गहरा कश लिया और धुएं के छल्ले बनाने लगा, "हमारी बनती नहीं है, बस। हम दोनों अलग हैं, काफ़ी अलग।"

"कैसे अलग हो? स्टोरी सुनायें, ड्रामा ना क्रियेट करें।"

"बहुत लंबी कहानी है," अमन ने उसकी तरफ़ देखते हुए कहा।

"हमें कौन-सा कहीं जाना है, सारी रात अपनी है, जगह भी अपनी है," कहते हुए अनन्या भी सिगरेट के धुएं के छल्ले बनाने लगी।

"तो सुनो। आज से पहले मैंने ये बातें कभी नहीं कीं। मेरे पेरेंट्स ने 1990 में शादी की थी। मेरा जन्म 24 दिसंबर 1992 को हुआ। कहते हैं कि उस दिन दिल्ली में बहुत ज़्यादा ठंड थी।"

"ओह," अनन्या के मुंह से निकला, "और मेरा जन्म 3 जून 1997 को हुआ। कहते हैं उस दिन जैसलमेर का टेंपरेचर 45 डिग्री था, इसीलिये मैं इतनी हॉट हूं। ख़ैर, यू कैरी ऑन," कहते हुए वो हंसने लगी थी।

"तुम इतना हंसती क्यों हो?" अमन ने उसे घूरते हुए पूछा।

वो फिर हंस पड़ी, "सॉरी, सॉरी! बस ऐसे ही। मुझे नहीं पता। बस मुझे हंसी आ जाती है। लोग कहते हैं कि मेरी हंसी राक्षसी हंसी है।" इतना कहते ही उसने अपने मुंह पर हाथ रख लिया, फिर सिर हिला कर

बोली, "अब चुप। नो हंसी। प्लीज़ आप बोलिये, अब मैं चुप रहूंगी।" अनन्या सीरियस होने की एक्टिंग करने लगी।

"मुझे अपनी मां ज़्यादा याद नहीं है। मां क्या होती है, उसकी ममता कैसी होती है, मुझे नहीं पता क्योंकि मैंने जब भी मां को देखा तो बीमार ही देखा। मां बीमार थी इसलिये मुझे हॉस्टल में डाल दिया गया।"

"क्या बीमारी थी?" अनन्या ने पूछा।

"मैं बहुत छोटा था इसलिये मुझे कुछ नहीं पता। धीरे-धीरे बड़ा हुआ तो समझ आया कि मां को कुछ पता ही नहीं है। मैं जब छुट्टियों में घर आता था तो मुझे उनके पास जाने भी नहीं दिया जाता था। एक बार मैं छिपते-छिपाते मां के कमरे में चला गया। वो अपने बेड पर लेटी थीं। उन्होंने मुझे देखा और अपनी नज़रें फेर लीं। मैं उनके और पास गया तो उन्होंने अपनी नर्स से पूछा, 'ये कौन है?' नर्स ने कहा, 'आपका बेटा है।' उन्होंने हैरानी से पूछा, 'मेरा बेटा! मेरा तो कोई बच्चा ही नहीं है।' वो मुझे पहचानती ही नहीं थीं। एक छोटा-सा बच्चा अपनी मां के पास जाता है वो कहती है कि ये कौन है ..." ये कहते हुए अमन की आंखों में आंसू थे। थोड़ी ही देर में वो बिलख-बिलख कर रोने लगा। उसकी हिचकियां बंध गयीं। अनन्या ने धीरे से अपना हाथ अमन के कंधे पर रख दिया।

अनन्या ने अमन को रोने दिया। उसे रोकने की कोशिश नहीं की। दिल का गुबार निकल जाने से अच्छा कुछ नहीं होता। रोना आसान नहीं होता है, और अजनबियों के सामने रोना तो बिल्कुल आसान नहीं होता। जब तक दर्द गले तक ना आ जाये कोई किसी के सामने रोना नहीं चाहता। कमज़ोर पड़ना नहीं चाहता। अमन जिस हालत में था, उसका जी भर कर रो लेना ही बेहतर था।

कुछ देर के बाद अमन ने फिर बोलना शुरू किया, "मां जब बीमार थीं तो मैंने डैड को कभी उनके आसपास नहीं देखा। ना ही वो मेरे साथ होते थे। मेरे लिये घर आना एक मुसीबत से कम नहीं था। मेरे लिये मेरा घर एक क़ैदखाना था जहां मुझे कोई नहीं जानता था। मैंने धीरे-धीरे घर आना बंद कर दिया। छुट्टियों में मैं अपने हॉस्टल के साथियों के घर

चला जाता था। फिर एक दिन एक कॉल आयी। मुझे घर बुलाया गया। तब मैं पंद्रह साल का था।

"घर आया तो पता चला कि मां नहीं रहीं। डैड भी वहीं खड़े थे। इतने सालों बाद सब कुछ देखना तक़लीफ़ देह था। मां का अंतिम संस्कार हुआ। पूरा वक़्त मुझे समझ नहीं आया कि मैं वहां क्यों हूं? मेरा रोल क्या है? उस घर में किसी को मेरी ज़रूरत नहीं है तो मुझे बुलाया क्यों गया है?

"मुझे वहां घुटन हो रही थी। लेकिन मां के अंतिम संस्कार से जुड़े सभी धार्मिक काम होने तक मैं वहां रुका। मुझसे जो भी कहा गया, वो मैंने किया। लेकिन मेरा मन किसी से बात करने का नहीं था। डैड ने कई बार मुझसे बात करने की कोशिश की लेकिन मैंने कुछ नहीं कहा उनसे।

"घर के नौकरों से क्या बात करता। और कोई था नहीं जो मुझे कुछ बता सकता। अपने घर में मैंने किसी को कभी नहीं देखा। किसी रिश्तेदार को भी नहीं। मां की तरफ़ से तो अंतिम संस्कार में कोई आया ही नहीं था। डैड की तरफ़ से ज़रूर कुछ लोग आये थे पर मैं उनमें से किसी को नहीं जानता था।

"मेरे लिये उस घर से मेरे रिश्ते का अंतिम संस्कार भी मां के साथ हो गया था। मां के दसवें के बाद जो मैं निकला, तो आज तक वहां वापस नहीं गया हूं। पंद्रह साल हो गये होंगे।

"उसके बाद मैंने एमबीए किया। साथ ही नॉवल लिखने शुरू कर दिये। नॉवल चल गये। उन पर फ़िल्म भी बन गयीं तो ज़िंदगी में डैड से कुछ मांगने की ज़रूरत ही नहीं पड़ी। आज तक ये रिश्ता ऐसे ही चल रहा है। वो फ़ोन करते रहते हैं लेकिन मैं जवाब नहीं देता। मैसेज आते हैं, अनसीन पड़े रहते हैं। मेरा मन नहीं करता मैसेज पढ़ने या उनसे बात करने का।"

"पर तुम उनसे बात क्यों नहीं करना चाहते?" अनन्या ने अपनी चुप्पी तोड़ी।

"उन्हीं की वजह से तो मां की जान गयी।"

"तुम्हें किसने बताया?"

"वो थे ही नहीं, मेरी मां एकदम अकेली थीं। बीमारी में भी अकेली थीं। उनका पति कहीं नहीं था ... पता नहीं किसके साथ था।"

"तुम्हें किसने बताया कि वो किसी और के साथ थे? तुमने देखा था अपने पिता को किसी और के साथ?"

"मैंने नौकरों की बातें सुनी थीं। वो कह रहे थे कि साहब का ज़रूर कोई चक्कर चल रहा है, वैसे भी बीमार औरत के साथ कौन रहना चाहेगा।"

"और क्या सुना था तुमने?"

"यही कि मां बार-बार आत्महत्या करना चाहती थीं। यहां तक कि उन्होंने किसी पर हमला करने की भी कोशिश की थी।"

"ये सब तुमने नौकरों से सुना, और तब तुम्हारी उम्र क्या थी?"

"दस-बारह साल की रही होगी।"

"इतनी कम उम्र में तुमने नौकरों के मुंह से जो सुना उसके आधार पर अपनी ज़िंदगी के फ़ैसले कर लिये? बड़े होकर भी तुमने ये जानने की कोशिश नहीं की कि दरअसल तुम्हारी मां के साथ क्या हुआ? तब तुम्हारे पिता क्या कर रहे थे?"

"ज़रूरत नहीं थी। मुझे डैड से ना तब कुछ जानना था और ना अब जानना है। जिस वक़्त मुझे और मेरी मां को उनकी सबसे ज़्यादा ज़रूरत थी, वो नहीं थे। क्या उनका फ़र्ज़ नहीं बनता था कि वो मेरे साथ कभी बैठते ... मुझसे बात करते ... मुझे बताते कि मां को क्या हुआ है?

"ज़रा सोचो एन, उस बच्चे की हालत कैसी होगी जो मां-बाप के होते हुए भी उनके बिना पला। घर में एक के बाद एक कितनी घटनाएं होती रहीं जिन्हें वो समझ नहीं पाया। अपनी उलझनों में खोया वो बच्चा जिसका किसी ने हाथ नहीं पकड़ा, जो धीरे-धीरे सबसे अलग हो अपने में घुटा-घुटा रहने लगा वो मैं था। चुप्पी को मैंने अपना हथियार बना लिया।" इस बार उसकी आवाज़ में कातरता थी। वो एक बेहद कमज़ोर

और टूटा हुआ इंसान था। पहली बार उसने अनन्या को *एन* कह कर पुकारा था। एन बोलते वक़्त उसकी आवाज़ में कंपकंपाहट थी। अनन्या ने हाथ बढ़ाकर अमन को अपने क़रीब खींच लिया। अमन ने धीरे से अनन्या के कंधे पर अपना सिर रख दिया।

इस वक़्त अमन को लेक्चर की नहीं साथ की ज़रूरत थी। एक ऐसे साथी की ज़रूरत थी जो उसको सुन सके, समझ सके। नासूर बन चुके ज़ख़्म सिर्फ़ मुहब्बत से ही भरते हैं, नफ़रत से नहीं और अमन के ज़ख़्म तो सदियों के ज़ख़्म थे इन्हें भरने में भी सदियां ही लगेंगी।

"मन, एक बात पूछूं?" अनन्या ने धीरे से सवाल किया।

"हां," अमन ने कंधे पर रखे सिर को हिलाया।

"मां की कोई याद है तुम्हारे पास जो बहुत ख़ूबसूरत है?"

"एक धुंधली-सी याद है। मुझे याद है एक बार मां ने मुझे गोद में लेकर एक गाना गाया था। कौन-सा गाना था, क्या बोल थे, ये नहीं याद। बस वो पीले और लाल रंग के कपड़ों में थीं उस वक़्त।"

"अच्छा ये बताओ कि अगर आज मां तुम्हारे सामने आ जायें तो क्या कहोगे उनसे?" अनन्या ने अपने दोनों हाथों से अमन का चेहरा थाम लिया था। वो अमन की आंखों में झांक रही थी।

अमन की आंखों से जलधारा बह रही थी, "मैं उनसे बस यही कहूंगा, 'मां आई लव यू! आई मिस यू, मां! मुझे छोड़ कर क्यों चली गयीं? कहां चली गयीं मां?'" ये कह कर वो अनन्या से लिपट कर एक बार फिर बुरी तरह बिलखने लगा।

अनन्या के हाथ अमन के बालों को सहलाने लगे। अमन धीरे-धीरे चुप हो गया। अपने दोनों हाथों से उसने एनी को कस कर पकड़ लिया। उस वक़्त दुनिया की कोई ताक़त उसे एनी से अलग नहीं कर सकती थी।

उधर एनी अपने ही ख्यालों में गुम थी। अकेलापन दुनिया का सबसे बड़ा अभिशाप है। जीवन में प्यार का ना मिलना, उससे भी बड़ा। जीवन में शायद ही कोई हो जो अकेलेपन से ख़ुश हो। लेकिन जब हर कोई आपको ठुकरा दे तो कोई क्या करेगा। अनन्या के दिमाग़

में हलचल मची हुई थी। अमन का अकेलापन उसे बेचैन कर रहा था। 'मिस्टर बोरिंग' मन से ही अकेले नहीं हैं, इनकी आत्मा भी अकेलेपन का शिकार है। आत्मा का अकेलापन हैंडल करना आसान नहीं होता। उसने अमन का चेहरा अपने दोनों हाथों से पकड़ा और उसके माथे पर अपने होंठ रख दिये।

रात के अंधेरे में टैरेस पर बैठ कर सिगरेट फूंकना अनन्या को हमेशा से ही पसंद था। सिगरेट की आदत तो नहीं थी उसे लेकिन अच्छे वक़्त में सिगरेट पीने में कुछ ज़्यादा ही आनंद आता था। ख़ूबसूरत कंपनी हो तो सिगरेट और शराब दोगुना मज़ा देती हैं। अमन को उसके कमरे में छोड़ कर वो वापस अपने कमरे में आ गयी। एक ख़ूबसूरत शाम इतने सारे राज़ खोल कर सामने रख देगी, इसका अंदाज़ा उसे नहीं था। दुनिया के लिये सोशल मीडिया पर ज़िंदादिल नज़र आने वाला अमन चौधरी अंदर से कितना अकेला है, हैरत हो रही थी उसे ये सोच-सोच कर। कहां जान पाते हैं हम किसी के भी बारे में सब कुछ जान कर भी। कितना अधूरा रह जाता है बहुत कुछ कह देने के बाद भी। ज़िंदगी को कैसे समझें? क्या कभी समझ पायेंगे? क्या वाक़ई हम ज़िंदगी को समझ सकते हैं? अनन्या के चेहरे पर मुस्कुराहट थी। सिगरेट के धुएं के छल्ले बनाते हुए वो ख्यालात में गुम थी—

'दर्द का हद से गुज़रना है दवा हो जाना, ये सुना तो था लेकिन हम शायद वाक़ई ऐसे ही बनाये गये हैं क्योंकि बग़ैर दर्द के हम ये कभी जान ही नहीं पाते कि वास्तविकता क्या है। सामान्य लोगों की ज़िंदगी क्या होती है, ख़ुशी क्या होती है? वैसे भी ख़ुशी क्या होती है? क्या हम हर वक़्त ख़ुश रह सकते हैं? ये एक असंभव-सी लगने वाली संभावना है। क्या मैं अपनी ज़िंदगी में ख़ुश हूं? ख़ुश तो हूं मैं। दर्द जैसा तो नहीं है लेकिन परेशानियां हैं जो किसी के भी जीवन में हो सकती हैं। क्या मेरी परेशानियां मन के दर्द से ज़्यादा बड़ी हैं?' अमन को 'मन' सोच कर

उसके चेहरे पर हंसी आ गयी। 'अच्छा लगता है? हां, अच्छा लगता है।' उसने ख़ुद को जवाब दिया। 'लेकिन ये वक़्त अपनी परेशानियों को हल करने का था। अमन एक ऐसे वक़्त में मेरी ज़िंदगी में आया है जब मैं अपने सबसे मुश्किल दौर में हूं। अगले कुछ दिनों में मेरी ज़िंदगी या तो ख़त्म हो जायेगी या संवर जायेगी।'

किसी ने सच ही कहा है कि ज़िंदगी या तो एक रोमांचक साहसिक एडवेंचर है या कुछ भी नहीं। इस एडवेंचर में उसका सब कुछ ख़त्म हो ही जाना था। बचने का रास्ता या तो संयोग से बनेगा या फिर कोई चमत्कार होगा। किसी की कृपा और दया पर निर्भर रहना वो कब का बंद कर चुकी थी। अपनी ज़िंदगी के बारे में फिक्र करना अनन्या ने कब का बंद कर दिया था। सबसे मुश्किल होता है हमारे सपनों का टूट जाना।

'क्या इस वक़्त मुझे अपनी मुश्किल अमन को बतानी चाहिये? कितने सपने लेकर वो यहां आया है। वो सिर्फ़ मेरे लिये यहां आया है।' अनन्या ने मन ही मन सोचा। हालांकि वो नहीं चाहती थी कि इस वक़्त वो यहां आये। लेकिन जब सुबह अमन ने अपने आने का प्लान उसे बताया तो ना नहीं कर पायी।

'क्या अमन मुझसे प्यार करने लगा है? क्या मेरे मन में भी अमन के लिये फीलिंग हैं? इट इज़ टू अर्ली।' उसने ख़ुद से ही सवाल किया और जवाब भी ख़ुद ही दे दिया।

'मेरा मुंहफट होना पता नहीं अमन को पसंद आया या नहीं? ऊपर से इतना कुछ कह गया है वो, पता नहीं क्या सोचेगा। इतनी देर तो मैं कभी चुप नहीं रही जितना इसके रोने ने मुझे चुप करा दिया। मिस्टर बोरिंग भी कितना बड़ा फ्रॉड है। सुबह से तीन ट्वीट और कई रील्स बना कर डाल चुका है। दुनिया को बता चुका है कि वो जैसलमेर में है। दिखता तो कितना कूल है लेकिन अंदर से देखो, टूटा पड़ा है। अब पहले इसे फिक्स करो फिर अपनी कहानी फिक्स करो।

'वैसे है तो स्मार्ट। छह फ़ुट लंबा। डैम हॉट। सांवला पर सॉलिड पर्सनैलिटी है। जब पहली बार देखा तो देखती रह गयी थी मैं। किसी

लड़की का तो अभी तक ज़िक्र किया नहीं। कहीं गे तो नहीं है! ना ना, गे होता तो यहां क्या करने आता। कोई है तो नहीं इसकी लाइफ़ में? उफ़! इतने सवाल सोचने का अभी कोई मतलब नहीं है। पहले इन जनाब का मूड ठीक करते हैं। चलो मन जी सुबह छह बजे से आपका इलाज शुरू किया जायेगा। डॉ. एन हैं ना!' न जाने कब तक अनन्या इन सवालों और जवाबों के बीच तैरती रही।

एनी से अनन्या और फिर एन तक का सफ़र तो बड़ा मज़ेदार रहा। रोते-रोते उसे एन के नाम से पुकार रहा था अमन। पर उसे अच्छा लगा उसका एन कहना। उसके पापा ने हमेशा उसे एनी के नाम से बुलाया था। अपनी पहचान छुपाने के लिये उसने एनी के नाम की फ़ेसबुक प्रोफ़ाइल बनायी। कभी अपनी तस्वीर नहीं डाली। दुनिया को अपना सच बताना कभी भाया ही नहीं उसे। फिर अपनी तस्वीर लगाकर क्या होता। जब असल ज़िंदगी में सुंदर होना उसे नहीं भाया, कभी गुमान नहीं किया तो सोशल मीडिया की अटेंशन भला कहां सुकून देती। कई बार उसका मन हुआ कि अपने चेहरे को खरोंच दे। नहीं चाहिये था उसे ये ख़ूबसूरत चेहरा। सब इसी के दीवाने हैं, कोई दिल नहीं देखता। अंदर की अनन्या को नहीं देखता। सब जीतना चाहते हैं। हासिल करना चाहते हैं। समझना नहीं चाहते। हमसफ़र नहीं बनना चाहते। गुलाम बनाना चाहते हैं।

अनन्या अपने ख्यालों की दुनिया में और गहरे उतरती गयी, 'वो कहता था मुझसे प्यार करता है। लेकिन प्यार की क़ीमत क्या थी? मेरा आत्म सम्मान, मेरा वजूद ही कहां था। जो भी मिला ऐसा ही मिला। मर्द इतने इनसीक्योर क्यों होते हैं? लोगों की ज़िंदगी में हम सेकेंडरी क्यों होते हैं, प्राइमरी क्यों नहीं? ये कैसा प्यार है जहां हम सबसे ख़ास कभी नहीं होते? हम उनकी ख्वाहिशों के बाद आते हैं। हमें पाना उनकी ख्वाहिश होती है लेकिन उसके बाद हम कहां चले जाते हैं? ये कैसी ज़िंदगी है? कैसा प्यार है? बकवास है प्यार, इश्क़ और मुहब्बत!

'तेरा क्या होगा एन, तेरा क्या होगा?' वो बुदबुदा रही थी। 'चल जो होगा देखा जायेगा,' कहते हुए वो उठी और अपने बिस्तर पर आकर

गिर गयी। सुबह पौने छह बजे का अलार्म उसने अपने फ़ोन में लगा दिया था।

गहरी काली रात के अंधियारे में भी हमको रोशनी खोजनी ही पड़ती है क्योंकि बग़ैर कोशिश किये तो कामयाबी ही नहीं मिलती।

अगली सुबह ठीक छह बजे फ़ोन की बजती घंटी से अमन की आंख खुली।

"हैलो," उसने नींद में ही कहा।

"गुड मॉर्निंग, हुकुम! एनी, एन, अनन्या दिस साइड। आपको अगले दस मिनट में साइट सीइंग के लिये जाना है। एक घंटे का काम है। ज़्यादा हीरो बनने की भी ज़रूरत नहीं है। इस वक़्त ठंड काफ़ी है। स्मार्ट कैज़ुअल और जैकेट से काम चल जायेगा। ठंड ज़्यादा लगती हो तो कैप ले लेना। मैं चाय लेकर हाज़िर हो रही हूं। जल्दी खड़े हो जायें और तैयार हो जायें।" इसके बाद फ़ोन कट गया।

ठीक पांच मिनट बाद घंटी बजी तो पाया कि अनन्या एक ट्रे में चाय लेकर हाज़िर थी। वो ट्रैक पैंट, जैकेट और स्पोर्ट्र्स शू पहने हुए थी। लंबे बाल बंधे हुए थे। सिर पर पिंक कैप बेहद फब रही थी।

"ये रही आपकी अदरक और काली मिर्च वाली चाय। और ये रहे आपके ओट्स डाइजेस्टिव बिस्किट," कहते हुए अनन्या ने दोनों चीज़ें अमन के सामने रख दीं।

"अरे, तुम्हें कैसे पता मुझे सुबह अदरक वाली चाय के साथ ये बिस्किट चाहिये होते हैं?"

"इतने भोले भी ना बनें," अनन्या ने ताना देते हुए कहा, "रोज़ाना सुबह की आपकी पोस्ट आती है ना ... चाय पी लें ... चाय पी लीजिये ... उसमें साफ़ दिखायी देता है कि क्या खाते हैं आप।"

"ओह, तो मुझे स्टॉक किया जा रहा है।"

"जी नहीं, इतने इम्पॉर्टेंट नहीं हैं आप। बस टाइम लाइन पर दिख जाते हैं। वैसे भी अपने गेस्ट की पसंद हमें पता होनी चाहिये। अच्छी हॉस्पिटैलिटी का यही मंत्र है।"

"चलिये," कहते हुए अमन उठ खड़ा हुआ, "वैसे जाना कहां है?"

"हमें जैसलमेर का सनराइज़ देखने जाना है। यक़ीन मानो इससे ख़ूबसूरत चीज़ तुमने नहीं देखी होगी।"

होटल की कार से वो क़िले के मेन गेट पर पहुंच गये। वहां पहुंचते ही अनन्या ने एक प्रोफेशनल गाइड की तरह बोलना शुरू किया।

"ये देश का ऐसा अकेला क़िला है जो वीरान नहीं है। इट्स ए लिविंग फ़ोर्ट। ये आबाद है। इसमें लोग रहते हैं। बारहवीं शताब्दी से लोग इसमें रहते चले आ रहे हैं। इसीलिये इसे भारत का अकेला या आख़िरी आबाद क़िला कहा जाता है। देश के बाक़ी सब क़िले वीरान हैं।" अनन्या एक ट्रेंड टूरिस्ट गाइड की तरह अमन को सब बता रही थी। "सन 1156 में इसे राजपूत राजा रावल जैसल ने बनवाया था। राजा के नाम जैसल और ऊंचाई या पहाड़ यानी मेरू को मिलाकर इसका नाम जैसलमेर पड़ा। ये 1500 फुट लंबा और 750 फुट चौड़ा है। त्रिकुटा पर्वत पर बना ये क़िला धरती से 250 फुट ऊपर है। इस क़िले की ख़ासियत ये है कि इसे बनाने में किसी प्रकार के चूने या सीमेंट या किसी अन्य केमिकल का प्रयोग नहीं किया गया है। इंटरलॉकिंग के ज़रिये पत्थरों को आपस में फंसाया गया है। मज़बूती देने के लिये क़िले की दीवार के ऊपरी हिस्से में कीलें लगायी गयी हैं।

"क़िले के कोनों पर तोपें लगायी गयी हैं। आज कल इन्हें कैनन प्वाइंट कहा जाता है। इस क़िले में निन्यानवे बुर्ज हैं और चार प्रवेश द्वार या गेट हैं। और देखो, ये है क़िले का मेन गेट—अखैपोला। इसे महारावल अखैसिंह ने बनवाया था। यह गेट क़िले के पूर्व में स्थित मुख्य द्वार के बाहर बहुत बड़ा एरिया ख़ाली छोड़कर बनाया गया है। इसके कारण क़िले के मुख्य द्वार पर अचानक हमला नहीं किया जा सकता था।

"देखो अमन अब हम लोग चलते-चलते दूसरे द्वार तक आ गये हैं। क़िले के दूसरे गेट को रावल भीम ने बनवाया। इस गेट के आगे स्थित बैरीशाल बुर्ज है, इसे इस तरह बनाया गया है कि क़िले का मेन गेट इसकी ओट में आ जाये और गेट के सामने का एरिया इतना संकरा हो जाये कि बहुत बड़ी संख्या में शत्रु सेना इसमें घुस ही ना सके। क़िले का द्वार इतना मज़बूत है कि हाथियों की मदद से भी इसे शायद ही तोड़ा जा सकता था। इसके अलावा भीम ने क़िले में सात अन्य बुर्ज भी बनवाये थे।"

अमन हैरत से क़िले को देख रहा था। अनन्या की आवाज़, उसके हाथ के इशारे, उसकी आंखों की दिशा को वह लगातार फ़ॉलो कर रहा था। उसके मुंह से 'अमेज़िंग' और 'फैसिनेटिंग' के अलावा कुछ और निकल ही नहीं रहा था।

"अमन, सुनो, क़िले के तीसरे गेट को गणेशपोल व चौथे गेट को रंगपोल के नाम से जाना जाता है। दोनों गेट रावल भीम ने बनवाये थे। सूरजपोल की तरफ़ बढ़ने पर हमें रणछोर मंदिर मिलता है, जिसका निर्माण 1761 ई. में महारावल अखैसिंह की मां ने कराया था। और इस गेट के मेहराबनुमा तोरण के ऊपर देखो सूर्य की कितनी ख़ूबसूरत आकृति बनी हुई है," अनन्या ने हाथ से इशारा किया।

एक समय था जब जैसलमेर की सारी आबादी क़िले के भीतर ही रहती थी। वक़्त के साथ लोग बाहर निकले। पहले त्रिकुटा पहाड़ी की तलहटी में बसे और फिर पास की घाटी में बस गये।"

"अभी कितने लोग इस फ़ोर्ट में रहते हैं?" अमन ने पहली बार कोई सवाल किया।

"अभी क़रीब हज़ार लोग रहते हैं। इसमें मुख्य महल तो है ही, साथ में कई और हवेलियां, रेस्तरां, बुटीक, होटल और लोकल बाज़ार हैं।" अनन्या ने जवाब दिया।

"चारों गेट पार करने के बाद अब हम दशहरा चौक पर आ पहुंचे हैं।" अनन्या बोली। क़िले की सारी सड़कें संकरी और पत्थर से बनी

हुई थीं। अमन को लग रहा था जैसे वो यूरोप की पतली गलियों की सैर पर है।

"ये जो बड़ा खुला मैदान है, कहते हैं कि चौदहवीं और पंद्रहवीं शताब्दी में महिलायें इसी जगह जौहर किया करती थीं। तुम जानते हो ना जौहर के बारे में?" अनन्या ने पूछा।

"हां, हां, इतना तो मैं भी पढ़ा-लिखा हूं।"

"यू नेवर नो, मिस्टर पढ़े-लिखे लोग," उसने हंसते हुए कहा, "गाइड का फ़र्ज़ है पूछना। तो वॉर होने पर अरेस्ट होने और दासी बनने से बचने के लिये महिलायें ख़ुद आग में कूद जाती थीं। अग्निकुंड बनाकर आत्मदाह, यानी स्यूसाइड कर लेती थीं। अब आप अपने लेफ्ट साइड देख सकते हैं मुख्य महल, राजमहल पैलेस।" अमन ने घूम कर देखा तो उसे सुनहरे रंग के पत्थरों से झरोखेदार राजस्थानी शैली में बना एक भव्य महल नज़र आया।

"यहां जो एक चबूतरा-सा दिख रहा है, वो कभी राजा की गद्दी हुआ करती थी। यहीं महारावल बैठा करते थे। अब इसे म्यूज़ियम बना दिया गया है। वैसे ये हमारे आज की आईटेनरी में नहीं है। आज हम सिर्फ़ इसी क़िले की गलियों में भटकेंगे।" ये कहते हुए अनन्या ने अमन का हाथ पकड़ लिया और उसे खींचते हुए आगे बढ़ने लगी।

"ये जो गलियां हैं," उसने सामने इशारा करते हुए कहा, "इनमें से एक पूर्वी दिशा की तरफ़ जाती है और एक पश्चिमी दिशा में। पूरब की दिशा में ब्राह्मण रहते हैं और पश्चिम में राजपूतों के घर हैं।"

अमन के लिये आठ सौ साल पुराने क़िले की सड़कों और संकरे गलियारों में बसी ज़िंदगी को देखना दुर्लभ अनुभव था। जाड़े में क्रिसमस की सुबह भी यहां काफ़ी हलचल थी। बच्चे मस्त खेल रहे थे। औरतें पानी की बाल्टियां भर रही थीं। ज़िंदगी काफ़ी सामान्य थी। इस सामान्य ज़िंदगी को निहारते हुए दोनों हाथ में हाथ डाले क़िले की चहारदीवारी पर पहुंच गये। एक दीवार उनके सामने आ गयी। आगे रास्ता बंद था। अमन ने अनन्या की तरफ़ देखा। उसने मुस्कुरा कर सिर हिला दिया।

"चलो," अनन्या ने अमन को खींचते हुए एक स्लोप पर चढ़ा दिया जो क़िले की चहारदीवारी की तरफ़ ऊपर को जा रही थी। थोड़ा-सा आगे जाते ही एक तोप रखी थी। शताब्दियों पुरानी तोप। क़िले की दीवार पर टिकी। इसका मुंह शहर की तरफ़ था और उसके आगे दूर तक फैला था रेगिस्तान। अमन की निगाह हैरत से फैल गयी।

"ये जगह मेरी फेवरेट है। शोर-शराबे से दूर। सुकून की तलाश में यहीं आकर बैठ जाती हूं और घंटों बैठी रहती हूं।" ये कहते-कहते अनन्या तोप पर चढ़ कर एकदम क़िले की चहारदीवारी के उस हिस्से पर पहुंच गयी जहां तोप का मुंह क़िले से बाहर की ओर निकला हुआ था। उसने ख़ुद को तोप पर बैलेंस किया और दोनों हाथ आसमान की ओर फैला दिये। जैसे पूरी कायनात को समटे लेना चाहती हो अपनी आगोश में। फिर उसने हल्के से मुड़ कर अमन को देखा।

अमन ने उचक कर देखा तो सामने खायी थी। वो बोला, "मरने का इरादा है क्या?"

"अगर तुम साथ हो तो आइडिया बुरा नहीं है। मेरे साथ मरना चाहोगे?" अनन्या ने ज़ोर से पूछा।

"मुझे ऊंचाई से डर लगता है।"

"हाहाहा ... सीधे बोलो ना कि मरने से डर लगता है। आ जाओ, मरने नहीं दूंगी।"

"नहीं, मैं वापस जा रहा हूं।" वो पीछे हटा। मुड़ने को हुआ ही था कि अनन्या की खिलखिलाती हंसी सुनायी दी।

वो थोड़ा पीछे हटी, "चलो अब यहां आ जाओ। आज यहां से कोई नहीं जा सकता—ना मैं, ना तुम।" उसकी आवाज़ में ख़ुशी महसूस कर रहा था अमन।

"ये मेरी खुफिया पनाहगाह है। जब मैं उदास होती हूं या ख़ुश होती हूं तो यहीं आती हूं। ये क़िला मुझे अपने में समेट लेता है। मुझे सुरक्षित महसूस कराता है। तुम पहले इंसान हो मन जो मेरे साथ यहां आये हो। इतनी दूर मेरे साथ कोई नहीं आया।" उसने अमन की तरफ़ हाथ बढ़ाया।

अमन हाथ पकड़ कर झिझकते हुए ऊपर आ गया। दूर क्षितिज के पार सूरज ऊपर आने की तैयारी कर रहा था। पत्थरों का रंग बदल रहा था। पहले आसमान गुलाबी हुआ। सूर्य महाराज के क्षितिज पर अवतरित होते ही पूरा मंज़र सुनहरा हो गया। विधाता के रचे इस चमत्कार पर दोनों स्तब्ध थे। अमन ने अपना हाथ अनन्या के कंधे पर रखा हुआ था। इस बार अनन्या का सिर अमन के कंधे पर था। क्षितिज के पार, शून्य में जाने क्या ताक रहे थे दोनों। और उनके बीच पसरा था मौन।

हर सूर्योदय हमारी ज़िंदगी का एक ऐसा नया अध्याय होता जिसे लिखे जाने का इंतज़ार होता है। हमें बस उसे लिखना आना चाहिये।

सूर्योदय के बाद दोनों वापस लौटने लगे। अचानक एक मोड़ पर अनन्या ने दौड़ना शुरू कर दिया।

"कैच मी इफ़ यू कैन," उसने अमन को चैलेंज किया।

अब अनन्या आगे-आगे और अमन उसके पीछे। अनन्या कभी इस गली में जाये, कभी उस गली में। गलियों की भूल-भुलैया में अनन्या को पकड़ना तो दूर की बात थी, वो अमन की नज़रों से ओझल ना हो जाये, ये एक बड़ी चुनौती थी। लाख कोशिश करके भी अमन उसके क़रीब नहीं पहुंच पाया। अनन्या की रफ़्तार के आगे उसकी एक ना चली। पांच-सात मिनट तक दोनों दौड़ते रहे। थक कर अमन ने हथियार डाल दिये।

"आई एम डन, एन! तुम जीत गयीं।" वो ज़ोर से चिल्लाया, "और नहीं दौड़ा जा रहा।" वो बुरी तरह हांफ रहा था।

अनन्या उसकी आवाज़ सुनकर रुकी और वापस आ गयी। दोनों एक चाय की दुकान पर बैठ गये। कुछ देर सांस लेने के बाद अनन्या ने कहा, "एक कहानी और है इस क़िले के बारे में। वो हमारे देवी-देवताओं से जुड़ी है।"

"सुनाओ," अमन ने चाय की चुस्की लेते हुए कहा।

"वैसे तुम भी तो कहानी ही कहते हो ना तो सुनो ये कहानी, मैंने तुम्हें बताया था कि ये क़िला महारावल जैसल ने बनवाया था। लेकिन इस जगह का चुनाव उन्होंने कैसे किया इसकी कहानी कुछ इस तरह है ..." अनन्या की काली गहरी आंखें चमक रही थीं।

'उफ़्फ़! मुझे तुम्हारी आंखों पर किस करना है।' अमन मन ही मन सोच रहा था कि अनन्या की आवाज़ ने उसके ख्यालों को भंग कर दिया।

"कहते हैं जैसल क़िला बनाने के लिये महारावल सही जगह की तलाश में निकले थे। वह उस समय के मारवाड़ की राजधानी लुदुवे से कुछ आगे आये तो पहाड़ी की टेकड़ी पर धूनी रमाये एक महात्मा ने कहा कि 'बच्चा, तुम जिस जगह कि खोज में निकले हो, यह वही जगह है और मैं तुम्हें यह बताने के लिये ही यहां बैठा हूं। विधाता ने तुम्हारे जन्म से पहले ही यह स्थान तय कर दिया था।' महारावल हैरान हो गये। वो सोचने लगे कि इस साधु महात्मा को कैसे पता कि मैं किस काम के लिये निकला हूं। महात्मा ने महारावल को बताया कि 'एक बार ब्रह्मा ने यहां यज्ञ किया था। यज्ञ में श्री कृष्ण और अर्जुन भी शामिल हुए थे। श्री कृष्ण ने अपने सुदर्शन चक्र से इस पहाड़ी पर जैसल नामक कुआं खोदा और कहा कि एक ऐसा समय आयेगा जब हमारे वंश का जैसल नामक राजा यहां एक अजेय क़िले का निर्माण करायेगा और यहीं उसकी राजधानी होगी।' महात्मा ने कुएं के पास गड़ा हुआ एक शिलालेख भी दिखाया। इसके बाद महारावल ने इसी जगह पर क़िला बनवाने का फ़ैसला किया।"

"तुम्हें इस कहानी पर यक़ीन है?" अमन ने पूछा।

"कहानियां यक़ीन करने के लिये नहीं होतीं, कहानियां तो बोरिंग होती हैं या इंटरेस्टिंग।" अमन की ओर देखते हुए वो बोली।

"और कहानी कहने वाले कैसे होते हैं?" इस बार अमन ने शरारत की।

"आहां, मिस्टर बोरिंग के अंदर चेंजिज़ आ रहे हैं ... आई एम ग्लैड। लेकिन अभी फ़ैसला सुनाना जल्दबाज़ी होगी। थोड़ा वक़्त दीजिये हुकुम," कह कर वह खिलखिला कर हंस दी।

'मैं निगाहें तेरे चेहरे से हटाऊं तो हटाऊं कैसे ...' मन ही मन अमन ने सोचा और बोला, "सुनो एन, कल रात के लिये सॉरी। मैं थोड़ा इमोशनल हो गया था।"

"ओहो, कम ऑन, मन! इट्स नैचुरल। होता है। अच्छा हुआ जो भी कल हुआ, तुम्हें आउटलेट चाहिये था।"

"बेकार ही तुम्हें अपनी प्रॉब्लम में शामिल किया।"

"ओह, मिस्टर बोरिंग, इतना ड्रामा मत करो यार। एक तो ख़ास बनना चाहते हो ऊपर से ये निरूपा राय वाली एक्टिंग। तुम पर सूट नहीं करती ये। बी ए मैन," उसने अमन के कंधे पर हाथ रखते हुए कहा। दोनों क़िले से नीचे आ रहे थे। "मैं फिर भी तुम्हें कहूंगी कि तुम्हें अपने डैड से बात करनी चाहिये।"

"मुझसे नहीं हो पायेगा।"

"अगर नहीं करोगे तो सच कभी नहीं जान पाओगे। सच जानना बहुत ज़रूरी है।"

"अब इस बात से कोई फ़र्क़ नहीं पड़ता कि सच क्या है।"

"सबको फ़र्क़ पड़ता है। बीते हुए कल के लिये आज को नहीं ख़त्म कर सकते, मन। जो बचा है उसे संभालना पड़ता है। सबकी ज़िंदगी में बुरा वक़्त आता है लेकिन हमें उससे आगे बढ़ना पड़ता है। बहुत कुछ भूलना पड़ता है। छोड़ना पड़ता है। ये जितनी जल्दी हो उतना अच्छा है। वरना ये आपको खा जाता है। आगे बढ़ने से रोक देता है। एक क्लोज़र सबको चाहिये होता है।"

"आई डोंट नीड ए क्लोज़र। फ़ॉर मी दैट चैप्टर इज़ ऑलरेडी क्लोज़्ड।"

"वहम है तुम्हारा। कुछ भी क्लोज़ नहीं हुआ है। भ्रम में हो।"

"देखो एन, जो मेरे पास है, वो काफ़ी है। इससे ज़्यादा की दरकार नहीं है। तुम हो ना मेरे साथ, और कुछ नहीं चाहिये मुझे।" अमन ने अनन्या की तरफ़ देखते हुए कहा।

"डोंट बी ए फूल, मैं तुम्हारी ज़िंदगी में कुछ भी नहीं हूं, मन। परिवार की जगह कोई नहीं ले सकता। माता-पिता का दर्जा अपने ख़ुद के बच्चों से भी बड़ा होता है। तुम समझना क्यों नहीं चाहते?"

"मेरी जगह तुम होतीं तो क्या करतीं? ऐसे पिता को गले लगातीं जिसने तुम्हारी मां को मरने के लिये छोड़ दिया हो?" अमन ने उसकी आंखों में झांका।

"मेरे पिता होते तो मैं उनसे गले लग कर फूट-फूट कर रोती क्योंकि मैं जानती हूं कि मेरे पिता मेरी मां को कभी मरने के लिये नहीं छोड़ सकते थे। इतना विश्वास मुझे अपने पिता पर है।" अनन्या की आंखों में आंसुओं की बूंदें झिलमिलाने लगीं।

"देखो एन, मेरी एक रिक्वेस्ट है। अगर मेरा ज़रा-सा भी ख्याल है या तुम मुझे मानती हो तो अब मेरे परिवार का ज़िक्र नहीं होगा। हम इस बारे में बात नहीं करेंगे। अगर तुम ऐसा नहीं कर सकतीं तो मैं आज ही वापस चला जाता हूं।"

"यार मन, ये क्या बात है! ऐसा थोड़े होता है। ख़ैर, जैसी तुम्हारी मर्ज़ी। मैं नहीं चाहती हूं कि तुम यहां से जाओ। तुम्हारे जाने से मुझे दुख ही होगा। मैं तुम्हारा दिल नहीं दुखा सकती। चलो अब ख़ुश हो जाओ," कह कर अनन्या खिलखिला दी।

"नाऊ व्हॉट? आगे का क्या प्लान है?" अमन ने पूछा। उसकी आवाज़ में एक सुकून था।

"अब वापस होटल। तुम फ्रेश हो लेना फिर लंच के बाद चलेंगे घूमने। आज शाम हम सैंड ड्यून्स पर गुज़ारेंगे।"

"ग्रेट!"

अनन्या समझ रही थी कि अमन इस वक़्त डरा हुआ है। सालों का अंधेरा छंटने में वक़्त लगेगा। *दिल के अंधेरे कोनों में जब रोशनी की*

शुरुआत होती है तो शुरू में सबको डर लगता है। आंखें चौंधिया जाती हैं। लेकिन एक छोटी-सी खिड़की खुल चुकी थी। अब उसे इंतज़ार था तो इस खिड़की के पूरा खुलने का।

एआरबी टावर्स के बोर्ड रूम में मीटिंग चल रही थी। राज सिंह चौधरी के सामने उनकी कंपनी के सीईओ, सीएफ़ओ समेत सभी बड़े अफ़सर बैठे हुए थे। इसके अलावा तमाम लोग मुंबई से आये हुए थे। मसला था, कंपनी का आईपीओ लाने का। पिछले कई सालों से राज सिंह कंपनी को शेयर मार्केट में लिस्ट करना चाहते थे लेकिन अलग-अलग वजहों से ऐसा नहीं हो पाया था। आज की ये मीटिंग काफ़ी महत्वपूर्ण थी। इसमें ये तय होना था कि आईपीओ के लिये कैसे आगे बढ़ा जाये।

"सर, आई थिंक हम सही ट्रैक पर हैं। कंपनी की परफॉर्मेंस भी इस साल अच्छी है। हमारी ग्रोथ भी इंडस्ट्री के कम्पैरिज़न में बेटर है। पिछले साल के मुक़ाबले हमने ज़्यादा प्रोजेक्ट्स और प्रॉपर्टी डिलीवर की हैं—पंद्रह फीसदी ज़्यादा। वहीं हमारी सेल में बीस फीसदी की ग्रोथ है। अगर प्रॉफ़िट में ग्रोथ की बात करें तो इस साल ये ग्यारह फीसदी के आसपास होना चाहिये जो कि इंडस्ट्री एस्टीमेट से तीन फीसदी ज़्यादा है।"

"वेरी गुड। एनी डाउनसाइड?" राज ने सवाल किया।

"सर, इस साल हमारे न्यू लॉन्च कम हुए हैं। अपने टार्गेट प्रोजेक्शन से हम तीस फीसदी पीछे हैं।"

"इसकी वजह क्या है? क्यों हम नये प्रोजेक्ट्स लॉन्च नहीं कर पा रहे हैं?"

"सर, बैंकिग सेक्टर में बढ़ते एनपीए की वजह से रियल एस्टेट कंपनी को लोन मिलना मुश्किल है। इतने घोटाले हुए हैं कि बैंक लोन देने से डर रहे हैं। सीबीआई, डीआरआई और ना जाने कौन-कौन-सी जांच एजेंसियों का झंझट। ये कई साल से चल रहा है, आप तो जानते ही

हैं। सेल्स भी काफ़ी सालों से डाउन ही रही है। कोरोना की वजह से भी बाज़ार ख़राब रहा। इस साल इसमें कुछ इम्प्रूवमेंट है।

"कंपनी के पास एक अच्छा कैश रिज़र्व है लेकिन उसको लैंड एक्यूज़िशन में लगाना समझदारी नहीं है। हमें आईपीओ लाना ही पड़ेगा। मार्केट से पैसा लेना होगा। अगर आईपीओ इस साल आ जाता है तो हमारे नये लॉन्च की प्रॉब्लम सॉल्व हो जायेगी। कंपनी के मज़बूत फाइनेंशियल स्टेटस की वजह से हमारे शेयर को अच्छा प्रीमियम भी मिल जायेगा। हमारे साथ मुंबई से आये कंसल्टेंट्स भी हैं जो आईपीओ हैंडल करेंगे।"

"कितना टाइम लगेगा आईपीओ लाने में?" राज सिंह ने कंसलटेंट से सवाल किया।

"अगर हम आज से शुरुआत करते हैं तो तीन महीने में लॉन्च कर सकते हैं। रेगुलेटरी अप्रूवल वग़ैरह में इतना वक़्त लग जाता है। सिक्योरिटीज़ एक्सचेंज बोर्ड यानी सेबी, बॉम्बे स्टॉक एक्सचेंज यानी बीएसई और नेशनल स्टॉक एक्सचेंज यानी एनएसई में पेपर जमा करने होंगे। तीन महीने लग जाते हैं इन सभी अप्रूवल्स आने में।"

"क्या ये आईपीओ लाने का सही वक़्त है?"

"यस सर, इस वक़्त स्टॉक मार्केट तेज़ी पर है। सारे ब्लू चिप शेयर्स ऑल टाइम हाई पर हैं। रियल एस्टेट शेयर भी अच्छा परफ़ॉर्म कर रहे हैं। कई साल बाद एक हेल्दी रिटर्न है शेयरों में। बीएसई और एनएसई नये रिकॉर्ड बना रहे हैं। अगले एक साल का अनुमान ये कह रहा है कि मार्केट में तेज़ी बरक़रार रहेगी। सर, शेयर मार्केट सेंटिमेंट्स पर चलता है। मार्केट सेंटिमेंट हाई पर है और एआरबी पर सबकी निगाहें हैं। कई साल से एक्सपेक्टेशंस हैं कि आईपीओ आयेगा। सॉलिड ट्रैक रिकॉर्ड है हमारा। पिछले पच्चीस-तीस साल से आप टाइम पर डिलीवरी देने के लिये मशहूर हैं। कोई बैंक लोन डिफॉल्ट नहीं है। कोई बैड लैंड डील नहीं है। इससे बेहतर ऑप्शन किसी इन्वेस्टर के लिये क्या होगा।

पॉलिटिकल प्रेशर और जोड़-तोड़ से भी बाहर हैं। इट्स ए विन-विन सिचुएशन, सर।"

"व्हेन कैन वी स्टार्ट?" राज ने अपनी टीम से सवाल किया।

"राइट नाऊ सर।"

"देन लेट्स स्टार्ट।"

"लेकिन सर, एक छोटी-सी प्रॉब्लम है।" कंपनी के सीएफ़ओ ने कहा।

"अमन जी से पेपर साइन कराने होंगे। मैडम के शेयर अभी तक उनके नाम ट्रांसफ़र नहीं हुए हैं। बग़ैर पेपर वर्क के हम आईपीओ के लिये अप्लाई नहीं कर पायेंगे।"

अमिता राज बिल्डर्स (एआरबी) की स्थापना राज सिंह चौधरी और उनकी पत्नी अमिता दोनों ने मिल कर की थी। दोनों ही बराबर के पार्टनर थे। पचास फीसदी अमिता के और पचास फीसदी राज के। बीमार होने पर अमिता ने अपने शेयर अमन के नाम कर दिये थे। जो उसके इक्कीस साल का होने की स्थिति में ट्रांसफ़र हो जाने चाहिये थे लेकिन अमन कभी ऑफ़िस आया ही नहीं। कंपनी के पचास फीसदी शेयर अधर में लटके हुए थे।

"एक और बात सर, इस कंपनी की सबसे बड़ी हिस्सेदारी तो अमन जी के पास ही है। आपके पास सिर्फ़ इक्कीस फीसदी शेयर हैं। उन्तीस फीसदी शेयर आप पहले ही फाइनेंशियल पार्टनर्स को बेच चुके हैं।"

"हां जानता हूं कि अमन ही इस कंपनी का मैजोरिटी शेयर होल्डर है। बोर्ड मीटिंग में भी उसका होना ज़रूरी है। उसके बग़ैर आईपीओ प्लान करना असंभव है।" राज सिंह को अगर कंपनी को नये मुकाम पर ले जाना था, अपनी पत्नी के नाम को स्टॉक मार्केट में चमकते देखना था तो उन्हें अपने बेटे को मनाना ही होगा। उसे घर लाना ही होगा। उससे कहना होगा कि वो उससे बहुत प्यार करते हैं। कहने से ज़्यादा ये विश्वास दिलाना होगा कि वो वाक़ई अपने बेटे को दिल से चाहते हैं।

अगर आप किसी से प्यार करते हैं तो आपको यह कह देना चाहिये। अगर आप डरते हैं कि ये सही नहीं है और इससे दिक्कतें ही बढ़ेंगी, तब भी कह देना चाहिये। अगर आपको लगता है कि ये आपकी ज़िंदगी भी ख़त्म कर सकता है, आपको जला सकता है, दफ्न कर सकता है, तब भी कह देना चाहिए। बल्कि इसे तो आपको और ज़ोर से कहना चाहिये और फिर इंतज़ार करना चाहिये।

"मैं जैसलमेर टूरिस्ट बनने के लिये नहीं आया हूं। मैं सिर्फ़ तुमसे मिलने के लिये आया हूं एन," अमन ने अनन्या की आंखों में झांकते हुए कहा। ये निगाह जैसे बहुत कुछ कहना चाह रही थी। अनन्या एक पल उसको देखती रही।

"पता है, लेकिन मुझे तुम्हें घुमाना है। जैसलमेर भी तो दिखाना है। देखो कल मुझे कुछ काम है। कल तुम पूरा दिन फ्री रहोगे। ख़ूब आराम करना इसलिये मैंने सोचा कि आज तुम्हारे साथ घूम लिया जाये और समझ लो कि मैं तुम्हें घुमा रही हूं।" वो हंसने लगी।

'कैसी पागल है ये लड़की। आई वॉन्ट टू किस हर बैडली,' अमन ने मन ही मन सोचा और मुस्करा दिया।

अर्ली लंच के बाद उनकी थार निकल चुकी थी अपनी अगली यात्रा पर। थार अनन्या की ही थी और वही चला रही थी। आज उनकी मंज़िल थी, कुलधरा गांव। होटल से निकलते ही अनन्या ने गाड़ी दायें मोड़ी ली। आगे एक पतली सड़क थी। सांप की तरह रेंगती हुई ख़ाली सड़क। इक्का-दुक्का गाड़ियां ही आती थीं। दूर तक फैला ख़ाली मैदान। इतना फैलाव आंखों ने कभी महसूस नहीं किया था।

नीला आसमान, ख़ाली सड़क और अनन्या का साथ। जीवन के कितने ख़ूबसूरत पल थे ये। कभी किसी को पाने की चाहत इस रूप में नहीं की थी अमन ने। उसने जीवन में किसी को चाहने का ख़्वाब छोड़ ही दिया था। शायद अकेला बेटा होने की वजह से और हमेशा माता-

पिता से दूरी ने ममता और प्यार क्या होता है ये समझने की अक्ल ही ना दी थी उसे। ऐसा नहीं था कि कोई उसकी ज़िंदगी में नहीं आया, कई बार लोगों ने दस्तक दी, कोशिश की, प्यार भी जताया लेकिन अमन को वो भाये नहीं।

अनन्या के साथ रहकर उसे साथ होने का मतलब समझ आ रहा था। वो बस अब उसके साथ रहना चाहता था, उसकी बेकार की बक-बक अब उसे अच्छी लगने लगी थी। उसे वो हर पल सुन सकता था, वो अनन्या को हमेशा अपने आसपास चाहता था। 'क्या मुझे प्यार हो गया है? उसे कह दूं क्या? कह दूं? कहीं ये महज़ आकर्षण ही तो नहीं है?' अमन दुविधा में था।

"आई वॉन्ट टू हैव सेक्स विद यू।" उसके मुंह से एकाएक निकल गया।

पर अनन्या चौंकी नहीं, "ओह माई मिस्टर बोर!" अमन की तरफ़ देखते हुए वो ज़ोर से हंस रही थी।

"शटअप! डोंट लाफ, से समथिंग।"

"आई डोंट। तुमने कह दिया, अच्छी बात है। आई एम फीलिंग गुड कि कोई मेरे साथ सेक्स करना चाहता है," यह कहते हुए भी वो खिलखिला ही रही थी।

"तुम इतना हंसती क्यों हो?" अमन खीज कर बोला। वो अब शर्मिंदा हो रहा था। उसे ये बात कहने का अफ़सोस हो रहा था।

कुछ देर दोनों के बीच ख़ामोशी छायी रही। फिर इस चुप्पी को अनन्या ने ही तोड़ा, "तुम तो लव स्टोरी लिखते हो ना, तुमने प्यार किया है किसी से?"

"नहीं, तुमसे मिलने से पहले किसी से नहीं किया," अमन ने धीरे से जवाब दिया। साथ ही पूछ लिया, "और तुमने? तुमने किसी से प्यार किया है?"

"तुम वर्जिन तो नहीं हो ना अभी तक?" अनन्या ने अमन की तरफ़ देखा और उसकी शक्ल पर आये भाव को देख कर खिलखिला कर हंस

दी, "ओ माय गॉड! आर यू सीरियस?" वो हंस-हंस कर दोहरी हो रही थी। गाड़ी उस पतली रेतीली सड़क पर बुरी तरह डोल रही थी।

"मेरे सवाल का जवाब दो, क्या तुमने प्यार किया है किसी से?" अमन ने अपनी खीज को रोकते हुए कहा। अनन्या के साथ वो हमेशा बातों में कमज़ोर पड़ जाता था। वो जितनी बिंदास बोलती थी, अमन उतना ही गंभीर था।

"हां, किया है। ग़ज़ब इश्क़ किया। ख़ूब किया। सुनोगे मेरी कहानी?" वो हंसते हुए बोली।

"हां, कहानी सुनना और कहानी कहना ही तो इस मिस्टर बोर को आता है," ये कहते हुए इस बार अमन भी मुस्कुरा दिया।

"ठीक है, तो आज की रात एन-एनी-अनन्या की दास्तान सुनना, लेकिन उससे पहले मैं तुम्हें मिलवाती हूं एक ऐसे शख़्स से जिसकी कहानी सुन कर तुम्हारी सारी लव स्टोरी फेल हो जायेंगी," और ये कहते हुए उसने मेन रोड से गाड़ी एक पतली सड़क पर उतार दी। कुछ ही देर में वो एक काले रंग के भव्य गेट के सामने खड़े थे।

"वो सामने खड़े शख़्स को देख रहे हो ना, वो हैं यहां के चौकीदार। इनकी उम्र क़रीब अस्सी साल है। अपनी सारी ज़िंदगी उन्होंने इस कुलधरा गांव की चौकीदारी में ही गुज़ारी है। इनकी प्रेम कहानी शुरू होती है सत्तर के दशक में। ऑस्ट्रेलिया की एक लड़की जैसलमेर घूमने आती है। यहां उसकी मुलाक़ात तीस साल के चौकीदार से होती है। मरीना को देखते ही चौकीदार साहब को भी उससे पहली नज़र वाला प्यार हो जाता है। पांच दिन मरीना जैसलमेर में रही, और इन पांच दिनों तक ये साथ रहे। बुज़ुर्ग कहते हैं कि पांच दिन बाद जब मरीना वापस ऑस्ट्रेलिया जाने लगी तो उसने अपने दिल की बात कह दी। जब मरीना ने 'आई लव यू' बोला तो चौकीदार की ख़ुशी का ठिकाना नहीं रहा, मानो इन्हें सारे जहान की ख़ुशियां मिल गयीं।"

दोनों थार में बैठे रहे। अनन्या कहानी सुना रही थी और अमन की नज़रें चौकीदार पर टिकी थीं। लंबा क़द, सुडौल काया, काला रंग।

अस्सी साल की उम्र में भी उसकी काया एकदम सीधी थी, कोई झुकाव नहीं था। सफेद धोती-कुर्ता और साफा पहने वो शख़्स अपने दौर में ख़ासा आकर्षक रहा होगा।

अनन्या ने कहानी सुनाना जारी रखा, "मरीना वापस चली गई। अब ये परेशान हो गये। इनका मन उसके पास जाने का करने लगा, लेकिन इतने पैसे नहीं थे कि ऑस्ट्रेलिया का हवाई टिकट ले सकें। पर मामला दिल का था जनाब ... दिल के आगे किसका बस चला है, इसलिये तीस हज़ार रुपये का कर्ज़ा लिया और पहुंच गये मेलबर्न। ये तीन महीने मरीना के साथ मेलबर्न में रहे। बेहद ख़ूबसूरत दिन थे इनकी ज़िंदगी के। मरीना ने इन्हें अंग्रेज़ी भी सिखाने की कोशिश की लेकिन ज़्यादा कामयाब ना हो सकी। जल्द ही वीज़ा की मियाद ख़त्म हो गयी। मरीना चाहती थी कि ये वहीं बस जायें क्योंकि मरीना भारत नहीं आ सकती थी। दोनों ने एक-दूसरे की परेशानी समझी और ख़ुशी-ख़ुशी दूर होने का फ़ैसला कर लिया। अलग होते वक़्त दोनों ख़ूब रोये थे।"

"ओह! अलग हो गये दोनों?" अमन के मुंह से निकला, "दिस इज़ रियली सैड।" उसकी नज़रें इस वक़्त भी गेट पर खड़े चौकीदार पर टिकी थीं।

"नहीं, कहानी में ट्विस्ट बाक़ी है। समय गुज़रता रहा। दोनों अपनी-अपनी दुनिया में बिज़ी हो गये, लेकिन दिल में बसी याद नहीं गयी। चौकीदार साहब ने भी शादी कर ली। बच्चे भी हो गये, पर नहीं छूटी तो चौकीदार की मरीना से मुहब्बत। अभी कुछ साल पहले इनकी पत्नी गुज़र गयीं। ज़िंदगी नाउम्मीदी में गुज़र रही थी कि अचानक इनको एक चिट्ठी मिली। ये चिट्ठी मरीना की थी। पचास साल बाद मरीना की चिट्ठी ने इनकी बेरंग ज़िंदगी को रंगीन कर दिया। सालों से बिछड़े ये दो प्रेमी अब एक-दूसरे से जुड़ चुके हैं। हर रोज़ एक-दूसरे से फ़ोन पर बात करते हैं। मरीना बीच-बीच में इनसे मिलने भी आती रहती है।

"यही है इनकी प्रेम कहानी। एकदम किसी दूसरी दुनिया के जैसी। कितनों के नसीब में होती है ऐसी मुहब्बत? रूमी ने कहा है कि *प्रेमी*

अंततः कहीं मिलते नहीं हैं, वो हमेशा एक-दूसरे के साथ रहते हैं। कितने ग़लत थे रूमी, प्रेमी मिल भी जाते हैं, और साथ भी रहते हैं।" कहते हुए अनन्या की आंख से दो आंसू टपक पड़े।

अमन ने धीरे से उसकी उंगलियों में अपनी उंगलियां जकड़ लीं। अनन्या ने ज़ोर से अपनी आंखें भींच लीं। दोनों देर तक चुपचाप हाथ में हाथ लिये बैठे रहे।

"यह है कुलधरा गांव। यहां कभी पालीवाल ब्राह्मण रहते थे।"

"पालीवालों का गांव?" अमन चौंका, "पालीवाल ब्राह्मण यहां रहते थे?" उसकी आवाज़ में हैरानी थी। ये कहते हुए उसने अपने फ़ोन पर नज़र डाली जो अचानक बजने लगा। उसने चुपचाप उसे साइलेंट कर दिया। लगातार बजते फ़ोन को अमन इग्नोर कर रहा था। अनन्या ने उसकी तरफ़ सवालिया नज़रों से देखा। फिर पूछा, "तुम्हारे डैड का फ़ोन है?"

अमन ने जवाब नहीं दिया।

"ज़िंदगी भागने का नाम नहीं है, अमन। अक्सर हमें लगता है कि हमारे पास बहुत वक़्त है, फिर कर लेंगे। अपने ही तो हैं, कहां जायेंगे ... हम निश्चिंत रहते हैं, फिर अचानक एक दिन ऐसा आता है जब हालात हमारे हाथ में नहीं होते। तब हम घबरा कर भागते हैं। सोचते हैं कि क्या करें। तब तक कुछ करने को बचता ही नहीं है। वक़्त गुज़र जाता है। रह जाता है तो सिर्फ़ पछतावा। हम अपने ईश्वर, ख़ुदा, गॉड, वाहे गुरु से वक़्त मांगते हैं लेकिन हमें कुछ नहीं मिलता। तो इतनी देर ना करना अमन कि सारी ज़िंदगी पछताना पड़े! सॉरी, मैंने वादा किया था कि तुम्हारी पर्सनल लाइफ़ पर कुछ नहीं कहूंगी। ये आख़िरी बार था। आई एम सॉरी।"

"इट्स ओके।"

"आज से क़रीब सात सौ-आठ सौ साल पहले पालीवाल यहां आकर बसे थे। पाली राज्य को छोड़कर पालीवाल जैसलमेर आये थे।" अनन्या ने फिर बात छेड़ी।

"पाली से यहां क्यों आये?" अमन की आवाज़ में जिज्ञासा थी। अचानक पालीवालों के इतिहास में उसकी दिलचस्पी बढ़ गयी थी।

अनन्या हैरानी से उसका मुंह देखती रह गयी। ये आदमी कुछ देर पहले कह रहा था कि ये मुझसे मिलने जैसलमेर आया है। अब ये पालीवालों का इतिहास जानना चाहता है। "बताती हूं लेकिन पहले कुलधरा की कहानी पूरी करते हैं," उसने फिर बताना शुरू किया, "पालीवालों के कुल चौरासी गांवों में सबसे बड़ा कुलधरा था। कहते हैं कि इस गांव में आने वाले हर नये पालीवाल परिवार का स्वागत एक सोने की गिन्नी और एक ईंट देकर किया जाता था। ईंट घर बनाने के काम आती थी और सोने की गिन्नी कारोबार या खेती शुरू करने के काम आती थी। कुलधरा नाम आया 'कुलधर' से, ये पालीवाल ब्राह्मणों की एक सब-कास्ट यानी उप जाति है। सबसे पहले यही लोग इस गांव में आये थे। इन्हीं के नाम पर गांव का नाम कुलधरा पड़ा। कहते हैं कि कुलधरा का पहला मुखिया एक ब्राह्मण ऋषि विसाहट था। उसके यहां काम करने वाले और योद्धा समेत सभी लोग ब्राह्मण थे। तुम देख सकते हो कि इस वक़्त भी ये इलाक़ा बंजर और वीरान है। अब कल्पना करो कि आठ सौ साल पहले ये इलाक़ा कैसा रहा होगा। सोच सकते हो कि कितनी बुरी हालत रही होगी जब पालीवाल यहां रहते होंगे? लेकिन यहीं ये कहानी दिलचस्प हो जाती है। उस वक़्त यहां रहने वाले पालीवाल बेहद संपन्न थे। इसकी वजह थी उनकी मेहनत, पर्यावरण की समझ, खेती की समझदारी और कारोबार में निपुणता। इन सब ख़ूबियों के चलते वो बड़े फार्मर, पैसे उधार देने वाले बैंकर, मनी लेंडर और कारोबारी यानी बिज़नेसमैन बन गये। पालीवाल ब्राह्मण सिंध और दूसरे देशों से अनाज, अफीम, नील, हाथी दांत से बने आभूषण और सूखे मेवों का व्यापार करते थे। सारा माल ऊंटों पर लादकर लाया-ले जाया जाता था। इस इलाक़े का वैभव देखने लायक़ था।

"इतिहास ये कहता है कि पाली छोड़ते वक़्त जो पालीवाल पश्चिमी गेट से बाहर निकले उन्होंने खेती-बाड़ी को अपनाया और जो लोग पूर्वी गेट से निकले वो बैंकर और मनी लेंडर बने। अब जो बात मैं बताने जा रही हूं वो इतिहास में नहीं है, कहते हैं कि जैसलमेर आने के बाद पालीवालों की संख्या राजपूतों के बराबर हो गयी लेकिन उनकी संपन्नता राजपूतों से आगे निकल गयी। अब एक दिलचस्प और चर्चित कहानी सुनो—सन 1702 में महाराजा जसवंत का विवाह उदयपुर के महाराणा की बेटी से हुआ। महाराणा ने बातचीत में जसवंत की आर्थिक स्थिति पर सवाल उठा दिया। युवा राजकुमार ने वहीं दो लाख रुपये की एक हुंडी लिखी और पालीवालों की कोठी पर जाकर रक़म लाने को कहा। दो लाख रुपये वैसे तो आज भी देश के नब्बे फीसदी लोगों के लिये एक बड़ी रक़म है, लेकिन हो सकता है कि ये तुम्हें कम लगे पर तीन सौ बीस साल पहले ये रक़म बहुत बड़ी थी। जब पालीवाल ब्राह्मण को हुंडी मिली तो उसने हैरानी से कहा कि मेरी एक दुकान मेवाड़ में भी है वहीं से ये छोटी-सी रक़म ले लेते, यहां आने की क्या ज़रूरत थी! ख़ैर, अब आ ही गये हो तो जाओ अंदर जाकर जिस भी तरह के सिक्के चाहिये गिन लो। ये जलवा था उस ज़माने में पालीवालों का।"

दोनों कुलधरा गांव में घूम रहे थे। पूरा इलाक़ा खंडहर था। घर थे, जिनकी दीवारें थीं लेकिन छत नहीं थी। खिड़की-दरवाज़े थे लेकिन किवाड़ नहीं थे। सीढ़ियां थीं लेकिन जाने का रास्ता नहीं था। क़रीब पांच हज़ार घर ख़ाली पड़े थे।

"कितने बदनसीब लोग होंगे जिन्होंने अपने घर यूं छोड़ दिये। क्या हुआ होगा? इतनी संपन्नता और फिर ये हाल! आख़िर क्या हुआ था पालीवालों को?" अमन ने सवाल पूछा। "ये गांव खंडहर और वीरान क्यों है? यहां कोई क्यों नहीं रहता?"

"तो यहां तक की सारी बातें तक़रीबन इतिहास में दर्ज हैं। अब यहां से सारा मसला विश्वास का है। किस्सों का है। कहानियां हैं। पालीवालों की प्रतिष्ठा का है।" अनन्या ने बताना शुरू किया, "तक़रीबन सात सौ साल तक पालीवाल यहां ख़ुशहाली और संपन्नता के साथ रहे। लेकिन

एक दिन महाराजा जैसलमेर के दीवान सालम सिंह या सालिम सिंह की नज़र कुलधरा गांव के मुखिया की बेटी पर पड़ गयी। सालम सिंह कहने को तो दीवान था लेकिन एक तरह से राज्य पर उसी का राज चलता था। महाराजा तो सिर्फ़ नाम के थे। सालम सिंह अपनी अय्याश हरकतों और लूट-खसोट के लिये कुख्यात था। कहानी ये है कि एक दिन सालम सिंह घूमते हुए कुलधरा की तरफ़ चला गया। यहां एक कुएं पर पानी भरती पालीवाल ब्राह्मण लड़की पर उसकी नज़र पड़ी। वो उस लड़की की ख़ूबसूरती पर रीझ गया। ये लड़की गांव के मुखिया की बेटी थी।

"सालम सिंह ने गांव के मुखिया को उनकी बेटी के साथ अपने विवाह का प्रस्ताव भिजवाया। मुखिया ने ये कहते हुए प्रस्ताव को ख़ारिज कर दिया कि उनकी जाति अलग है। सालम सिंह इस बात से ख़फ़ा हो गया। वो विवाह करने पर अड़ गया। उसने कहलवा दिया कि अगर मुखिया सीधी तरह विवाह का प्रस्ताव नहीं मानेंगे तो वो ज़बरदस्ती भी कर सकता है। पालीवालों को इसके गंभीर परिणाम भुगतने होंगे।

"पालीवाल अमीर ब्राह्मण थे। वैभवशाली थे, लेकिन वो जैसलमेर राज्य से युद्ध करने की स्थिति में नहीं थे। वो जानते थे कि युद्ध का मतलब है विनाश। विवाह का प्रस्ताव स्वीकारने के अलावा उनके सामने कोई और रास्ता नहीं बचा था। पालीवालों ने सालम सिंह को एक पत्र भेज कर कुछ दिन की मोहलत मांगी। वो इस विवाह प्रस्ताव पर विस्तार से चर्चा करना चाहते थे। हालांकि, ये सिर्फ़ एक बहाना था कुछ वक़्त हासिल करने का। पालीवालों ने तय कर लिया था कि किसी भी हाल में वो अपनी बेटी का विवाह सालम सिंह से नहीं करेंगे। उसके सामने घुटने नहीं टेकेंगे, चाहे इसके लिये उन्हें कितनी ही बड़ी क़ुर्बानी क्यों ना देनी पड़े।

"दीवान और गांव वालों की ये लड़ाई अब एक लड़की के सम्मान और गांव के आत्म-सम्मान की थी। कहा जाता है कि निर्णय लेने के लिये सभी चौरासी गांव वाले काठोड़ी के एक मंदिर पर इकट्ठा हुए। पांच हज़ार से ज़्यादा परिवारों ने अपने सम्मान के लिये जैसलमेर रियासत छोड़ने का फ़ैसला ले लिया।"

"काठोड़ी? ये कहां है?" अमन ने सवाल किया।

"ये जैसलमेर से पच्चीस-तीस किलोमीटर दूर पालीवालों का ही एक गांव है," अनन्या ने बताया।

"मुझे वो भी देखना है।"

"अच्छा!" अनन्या को और भी ज़्यादा हैरत हुई अमन की बात सुनकर।

"और उसी काली अंधेरी रात में पालीवालों ने जो भी वो समेट सकते थे, समेट लिया। अपनी धन-संपदा जिसे वो नहीं ले जा सकते थे, वहीं ज़मीन में गाड़ दी। अपने जानवर, बिस्तर, बर्तन, सामान—अपनी बसी-बसायी गृहस्थी सब कुछ छोड़ कर हमेशा के लिये जैसलमेर रियासत से चले गये। इसके बाद पालीवाल कहां गये, ये जानकारी नहीं है। लेकिन अय्याश दीवान सालम सिंह दोबारा कभी उस लड़की का चेहरा नहीं देख पाया।

"कहते हैं कि कुलधरा छोड़ने से पहले पालीवाल इस गांव को एक श्राप देकर गये, अपनी ज़मीन में दबी धन-संपदा को बचाने की खातिर। उन्हें उम्मीद थी कि शायद वो एक दिन यहां वापस लौटेंगे। वो पुराना वैभव, वो संपन्नता उन्हें फिर नसीब होगी। इस गांव को लेकर बहुत-सी कहानियां हैं। लेकिन सबसे बड़ी कहानी है पालीवालों के श्राप की। कहते हैं कि जब पालीवालों ने कुलधरा छोड़ा तो वो ये श्राप देकर गये कि यहां फिर कोई नहीं बसेगा। अगर बसने की कोशिश करेगा तो उसके वंश का सर्वनाश हो जायेगा। कहानियां ये भी हैं कि कई बार लोगों ने यहां बसने की कोशिश की लेकिन वो कामयाब नहीं हुए। डर के मारे कोई यहां से पत्थर तक नहीं ले जाता। पालीवालों के श्राप का ही असर है कि दो सौ साल बाद भी यहां आज तक कोई बस नहीं पाया। जिसने भी कोशिश की वो तबाह हो गया। इसीलिये इस गांव को भुतहा गांव कहा जाता है। यहां दूर-दूर से लोग आते हैं। अख़बारों में ख़बरें छपती हैं। टीवी पर हॉरर स्टोरी चलती हैं। माना जाता है यहां आत्मायें निवास करती हैं। पालीवालों की आत्मायें। इस वीराने खंडहर में अगर कुछ है

तो बस पालीवालों का आत्म-सम्मान। उनका हौसला। बेटियों के सम्मान के प्रति उनकी निष्ठा।"

अनन्या कहती जा रही थी। अमन हैरत से कभी कुलधरा के खंडहरों को देख रहा था, तो कभी अनन्या का चेहरा ताक रहा था। पालीवालों के इस चैप्टर का उसे अंदाज़ा ही नहीं था।

ज़िंदगी वाक़ई एक चमत्कार ही तो है। उसके अपने प्लान होते हैं। अपनी ही कहानियां होती हैं, हम भले ही कुछ भी प्लान कर लें, पहली बार अमन के चेहरे पर एक मुस्कुराहट थी। उसका यहां होना भी तो एक चमत्कार ही था।

थार रेगिस्तान में अनन्या की थार फिर पतली ऊंची-नीची सड़क पर दौड़ रही थी। अमन पहली बार गुनगुना रहा था:

क्यों हमें मौत के पैग़ाम दिये जाते हैं,

ये सज़ा कम तो नहीं है कि जिये जाते हैं।

एक तू है कि हमारी नहीं तुझको परवाह,

एक हम हैं कि तेरा नाम लिये जाते हैं।

उनके क़दमों पे ना सिर कि है ये बेअदबी,

पाये नाज़ुक तो सिर आंखों पे लिये जाते हैं।

क्यों हमें मौत के पैग़ाम दिये जाते हैं ...

"अरे वाह, जनाब तो बड़े सुर में गाते हैं ... किसका कलाम है?"

"शमीम जयपुरी का है ... कहें तो एक-आध शेर और सुना दूं?"

"इरशाद, इरशाद ... क्या कहने!"

"तो फिर सुनिये ..."

नश्शा दोनों में है साक़ी मुझे ग़म दे के शराब

मय भी पी जाती है आंसू भी पिये जाते हैं

तुझको बरसों से है क्यूं तर्क-ए-तअ'ल्लुक़ का ख़याल

फ़ैसले वो हैं जो पल-भर में लिये जाते हैं

ज़िंदगी अपनी कशाकश में गुज़रती है 'शमीम'

जी नहीं चाहता जीने को जिये जाते हैं

आबगीनों की तरह दिल हैं ग़रीबों के 'शमीम'

टूट जाते हैं कभी तोड़ दिये जाते हैं

ये सज़ा कम तो नहीं है कि जिये जाते हैं ..."

"हाय, राइटर साहब! मार डाला आपने तो। क्या कलाम है। वैसे इतने भी बोर नहीं हो," वो उसकी तरफ़ देख कर खिलखिलायी, "कुछ और सुनाओ मन, बहुत दिन हुए कुछ ढंग का नहीं सुना।"

"ये कलाम है निसार बज़्मी का ... पाकिस्तान के शायर हैं ... तरन्नुम में सुनाऊं, एन?"

"बिल्कुल," अनन्या ने चहकते हुए कहा। अमन को ख़ुश देख कर वो भी ख़ुश थी।

"ये थोड़ा अलग है, दो लाइन के बाद एक तीसरी लाइन भी है। ये तीसरी लाइन ही कमाल है ... ध्यान देना ... शायर अपने महबूब को याद कर रहा है लेकिन अंत में ख़ुद को ही क़ुसूरवार ठहरा कर उसका बचाव करता है ... ये देखने वाली बात है ...

वो आ तो जाये है मगर इंतज़ार ही कम है

वो बेवफ़ा तो नहीं मेरा प्यार ही कम है

मैं कैसे मान लूं उस पर कोई असर नहीं

कि दिल तड़पता रहे और उसे ख़बर ही ना हो

ये दिल ख़ुदा की क़सम बेक़रार कम है

ज़माना कहता है वो मेरा साथ छोड़ गया

वो मुझे भूल गया मेरा दिल तोड़ गया

मैं क्या करूं कि मुझे एतबार ही कम है

कमी रही है मेरे प्यार में कहीं ना कहीं

कि आंसुओं में अभी ख़ून ए दिल का रंग ही नहीं

अभी तो आंख मेरी अश्क बार ही कम है"

"ओ माय गॉड! अनबिलीवेबेल!" वो बच्चों की तरह उछल रही थी। गाड़ी चला रही हूं वरना अभी तुम्हें किस कर लेती। और अचानक अनन्या ने ब्रेक लगा कर गाड़ी एक झटके में रोक दी। अमन इससे पहले कुछ समझता अनन्या उसकी ओर मुड़ी और अमन को लगा जैसे उसके होंठों को किसी नर्म लेकिन तपते अंगारे ने छू दिया हो। सारी कायनात कुछ पल के लिये थम गई।

अनन्या उससे अलग हुई। उसने गाड़ी को फिर रेस दी। दोनों चुप थे, शायद अभी भी उसी पल में क़ैद।

"अब हम आ पहुंचे हैं अपनी मंज़िल पर, ये रहा 'सम'। अनन्या फिर से अपने गाइड मोड में आ गई थी। 'सम' मशहूर है सैंड ड्यून्स यानी रेगिस्तानी टीलों के लिये। यहां का सूर्यास्त कमाल का होता है।" गाड़ी से उतरते ही एक ऊंट उनके लिये तैयार खड़ा था।

"ऊंट पर जाना है?" अमन ने अनन्या से पूछा।

"हां, आज इसी की सवारी कीजिये।"

"पर मैं अकेला नहीं जाऊंगा। तुम्हें भी मेरे साथ चलना होगा।"

"चलिये हुकम, सवार तो हों। हम भी आते हैं।"

अमन आगे बैठा और उसके पीछे अनन्या। अमन को ये नज़दीकियां अच्छी लग रही थीं।

सब तरफ़ सैलानियों का शोर था। कोई ऊंट पर था, तो कोई ऊंट गाड़ी पर। कोई पैदल ही टीलों पर चढ़ा जा रहा था। सबको उस एक परफेक्ट पल का इंतज़ार था।

"मुझे तुम्हारी तरफ़ चेहरा करके बैठना है," अचानक अमन ने कहा तो अनन्या चौंक उठी।

"बच्चे हो क्या?" हंसते हुए अनन्या बोली, "थोड़ी देर वेट कर लो। फिर ऊपर पहुंच कर मैं तुम्हारे सामने आ जाऊंगी।"

'इसे क्या हो गया, अचानक ये इतना लवी-डवी क्यों हो रहा है? ये कुलधरा का जादू है या पालीवालों की कहानी ने इसका दिल बदल दिया। ख़ैर जो भी हो, ये बदलाव अच्छा है।' कुछ ही देर में ऊंट समेत वो टीले पर पहुंच चुके थे। दोनों उतर कर पीली रेत पर खड़े हो गये। अमन ने अपना फ़ोन निकाल लिया और झटपट सनसेट की तस्वीरें लेने लगा। डूबता सूरज उसे हमेशा सम्मोहित करता था।

कई तस्वीरें लेने के बाद उसने अनन्या से सामने आने को कहा। अनन्या सामने थी। डूबता सूरज सुनहरी से गहरा लाल होता जा रहा था। उस लाल सूरज के ठीक बीच में खड़ी अनन्या के लंबे बाल हवा में उड़ रहे थे। अमन के लिये वक़्त रुक गया था। इससे बेहतर मंज़र उसकी नज़रों ने कभी नहीं देखा था। ऐसी तस्वीर की कल्पना उसने कभी नहीं की थी। दोनों की नज़रें एक-दूसरे पर थीं। अनन्या ने उसी पल आगे बढ़ कर अमन का फ़ोन उसके हाथ से हटाया और एक बार फिर उसके होंठों पर अपने होंठ रख दिये। दोनों की आंखें बंद हो चुकी थीं। इस वक़्त सारा शोर थम चुका था। अब वहां कोई नहीं था उन दोनों के सिवा। अमन को कुछ समझ नहीं आ रहा था, और अब वो समझना चाहता भी नहीं था। वो इस पल में ख़ुश था, इसे जीना चाहता था।

आज के सूर्योदय ने अमन के मन के अंधेरे कोने में उम्मीद की एक खिड़की खोली थी। सूर्यास्त तक आते-आते खिड़की के पट पूरे खुल चुके थे। अमन एक गहरी शांति की आग़ोश में आ चुका था।

किसी ने सच ही कहा है कि कई बार सिर्फ़ मुहब्बत ही हमारी ज़िंदगी के सभी बंद दरवाज़ों की ताली होती है। तो अपने दिल का एक दरवाज़ा हमेशा खोले रखें, कौन जाने कब मुहब्बत आये और आपकी ज़िंदगी संवर जाये ...

वे घर के गेट पर ही खड़े मिल गये। शायद उन दोनों का ही इंतज़ार कर रहे थे। गठीला शरीर, सर पर घने बाल, क्लीन शेव्ड, उनका व्यक्तित्व काफ़ी आकर्षक लग रहा था। उम्र पचास-पचपन की रही होगी। उन्होंने हाथ जोड़कर अभिवादन किया।

"आप हैं ऋषि जी और ऋषि जी, ये हैं अमन चौधरी," अनन्या ने परिचय कराने की औपचारिकता निभायी। अनन्या अमन को पाली का इतिहास बताने के लिये उसे जैसलमेर के इतिहासकार ऋषि दत्त पालीवाल के पास लायी थी।

"आइये," कमरे में पहुंच कर उन्होंने दोनों को सोफे पर बैठने का इशारा किया और ख़ुद सामने वाले सोफे पर बैठ गये।

"मुझे यह जानकर ख़ुशी हुई कि आप पालीवालों का इतिहास जानना चाहते हैं वरना आज कल की पीढ़ी की तो इसमें कोई दिलचस्पी ही नहीं है। आज के लड़कों को तो अपनी तीन-चार पुश्तों के लोगों के नाम भी पता नहीं हैं, तो उनसे उम्मीद भी कैसे की जा सकती है कि ..." तभी एक लड़का चाय के तीन कप रख कर चला गया। उन्होंने अपनी बात बीच में ही ख़त्म कर दी।

"आप लोग चाय पीजिये, प्लीज़।"

अमन और अनन्या ने एक-दूसरे की तरफ़ देखते हुए चाय के कप उठा लिये। ऋषि जी ने भी अपना कप हाथों में लिया और आंखें बंद करके कुछ सोचने लगे।

"पाली मारवाड़ का एक बड़ा शहर था। वहां एक लाख से ज़्यादा घर पालीवाल ब्राह्मणों के थे। वे दौलतमंद और ख़ुशहाल थे। इनमें ग़ज़ब की एकता थी। ब्राह्मण कर्म के अलावा ये खेती और व्यापार भी करते थे। अगर किसी को व्यापार में नुकसान हो जाता या किसी अन्य कारण से कोई संकट में आ जाता तो पाली के तमाम ब्राह्मण हर घर से एक-एक रुपया इकट्ठा करके देते थे। इस तरह उसके पास एक लाख रुपये एक साथ आ जाते थे। इतना ही नहीं, अगर बाहर से आया कोई गौड़ ब्राह्मण पाली में रहना चाहता था तो उसे भी हर घर से एक-एक

रुपया इकट्ठा कर और एक-एक ईंट देकर घर बनाने और घर बसाने में मदद की जाती थी। इसी तरह पालीवालों ने पाली में अपने एक लाख घर कर लिये थे।"

"ये परंपरा तो कुलधरा में भी थी ना, रुपया और ईंट देने की?" अमन ने कहा।

"बिल्कुल सही," वो चाय का कप रखते हुए बोले। उन्होंने आगे बताना शुरू किया, "पाली में पहले पवारों का शासन था। उन्होंने इस शहर को पालीवाल ब्राह्मणों को दान में दे दिया था। कुछ समय तक पाली यवनों के कब्ज़े में रही। फिर मंडोर के परिहारों ने इसे यवनों से छीन लिया और फिर से पालीवालों को सौंप दिया।"

"मगर पालीवालों ने पाली छोड़ी क्यों?" अमन अपनी जिज्ञासा रोक नहीं पा रहा था।"

"वही बताने जा रहा हूं। भीनसाल के सीहाजी द्वारका से वापस आते हुए पाली शहर पहुंचे। उस समय पाली व्यापार का एक बड़ा केंद्र था। अरब-फारस आदि से माल यहां होकर ही आया-जाया करता था। आसपास के जंगलों में रहने वाले लुटेरे अक्सर मौक़ा पाकर पालीवालों को लूट लिया करते थे। पालीवालों ने सीहाजी के सामने प्रस्ताव रखा कि वे यहां रहकर ब्राह्मणों की रक्षा करें, बदले में उन्हें एक लाख रुपये नक़द दिये जायेंगे। सीहाजी ने प्रस्ताव स्वीकार कर लिया। पालीवालों ने उन्हें एक लाख रुपये के साथ ही कुछ गांव जागीर के रूप में देकर वहीं बसा लिया।"

"तो सीहाजी को देने के लिये हर घर से एक-एक रुपये का चंदा लिया गया होगा?"

"नहीं, पाली के मुखिया जसोधर ने सीहाजी को प्रस्ताव दिया था और उन्हें एक लाख रुपये भी जसोधर ने ही दिये थे। फिर सीहाजी पाली में ही रहने लगे। उन्हें जो जागीर मिली थी, उससे मिलने वाले कर से ही वे अपना ख़र्च चलाते थे।

"मैं आपको हज़ारों साल पुराना इतिहास बता रहा हूं। जगह और शहरों के नाम भी तभी के हैं। सीहाजी ने खेड़ पर चढ़ाई की थी। उसी समय यवनों ने पाली पर हमला कर दिया और बड़े पैमाने पर लूटमार की। सीहाजी को सूचना मिली तो वे पाली पहुंचे और यवनों को पीछे हटने को मजबूर कर दिया। सीहाजी ने उनका पीछा किया। कुछ दूर जाकर यवनों की सेना रुक गयी और फिर से लड़ने को तैयार हो गयी। दोनों सेनाओं के बीच भीषण युद्ध हुआ और इस लड़ाई में सीहाजी वीर गति को प्राप्त हुए।" इतिहास बताते-बताते ऋषि दत्त जी मानो इतिहास में ही खो गये। वो चाय के ख़ाली कप को एकटक देख रहे थे, जैसे उसमें कुछ तलाश रहे हों।

"क्या हुआ सर?" अनन्या ने टोका।

"कुछ नहीं, बस इतिहास के कुछ अप्रिय प्रसंगों को याद कर थोड़ा उदास हो जाता हूं।" उनके होंठों पर एक अजीब-सी मुस्कान तैर गयी। फिर उन्होंने अमन से मुख़ातिब होकर सवाल किया, "क्या आपको पता है कि हम लोग, यानी पालीवाल रक्षाबंधन का त्यौहार क्यों नहीं मानते?"

"पालीवाल रक्षाबंधन नहीं मनाते!" अमन की आवाज़ में जिज्ञासा और सवाल दोनों थे, "पर क्यों?'

"इसकी अलग-अलग कहानियां हैं। कुछ इतिहासकारों का मानना है कि पालीवालों की अपार संपत्ति और वैभव देखकर सीहाजी के मन में पाप ने डेरा जमा लिया। उन्होंने सोचा कि अगर इन ब्राह्मणों को मार दिया जाये तो इनकी संपत्ति पर हमारा अधिकार हो जायेगा। हालांकि इस बारे में फ़ैसला करना आसान नहीं था। ब्रह्महत्या और विश्वासघात जैसे पाप के लिये उनकी आत्मा तैयार नहीं थी लेकिन लालच ने उनके मन में ऐसे विचारों को ज़्यादा देर टिकने नहीं दिया। कुछ दिन बाद रक्षाबंधन का त्यौहार आया। घर-घर में उत्सव मनाने की तैयारी होने लगी।

"जसोधर पालीवाल अपने परम मित्र सीहाजी के स्वागत की तैयारी कर रहे थे। बैठने के लिये मखमली, गद्दीदार कुर्सियां सजायी जा रही थीं। स्वागत के लिये फूल मालाएं तैयार की जा रही थीं। दूसरी ओर

सीहाजी अपने सिपाहियों को हथियार बांधकर लड़ाई के लिये सुसज्जित कर रहे थे। सीहाजी ने रक्षाबंधन के दिन ही अपने मित्र जसोधर और दूसरे पालीवालों को मौत के घाट उतारकर पाली पर क़ब्ज़ा कर लिया। हालांकि पाली का वैभव भोगने के लिये वे ज़्यादा समय तक जीवित नहीं रहे। एक साल बाद ही उनकी मृत्यु हो गयी।"

"पर, आपने तो अभी कहा था कि सीहाजी पालीवालों की रक्षा करते हुए यवनों के हाथों मारे गये," अमन ने टोका।

"देखो मैं तुम्हें सारी कहानियां बता रहा हूं। किसी भी बात का कोई साक्ष्य नहीं है। ना ही कोई दस्तावेज़ उपलब्ध हैं। अलग-अलग कहानियां हैं। हालांकि ज़्यादातर इतिहासकार इस बात से सहमत नहीं हैं कि पाली को सीहाजी ने तोड़ा और जसोधर पालीवाल की हत्या की। उनका कहना है कि सीहाजी ने तो पालीवालों की रक्षा के लिये यवनों से लड़ते हुए अपने प्राण त्याग दिये। वास्तव में पाली शहर को यवनों ने लूटा और यवनों के कारण ही पाली के ब्राह्मणों ने पाली को छोड़ा था। यह घटना रक्षाबंधन के दिन हुई थी, यही कारण है कि पालीवाल ब्राह्मण अभी तक रक्षाबंधन नहीं मनाते।"

माहौल थोड़ा बोझिल होने लगा था इसलिये इसे हल्का करने के लिये अनन्या ने पूछा, "सीहाजी के बारे में बताइये थोड़ा, मतलब वे कौन थे?"

"राव सीहाजी महाराजा जयचंद के नाती थे। इनकी राजधानी आज के उत्तर प्रदेश का कन्नौज थी। यह तो आप जानते होंगे कि पृथ्वीराज को पराजित करने में जयचंद ने मुहम्मद गौरी की मदद की थी। वतन के साथ गद्दारी के कलंक को जयचंद बर्दाश्त नहीं कर पाये थे और गंगा में डूबकर आत्महत्या कर ली थी। जयचंद की मौत के बाद कन्नौज की गद्दी पर उनका पुत्र हरिश्चंद्र बैठा था। लेकिन यवनों की लूट-खसोट के कारण वह कन्नौज छोड़कर खेड़ के क़िले में जाकर रहने लगे। उसी क़िले में हरिश्चंद्र के बेटे सेतराम के पुत्र सीहाजी का जन्म हुआ।"

"और पालीवाल, पालीवालों का क्या हुआ?" अमन ने सवाल किया।

"रक्षाबंधन के दिन जो क़त्लेआम हुआ, उसके बाद पालीवालों ने पाली छोड़ दिया। कई राजाओं ने उन्हें अपने यहां बसने का आग्रह किया, लेकिन पालीवाल ब्राह्मणों को सबसे बेहतर विकल्प जैसलमेर लगा। यहां के राजा ने उनसे हमेशा एक बटा छह लगान लेने का वचन दिया। ये समझौता लिखित में हुआ था। इसी की वजह से पालीवाल यहां आकर बसे थे। लेकिन यहां भी चैन से कहां रह पाये ..." ऋषि दत्त पालीवाल के चेहरे पर एक उदासी थी। "यहां की कहानी तो बेटी तुम जानती ही हो," उन्होंने अनन्या को देखते हुए कहा।

काफ़ी समय बीत चुका था, अमन और अनन्या ने इशारों-इशारों में वहां से चलने का फ़ैसला किया।

गाड़ी में बैठते ही अमन ने अपनी बात शुरू कर दी। वो धारा प्रवाह बोल रहा था, "क्या अद्‌भुत कहानी है पालीवालों की। कितना अत्याचार हुआ है उन पर।"

"देखो मन, पाली के टूटने का जो क़िस्सा हमने सुना वो इतिहास का एक पक्ष है। मैंने इस बारे में जो कुछ पढ़ा और सुना है, उससे कई कहानियां सामने आती हैं। इनमें से एक कहानी यह भी है कि सीहाजी के बेटे राजकुमार आसथान अचानक पाली की तरफ़ आ गये तो पालीवालों ने अपनी सुरक्षा के लिये उन्हें रख लिया। कुछ समय बाद मुहम्मद गौरी ने पाली पर चढ़ाई कर दी। काफ़ी दिनों तक लड़ाई होती रही। मुहम्मद गौरी को लगा कि पाली को जीत पाना मुमकिन नहीं है तो रक्षाबंधन के दिन उसने गोवध कराकर लाशें उस तालाब में डलवा दीं जिसका पानी शहर वालों के पीने के काम आता था। इससे दुखी और आक्रोशित होकर पालीवाल गौरी की फ़ौज पर टूट पड़े। इस लड़ाई में कितने पालीवाल वीरगति को प्राप्त हुए, इसका अंदाज़ा इसी से लगाया जा सकता है कि जब उनके जनेऊ उतारकर तोले गये, तो सवा मन यानी पांच क्विंटल

से ज़्यादा और उनके साथ सती होने वाली औरतों के जूड़े चौरासी मन पाए गये।

"गौरी की फ़ौज पाली के पश्चिमी फाटक पर लड़ रही थी इसलिये पालीवालों ने पाली से निकलने के लिये सबसे पहले पश्चिमी फाटक को खोलने का फ़ैसला किया। फाटक खुलते ही घमासान युद्ध शुरू हो गया। इसी दौरान कुछ लोगों ने पूरब का दरवाज़ा भी खोल दिया और जान बचाकर भाग निकले।" अनन्या के चेहरे पर उत्तेजना के भाव नज़र आने लगे। उसकी आवाज़ ऊंची हो गयी, "जब युद्ध करते योद्धाओं ने जान बचाकर भागने वालों को देखा तो उन्हें श्राप देते हुए कहा, 'जाओ नालायकों! तुम्हारे लिये जो गौहत्या की गई हैं, उसके पाप से तुम बच नहीं सकोगे और तुम्हें और तुम्हारी संतानों को कभी शांति और सुख नहीं मिलेगा।' कहा जाता है कि इस श्राप की वजह से पूरब के दरवाज़े से भागे लोगों की संतानें आज भी अभावग्रस्त ज़िंदगी जीने को मजबूर हैं जबकि पश्चिमी दरवाज़े से निकले पालीवालों के वंशज जैसलमेर, दिल्ली, कोलकाता, और अन्य जगहों पर संपन्नता में जीवन व्यतीत कर रहे हैं। पाली छोड़ने वाले पालीवालों ने प्रण लिया था कि वे फिर कभी पाली में नहीं बसेंगे और इसकी सीमा में पानी तक नहीं पियेंगे।"

"तो फिर पाली शहर का क्या हुआ? आक्रमणकारी यवन लूटपाट मचा कर चले गये और पाली वीरान हो गया?"

"नहीं, इसके क़रीब छह साल बाद पाली को फिर से आबाद करने और व्यापार का केंद्र बनाने के प्रयास किये गये। आसपास के व्यापारियों से पाली में जाकर बसने की गुज़ारिश की गयी। लेकिन उन्होंने यह कहते हुए प्रस्ताव को ठुकरा दिया कि पालीवाल ब्राह्मणों ने पाली का परित्याग कर दिया था इसलिये जब तक पालीवाल यहां फिर से आकर नहीं रहने लगते, हम यहां कैसे रह सकते हैं। इसके बाद कुछ पालीवालों से पाली में आकर बसने का अनुरोध किया गया पर अपने पूर्वजों की प्रतिज्ञा का हवाला देकर उन्होंने भी इन्कार कर दिया। यह भी कहा जाता है कि कुछ पालीवालों को लालच देकर पाली में आकर बसने के लिये राज़ी

भी कर लिया गया। पांच-दस घर बसे भी, लेकिन कुछ दिनों में ही वे घर उजड़ गये।"

अनन्या ने अपनी बात ख़त्म की तो अमन ने सवाल किया, "लेकिन एक बात समझ में नहीं आयी। मुहम्मद गौरी तो पृथ्वीराज और सीहाजी के दादा, जयचंद के पीरियड का था। ऐसे में जब सीहाजी के मारवाड़ में बसने के बारे में बताया जाता है, तो गौरी तो उस वक़्त तक ज़िन्दा भी नहीं रहा होगा ..."

"सही कह रहे हो। अलग-अलग इतिहासकारों ने पाली के टूटने की अलग-अलग कहानियां बतायी हैं। उनमें कौन-सी सही है और कौन-सी ग़लत, इस बारे में कुछ कह पाना मुश्किल है। लेकिन एक बात साफ़ है कि पाली पर हमले के बाद पालीवालों को वहां से जाना पड़ा।"

"वे कहां गये होंगे?"

"जहां तक मैंने पढ़ा है, पाली छोड़ने के बाद पालीवाल सबसे पहले झोला में बसे। इसके बाद बरियाडा और फिर जैसलमेर के खडाल आदि में उनके रहने का ज़िक्र आता है। झोला में वे अस्थायी रूप में ही रहे होंगे। बरियाडा में उनके रहने के सबूत शिलालेख के रूप में मौजूद हैं।"

"बरियाडा कहां है? क्या जैसलमेर में ही है?" अमन ने जानना चाहा।

"बहुत पहले ये जैसलमेर का हिस्सा था लेकिन उन्नीसवीं शताब्दी में यह जोधपुर का हिस्सा बन गया। असल में बरियाडा एक लंबी-चौड़ी झील का नाम है। इसके चारों तरफ़ छोटी-छोटी पहाड़ियां हैं। इन पहाड़ियों की ढलान झील की तरफ़ है। बरसात में पहाड़ियों का पानी झील में इकट्ठा होता है। पहाड़ियों से घिरी ज़मीन के इस हिस्से का नाम बरियाडा है। इसके नाम को लेकर लोककथा यह है कि किसी समय यहां बसु को परास्त कर पालीवालों ने अपना अधिकार जमा लिया था। पालीवालों ने वहां कि पहाड़ियों पर सात बड़े-बड़े गांव बसाये। इन सात गांवों को आज भी सात खेड़ों के नाम से जाना जाता है।"

"अरे यार ये कहानी तो बहुत लंबी हो गयी," अमन ने माहौल को हल्का बनाने की गरज़ से कहा। दोनों इस वक़्त होटल में दाख़िल हो रहे थे।

अमन के दिमाग़ में पालीवालों का इतिहास घूम रहा था। उसकी मां का भी पालीवाल कनेक्शन था। क्या कनेक्शन था? क्यों पालीवालों का ज़िक्र होते ही उसे मां की छवि दिखायी देती है? मां का सरनेम पालीवाल था, कहां की थीं मां? क्या वो भी जैसलमेर की ही थीं? इस सवाल का जवाब सिर्फ़ एक ही इंसान के पास था, और उस इंसान से मिलने का मन अभी उसका नहीं था। वो अनन्या से भी ये बात नहीं करना चाहता था। बहुत मुश्किल से उसने डैड से बात करने की ज़िद छोड़ी थी, वो नये सिरे से परिवार पुराण शुरू नहीं करना चाहता था।

रिसेप्शन पर पहुंचते ही अनन्या को बताया गया कि उससे मिलने के लिये कुछ लोग इंतज़ार कर रहे हैं।

अनन्या और अमन टैरेस पर बैठे थे। अनन्या का गिलास उसकी गोद में रखा था, "ग्रेजुएशन के लिये मैं दिल्ली चली गयी थी। दिल्ली यूनिवर्सिटी से पॉलिटिकल साइंस में बीए किया, फिर जेएनयू से एमए। यूपीएससी देने का इरादा था, लेकिन मालूम था कि वापस लौटना है इसलिये मैंने टूर गाइड का कोर्स कर लिया। मैं कुछ अलग करना चाहती थी। मुझे मालूम था कि यहां कोई महिला टूर गाइड नहीं है। पापा की ख्वाहिश थी कि मैं उनका बिज़नेस संभालूं लेकिन मेरे अपने सपने थे। जेएनयू में मेरी मुलाक़ात उससे हुई थी। पीएचडी कर रहा था इकोनॉमिक्स में। दिल्ली का ही था। हमारी मुलाक़ात हुई। एक-दूसरे से बात करने लगे। वह मुझे अच्छा लगा था। मेरे रूप को लेकर मुझे हमेशा से ही अटेंशन मिलती रही है—स्कूल, कॉलेज से लेकर आज तक। ईश्वर ने जो दिया उस पर गुमान करना मुझे नहीं आया लेकिन इतनी अटेंशन से विज़न के धुंधला होने का ख़तरा रहता है। हम सही और ग़लत इंसान की पहचान नहीं कर

पाते। मेरा भी विज़न ब्लर हो गया था। प्यार करता था वो मुझसे, इतना तो जानती हूं। घर में मेरी शादी की बातचीत चल रही थी। हम माहेश्वरी बनिया परिवार से आते हैं। हमारे यहां लड़कियों की शादी जल्द करने का रिवाज है। पापा ने भी मेरे इक्कीस साल के होते ही शादी के बारे में पूछा था। रिश्ते आने लगे थे। मैंने पापा को उसके बारे में बता दिया। कुछ नहीं कहा था मां और पापा ने। सिर्फ़ एक चीज़ मांगी थी कि ख़ुश रहना और सबको ख़ुश रखना।

"कितनी बड़ी बात कही थी पापा ने—ख़ुश रहना और ख़ुश रखना। क्या दोनों बातें एक साथ साधी जा सकती हैं? क्या सबको ख़ुश रखा जा सकता है? उसका परिवार पंजाबी था। दिल्ली के पंजाबी। ट्रेडिशनल थे। बेटे की बड़ी शादी करने की ख्वाहिश थी। पार्टिशन के बाद पाकिस्तान से आये थे। थे तो सेल्फ मेड लेकिन बिरादरी और स्टेटस पर काफ़ी गर्व महसूस करते थे।

पहली मुलाक़ात में मुझे समझ आ गया था कि उसकी मां को मैं पसंद नहीं आयी हूं। मैं काफ़ी मुंह फट हूं और मेरा हंसना तो तुम जानते ही हो। अगर तुम मुझ पर ग़ुस्सा भी करोगे तो भी मेरा पहला रियेक्शन होगा कि मैं ज़ोर-ज़ोर से हंसने लगूंगी।

ये दोनों ही बातें उसकी मां को पसंद नहीं आयीं। अब मेरे सामने बड़ा धर्म संकट था," अनन्या ने अपनी नज़रें उठाकर अमन को देखा।

अमन ने कुछ नहीं कहा, वो चुपचाप उसकी बात सुन रहा था। अनन्या अपनी गोद में रखे गिलास की कोरों पर लगातार उंगलियां फिराये जा रही थी। वो जब नर्वस होती थी तो ऐसा ही करती थी। काफ़ी देर से वो नोटिस कर रहा था।

अनन्या ने गिलास टेबल पर रखा और सिगरेट जला ली। दो गहरे कश लेकर उसने फिर अमन से पूछा, "मुझे क्या करना चाहिये था? अपने पिता की बात माननी चाहिये थी या अपने प्यार की?"

"मुश्किल सवाल है। हर किसी के लिये इसका जवाब अलग हो सकता है। मेरे लिये पिता की बात का मतलब नहीं है। मैं प्यार के साथ जाऊंगा। लेकिन तुम पिता की बात मानोगी, ऐसा मुझे लगता है।"

"नहीं, तुम यहां ग़लत हो। मुझे अपने पर भरोसा था। मुझे लगता था कि मैं अपनी भावी सास को मना लूंगी। उन्हें ख़ुश रख सकती हूं। मैं दोनों को साधने की कोशिश कर रही थी।"

"फिर क्या हुआ? क्या तुम साध पायीं?"

"रहीम का एक दोहा है—*एकै साधे सब सधे, सब साधे सब जाय।* तब मुझे इसका अर्थ पता नहीं था। मैंने उनकी सारी बातें मानीं। मैं तैयार थी ख़ुद को बदलने के लिये। जानते हो अपने बेसिक नेचर को बदलना सबसे मुश्किल काम है। ज़बरदस्ती आप किसी के दिल में जगह नहीं बना सकते। मुझे लगता था कि उनका बेटा मुझसे प्यार करता है तो मां को भी मुझसे कुछ तो सहानुभूति हो ही जायेगी। मेरे लिये इतना सिरा ही बहुत था। तब समझ नहीं आया था कि प्यार में सहानुभूति जैसा कुछ नहीं होता। प्यार के बदले या तो प्यार होता या कुछ भी नहीं। मेरे माता-पिता भी मेरे लिये सब कुछ करने को तैयार थे। बेटी की ख़ुशी से बढ़ कर उनके लिये कुछ नहीं था। सारी तैयारियां हो रही थीं? सब ख़ुश थे। एक दिन मेरी भावी सासू मां ने मुझसे कहा कि हमारे घर की बहुएं बाहर काम नहीं करती हैं। तो अगर मैं शादी के बाद कोई नौकरी या काम करने का सोच रही हूं तो उस ख़्वाब को भूल जाऊं। ये मेरे लिये एकदम नयी और अजीब बात थी। बचपन से ही मेरी परवरिश ऐसे घर में हुई जहां माता-पिता दोनों काम करते थे। हम भाई-बहन को भी यही सिखाया गया कि अपने पैरों पर खड़ा होना है। मुझे समझ नहीं आ रहा था कि क्या करूं। इस बात को कैसे हैंडल करूं। 'हमारे घर के इतने बुरे दिन नहीं आये हैं कि घर चलाने के लिये औरतों को काम करना पड़े।' ये स्टेटमेंट था मेरी भावी सास का। मैं टूट गयी। मैंने उनसे कहा था कि मैं घर में नहीं बैठ सकती। मुझे काम करना है। इंडिपेंडेंट बनना है।"

"इस पर तुम्हारे बॉयफ्रेंड ने क्या कहा? तुम्हें सपोर्ट किया था?"

"मदर्स बॉय था, कहा कि मान जायेंगी। मना लेंगे। एक बार शादी हो जायेगी तो सब ठीक हो जायेगा। अभी इन छोटी-छोटी बातों पर वक़्त ज़ाया नहीं करते हैं। कितनी छोटी बात थी उसके लिये। मैंने उससे कहा कि अगर मेरे पिता कहते हैं कि दामाद को नौकरी करने की ज़रूरत नहीं है, हमारे होटल से परिवार का गुज़ारा चल जायेगा तो क्या तब भी तुम्हारा यही रियेक्शन होगा?"

"इस पर क्या बोला वो?"

"कुछ नहीं। कहने की हिम्मत कहां थी उसमें। कहने लगा कि अभी मैं ग़ुस्सा हूं इसलिये ऐसी बातें कर रही हूं। मुझे समझ आने लगा था कि मैं इस परिवार को ख़ुश नहीं रख पाऊंगी। ख़ासतौर पर अपनी सास को। वो किसी भी हाल में मुझे स्वीकार करने को तैयार नहीं थीं। मुझे लगने लगा था कि वो यही चाहती हैं कि मैं ही इस शादी से इंकार कर दूं।"

"क्यों, ऐसा क्यों लगा तुम्हें? वो चाहतीं तो सीधे मना कर देतीं।"

"हाहाहा ..." अनन्या ज़ोर-से हंसी। अपना गिलास ख़ाली किया फिर अमन को एक और पैग बनाने का इशारा किया, सिगरेट जलायी और गहरे कश लिये। "इस देश की औरतें बहुत शातिर हैं। इनके चक्कर में मत पड़ना," उसने अमन की तरफ़ देख कर सिर हिलाया। "लगता है कि मुझे चढ़ रही है," कहते हुए अनन्या हंसी और फिर कहने लगी, "वो औरत जो एक बेटे की मां होती है ना, वो सबसे ज़्यादा शातिर होती है। अगर वो इस शादी से मना करतीं तो क्या कहतीं कि उन्हें बहू पसंद नहीं है? इस बात को कहने से सबसे ज़्यादा नाराज़ कौन होता? सबसे ज़्यादा असर किस पर पड़ता?"

"तुम पर, और किस पर," अचानक अमन के मुंह से निकला।

"बड़े बुद्धू हो यार, मन। मेरी नाराज़गी, मेरी ख़ुशी से उन्हें क्या लेना-देना था। मैं कल की मरती आज मर जाती, उन्हें क्या फ़र्क़ पड़ता, लेकिन उनके बेटे को फ़र्क़ पड़ता। उनका बेटा मां से नाराज़ होता कि मां ने उसका साथ नहीं दिया। हिन्दुस्तानी मां अपने बेटे की हज़ार कमियां

बर्दाश्त कर लेंगी। उसे कभी बुरा नहीं कहेंगी, ना ही ख़ुद उसकी नज़रों में कभी बुरी बनना चाहेंगी।"

"ओह, तो ये बात थी!"

"येस, सांप भी मर जाये और लाठी भी ना टूटे ... शराब दो यार पहले। कहां है मेरा गिलास?" अमन ने उसे गिलास पकड़ाया।

"उसने कभी कोशिश नहीं की अपनी मां को समझाने की?" अमन ने पूछा।

"साला फट्टू, क्या समझाता? अकेला लड़का था। इश्क़ तो करता था लेकिन साथ देने की हिम्मत नहीं थी। गर्लफ्रेंड के साथ खड़ा नहीं हो सकता था, और मुझे कमज़ोर मर्द पसंद नहीं हैं मन," अनन्या की आवाज़ में गुस्सा और दर्द दोनों था।

"फिर क्या हुआ ..."

"*मुझे मारकर बेशरम खा गया ...*
खा गया, तो तुम ज़िंदा कैसे हो?
ये जीना भी कोई जीना है लल्लू ..."

अमिताभ बच्चन के स्टाइल में फ़िल्म नटवर लाल के गाने की लाइनें गाकर बहुत ज़ोर-से हंसने लगी अनन्या। एकदम बच्चों के जैसे, और हंसते-हंसते फिर रोना शुरू कर दिया। अमन ने हाथ बढ़ाकर उसे चुप कराने की कोशिश की लेकिन अनन्या ने उसे रोक दिया, "आई डोंट नीड हेल्प।"

कुछ देर रोने के बाद वो चुप हो गयी। अपनी स्लीव से आंखें और नाक पोंछ कर उसने एक और सिगरेट जलायी और बोली, "मैं आसानी से रोती नहीं हूं। मेरे आंसू सूख चुके हैं। आज इमोशनल हो गयी हूं तो ये मत समझ लेना कि मैं कमज़ोर हूं। आई कैन हैंडल माय सेल्फ़।"

"या, आई नो, तुम तो जन्मजात शेरनी हो। तो चलो आगे बताओ, फिर क्या हुआ?" अमन ने हंसते हुए पूछा।

"और फिर वो हो गया जो सासू मां चाहती थीं। मैंने ही शादी से मना कर दिया।"

"अरे, पर क्यों मना कर दिया? किस बात पर मना किया? आख़िर कोई तो रीज़न दिया होगा।"

"रीज़न तो उन्होंने ही दिया था। उसकी जॉब लग गयी थी एक ग्लोबल कंसलटेंसी फर्म में। मुंबई जाना था। मुझे कहा गया कि शादी के बाद मैं उसके साथ मुंबई जाकर नहीं रह सकती। मुझे दिल्ली में ही परिवार के साथ रहना होगा।"

"क्या!" अचरज से अमन ने कहा, "क्या बकवास है यार!"

"हां, यही कहा गया था मुझसे, 'दो साल के लिये ही तो जा रहा है, वापस आकर फैमिली बिज़नेस हैंडल करेगा। तब तक तुम यहीं रहना परिवार के साथ, उनकी सेवा करना। बच्चे पैदा करना और पालना'। मैंने हाथ जोड़े थे उसके। कहा था कि ये क्या हो रहा है। बात कर ले एक बार अपनी मां से, परिवार से। कहने लगा, 'मां हैं, कैसे समझाऊं? तुम ही समझ जाओ'। मैं उसका चेहरा देखती रह गयी थी। कैसा इंसान है ये! क्या इसके साथ सारी ज़िंदगी रहना है मुझे? क्या ये मेरा है भी? क्या ये कभी मेरी सही बात पर भी मेरा साथ दे पायेगा? ऐसे कितने सवाल मेरे दिमाग़ में घूमने लगे थे। प्यार और विश्वास की कोई कच्ची-पक्की दीवार अगर कहीं थी, तो उस दिन वो भरभरा कर गिर गई थी।

"बस उस दिन मैंने तय कर लिया कि अब मैं ये शादी नहीं करूंगी। जिस घर में मेरी इज़्ज़त ना हो वहां शादी करने से कोई फायदा नहीं है। जानते हो मुहब्बत एकतरफ़ा हो सकती है, नफ़रत भी एकतरफ़ा हो सकती है लेकिन इज़्ज़त, इज़्ज़त एकतरफ़ा नहीं हो सकती। उसे दोतरफ़ा होना ही होता है। वो कहता तो था कि मुझसे प्यार करता है लेकिन मेरी इज़्ज़त नहीं करता था। उसने बहुत मनाने की कोशिश की लेकिन फिर मैंने उस तरफ़ मुड़कर नहीं देखा।

"और उस दिन मुझे पापा की कही हुई बात का मतलब समझ आया कि सबको ख़ुश रखना। अगर उन्होंने ये नहीं कहा होता तो मैंने

किसी की ख़ुशी का ध्यान नहीं रखा होता। मैं बग़ैर सोचे-समझे उनकी ज़िंदगी में चली जाती। अंत में नुक़सान उनका तो होता ही, मैं ख़ुद भी कहां बचती। अब तक तो शायद ख़त्म हो चुकी होती।"

"क्या नाम है, मेरा मतलब क्या था उसका?"

"राहुल गांधी।"

"आर यू सीरियस?"

"ओह, यू स्टूपिड अमन, जोक भी नहीं समझते," कह कर वो हंसते-हंसते दोहरी हो गयी। "लेकिन राहुल गांधी बहुत हैंडसम है। यार मन, एक बार मिलवा दो उससे।"

"टू ओल्ड फ़ॉर यू," अमन की आवाज़ में चिढ़ थी।

"डज़ंट मैटर, ओल्ड इज़ गोल्ड एंड एज इज़ जस्ट ए नंबर। प्लीज़ यार!" वो खिलखिला रही थी।

अमन हैरत से उसे देख रहा था, 'क्या है ये लड़की, कितनी प्योर है। क्या वो इसे कभी समझ पायेगा? कैसे इसकी हंसी इतनी निश्छल और बेख़ौफ़ है? क्या है जिसे ये इस हंसी के पीछे छिपाती रहती है? इसके दिल में उतरना होगा। गहरे जाना होगा। इसे जाने मत देना, अमन। इसका हमेशा साथ देना। इसका दिल ना तोड़ना ...' अमन सोचते हुए अपना सिर हिला रहा था।

अमन सुबह देर तक सोता रहा। आंख खुली तो देखा आठ बज चुके थे। मोबाइल देखा तो अनन्या का मैसेज था: *हैलो मन, जोधपुर जा रही हूं। शाम तक वापस आती हूं। मैनेजर घनश्याम गहलोत को बता दिया है। कोई ज़रूरत हो तो उसे बोल देना। लव यू।*

रात की बात सोच कर अमन हैरान होता रहा, 'कितनी देर तक अपनी कहानी सुनाती रही थी अनन्या। औरतों का जीवन कितना मुश्किल होता है। कैसी-कैसी परेशानियां होती हैं। हम कभी जान ही नहीं पाते कि

हमारे परिवारों में महिलाओं के अरमानों को, उनकी खुशियों को, ख्वाबों को कैसे-कैसे कुचला जाता है। और कुचलने वाली और कोई नहीं, एक औरत ही होती है। ये कैसा समाज है? क्या मेरी मां के साथ भी ऐसा ही हुआ था? क्या डैड ने उनको घर पर बैठने के लिये मजबूर किया, मुझे पालने के लिये? मां के परिवार का क्या हुआ? कौन-कौन था उनके घर में? मां के परिवार वाले कभी क्यों नहीं आये मिलने के लिये? कभी मौक़ा ही नहीं मिला इन सारे सवालों के जवाब ढूंढ़ने का। डैड ही हैं जो ये सब बता सकते हैं लेकिन उनसे मिलने का मन ही नहीं करता। बात भी नहीं करनी उनसे। जब मां ही नहीं हैं, तो डैड की क्या ज़रूरत? हॉस्टल से हॉस्टल के सफ़र में पिता की भी ज़रूरत होती है, कभी लगा ही नहीं।

'मां को बहुत मिस करता हूं। कैसे बताऊं कि मैं आज क्या हूं। क्या करता हूं। अपनी हर किताब मां को ही डैडिकेट की है। आज मां होतीं तो कितना ख़ुश होतीं।' इस वक़्त रेस्तरां में ब्रेकफास्ट करते वक़्त उसके दिमाग़ में यही सब चल रहा था। तभी फ्रंट ऑफ़िस पर मौजूद एक लड़की ने आकर बताया कि कोई उससे मिलने आया है।

"मुझसे मिलने आया है?" अमन ने हैरानी से पूछा। जैसलमेर में उससे मिलने कौन आ सकता था? वो तो यहां किसी को जानता भी नहीं था। हो सकता है कोई सोशल मीडिया देख कर मिलने आ गया हो।

"ठीक है, भेज दीजिये," अमन ने कहा।

कुछ ही देर में एक अट्ठारह साल की लड़की अमन के सामने खड़ी थी। सांवला रंग था। काले बाल। तीखे नैन-नक्श। सलवार सूट और चुन्नी डाले हुए वो थोड़ा सकुचा रही थी। अमन ने उसे बैठने का इशारा किया।

"मेरा नाम गायत्री पालीवाल है। मैं यहीं जैसलमेर में रहती हूं। आपसे मिलना चाहती थी।"

अमन के चेहरे पर हंसी आ गयी, "मेरी किताबें पढ़ी हैं क्या?"

"हां भैया, तीनों किताबें पढ़ी हैं। फ़िल्म भी देखी है और आपकी कहानियां भी सुनती हूं।"

अमन को गायत्री के मुंह से भैया शब्द सुन कर बड़ा अच्छा लगा। गायत्री के चेहरे पर मासूमियत थी। ये पहली बार था जब कोई अमन को भैया कह रहा था। उसे जीवन में ये ख़्वाहिश हमेशा से रही थी कि कोई उसे भैया कहे। एक बहन या भाई होता, तो अकेलापन कुछ तो कम होता।

"क्या अच्छा लगता है मेरे नॉवल में?" अमन ने गायत्री से पूछा।

"सब कुछ, आपके कई कोट्स भी मुझे याद हैं," गायत्री चहकते हुए बोली।

किसी ऐसे शख़्स से कभी प्यार मत करना जो आपको ऑर्डिनरी महसूस कराता है। प्यार में होने का मतलब ही ख़ास होना होता है। जो स्पेशल है उसे स्पेशल ट्रीटमेंट दो।

हमदर्द की शिद्दत को समझे बग़ैर प्रेम की ताक़त को महसूस नहीं कर सकते।

आप अगर किसी के लिये रातों में जागते हो तो इसका मतलब है कि आप ख़्वाब से ज़्यादा हकीकत से प्यार करते हो।

"बहुत ख़ूब! अच्छा, और क्या पसंद है?" अमन ने फिर पूछा।

"मां! आपका मां से प्यार। मां में आपकी आस्था, आपका विश्वास। आपके हर नॉवल में मां का किरदार अनोखा होता है। वो बहुत प्यार करने वाली होती है। जैसे आपने लिखा है ...

जवानी बीत जाती है, प्यार कमज़ोर पड़ जाता है, दोस्ती में दूरी आ जाती है लेकिन मां की ममता की जादुई ताक़त कभी कम नहीं होती।

दुनिया की हर कमी को मां पूरा कर सकती है लेकिन मां की कमी को कोई पूरा नहीं कर सकता।

"तुम्हें इतना सब कैसे याद है?" अमन गायत्री की याद्दाश्त पर हैरत में था।

"आप मेरे भाई हो, मुझे सब पता है। आप क्या करते हो, आपको खाने में क्या पसंद है, क्या आपको पसंद नहीं है।"

"देखो गायत्री, तुम्हारी सारी बातें अच्छी हैं लेकिन मैं तुम्हारा भाई नहीं हूं। बार-बार इस बात को दोहराना ठीक नहीं है," अमन थोड़ा चिढ़े लहजे में बोला।

"मैं समझ सकती हूं आपके लिये अजीब है मेरा आपको यूं भाई कहना। जब कोई बहन कभी थी ही नहीं तो ये गायत्री नाम की बहन कहां से आ गयी? कोई अचानक मुझे ही कहे कि ये तुम्हारा भाई है तो मैं भी ऐसे ही रियेक्ट करूंगी। अच्छा, चलिये ये बताइये कि आपकी मां का नाम क्या है?" उसने अमन से पूछा।

अब अमन के चेहरे पर उलझन और ग़ुस्सा दोनों ही दिखने लगे थे। इस पूरे ट्रिप में परिवार और मां—ये दो बातें लगातार उसके सामने आ रही थीं। जबकि जीवन में इन दोनों की कमी वो हमेशा महसूस करता रहा। और अब ये लड़की! ये है कौन? इतने सवाल क्यों कर रही है? आख़िर इस लड़की को जवाब क्यों देना चाहिये?

"आई डोंट वॉन्ट टू डिस्कस माय पर्सनल लाइफ़ विद यू। व्हाई आर यू आस्किंग ऑल दीज़ क्वेश्चन्स? दिस इज़ नॉट डन। आई एम लीविंग," ये कहते हुए अमन अपनी कुर्सी से उठ खड़ा हुआ।

अमन को उठता देख गायत्री भी खड़ी हो गयी, "देखिये, आई एम सॉरी अगर मैंने आपको हर्ट किया। मैंने आपसे सिर्फ़ आपकी मां का नाम पूछा था। अगर आप नहीं बताना चाहते तो कोई बात नहीं। लेकिन प्लीज़ जाइये मत।"

"आई डोंट थिंक सो ... नाइस मीटिंग यू। अगर कोई पिक्चर लेनी है तो ले सकती हो।"

"येस ऑफ़कोर्स! एक पिक्चर तो होनी ही चाहिये," कहते हुए उसने अपना फ़ोन निकाला और सेल्फी लेने की कोशिश करने लगी। अमन ने उसके हाथ से फ़ोन लिया, "सेल्फी लेने की एक ट्रिक है। फ़ोन को अपने से थोड़ा ऊपर रखो और जितना दूर हाथ जा सकता है ले जाओ। स्माइल करो, और ये हो गया," कहते हुए अमन ने गायत्री को उसका फ़ोन वापस दिया।

"ओके गायत्री, तुमसे मिल कर बहुत अच्छा लगा। मेरा नया नॉवल बहुत जल्द आने वाला है, उसे ज़रूर पढ़ना। बाय, ऑल दि बेस्ट!" कह कर वो मुड़ा और अपने रूम की तरफ़ चल दिया।

तभी उसे पीछे से गायत्री की आवाज़ सुनाई दी, "अमिता पालीवाल, पिता का नाम मुंशी लाल पालीवाल, मां का नाम शांति पालीवाल। पता काठोड़ी गांव, जैसलमेर। भाइयों के नाम सुरेश पालीवाल और रमेश पालीवाल, छोटी बहन सुनीता पालीवाल।"

अमन को उस पर यक़ीन ही नहीं हुआ जो वो सुन रहा था। मां का नाम सुनकर वो हैरान हो गया लेकिन बाक़ी नाम अजनबी थे। उसकी मां जैसलमेर की रहनेवाली थी। वो मुड़ा तो उसके चेहरे पर हवाइयां उड़ रही थीं।

"तुम ये सब कैसे जानती हो?"

"आप अगर बैठ कर बात करेंगे तो मैं आपको सब कुछ बताती हूं।"

"चलो मेरे साथ," कह कर अमन अपने रूम की तरफ़ चल पड़ा। गायत्री उसके पीछे-पीछे थी।

ज़िंदगी सिलसिलेवार दरवाज़ों की कहानी है। कभी आप ख़ुद दरवाज़ा खोलते हैं तो कभी कोई और आपके लिये दरवाज़ा खोल देता है। लेकिन हर बार दरवाज़ा पार आपको ही करना पड़ता है। अब ये आप पर है कि आप दुखी मन से दरवाज़े के पार की ज़िंदगी का स्वागत करते हैं या बांहें फैलाकर।

अनन्या माहेश्वरी अपनी थार से जोधपुर जा रही थी। उसे बैंक मैनेजर से मिलना था। वैसे दोनों शहरों के बीच की दूरी दो सौ अस्सी किलोमीटर थी। लेकिन थार से ये रास्ता वो अधिकतम साढ़े तीन घंटे में पूरा कर लेती थी। बेहद शानदार सड़क। दोनों तरफ़ कुछ क़स्बों को छोड़ दें तो वीराना था। नये बने हाईवे से राह और भी आसान हो गयी थी। बीच में पोखरण

भी आता था जहां ट्रैफिक थोड़ा ज़्यादा होता था। सुबह छह बजे निकलने का फायदा ये था कि ट्रैफिक से बचा जा सकता था। उसे उम्मीद थी कि वो क़रीब दस बजे तक बैंक पहुंच जायेगी। इस रास्ते पर ड्राइव करना उसे हमेशा भाता था। बस अतिरिक्त सतर्कता चाहिये होती थी जानवरों से बचने की। जानवरों के सड़क पर आने का ख़तरा हमेशा बना रहता था। अनन्या के साथ उसके चार्टर्ड अकाउंटेंट राजीव अग्रवाल भी थे।

"राजीव अंकल आपको क्या लगता है हमें और टाइम मिल सकता है क्या?" अनन्या ने अपने सीए से पूछा।

"सब कुछ मैनेजर पर डिपेंड करता है। अगर वो चाहेगा तो कुछ भी संभव है। लेकिन जो बात तुमने बतायी है उसे देखते हुए मुझे तो डर ही लग रहा है।"

"क्या प्रोसेस होता है? अगर हम लोन की रक़म नहीं दे पाये तो क्या होगा?" अनन्या ने फिर सवाल किया।

"देखो बेटा, आसान भाषा में कहूं तो बैंक प्रॉपर्टी पर क़ब्ज़ा कर लेता है। और फिर नीलामी के ज़रिये उसे किसी और को बेच देता है।" सीए राजीव अग्रवाल शुरुआत से *जैसल एन* होटल से जुड़े हुए थे। वही सारे अकाउंट्स देखते थे।

"हमारी टोटल देनदारी इस वक़्त कितनी होगी?" अनन्या ने पूछा।

"ब्याज मिलाकर दस करोड़ से थोड़ा ऊपर होगी। और हमने सवा सात करोड़ का लोन लिया था।"

"जो हालात हैं उसमें हम कब तक किश्त दे सकने की हालत में होंगे?"

"मुझे लगता है कि छह महीने और चाहिये। एक साल और मिल जाये तो ज़्यादा अच्छा होगा।"

"पता नहीं इतना वक़्त हमें मिलेगा या नहीं। हमारे पास और क्या ऑप्शन हो सकते हैं?" अनन्या की आवाज़ में परेशानी साफ़ झलक रही थी।

"सबसे आसान ऑप्शन है, होटल को बेच देना।"

"लेकिन ये भी आसान कहां है। जल्दबाज़ी में तो ढंग का रेट भी नहीं मिलता। धर्मेश होटल वाला आया था मेरे पास। दस करोड़ ऑफ़र कर रहा था। कैसे बेच दें दस करोड़ में पच्चीस करोड़ की प्रॉपर्टी?"

"धर्मेश आया था? कब?"

"कल ही आया था। उसको ख़बर लग गयी है कि होटल का अकाउंट बैड डिक्लेयर होने वाला है।"

"शायद मैनेजर ने ही बताया होगा। मुझे तो दोनों की मिलीभगत लगती है।" सीए ने कहा।

"हां, मुझे भी यही लगता है। काफ़ी वक़्त से वो होटल पर नज़र गढ़ाये बैठा है। सही रेट लगाये तो मैं फ़ैसला कर भी लूं। लेकिन इस तरह से होटल चला गया तो मैं पापा और मां को क्या मुंह दिखाऊंगी," अनन्या ने उदास होते हुए कहा। इस वक़्त उनकी थार जोधपुर में बैंक के बाहर पहुंच चुकी थी। गाड़ी पार्क करके वो मैनेजर के केबिन में पहुंचे। मैनेजर हरि सिंह शेखावत उनका इंतज़ार कर रहा था।

अनन्या और सीए राजीव अग्रवाल के बैठते ही उसने बोलना शुरू कर दिया, "आपके पास सिर्फ़ पांच दिन बचे हैं पेमेंट स्टार्ट करने के लिये। कुछ सोचा है आपने कि क्या करेंगे?"

"हमें कुछ टाइम और चाहिये। इस वक़्त हमारी हालत ऐसी नहीं है कि हम पेमेंट स्टार्ट कर सकें," सीए ने कहा।

"तब तो बहुत गड़बड़ हो जायेगी, क्योंकि मेरे पास रीजनल ऑफ़िस से इंस्ट्रक्शन है कि इस बार अगर पेमेंट नहीं आती है तो आपका अकाउंट बैड डिक्लेयर कर दिया जाये।"

"मतलब! बैड अकाउंट का क्या मतलब है? इससे पहले जब भी हमने लोन लिया है सारी पेमेंट्स टाइम से की हैं। हमारी हिस्ट्री देखिये।" अनन्या बोली।

"अनन्या जी, हिस्ट्री से बैंक नहीं चलता। बैंक वर्तमान देखता है। आपकी माली हालत देखता है। अपना पैसा देखता है।"

"पर अब क्या होगा, हमें और टाइम चाहिये," अनन्या की आवाज़ में डर था।

"देखिये, आपको सवा सात करोड़ का लोन बिल्डिंग बनाने के लिये 2018 में दिया गया था। दो साल में बिल्डिंग बन कर होटल चालू होना था। 1 अक्टूबर 2020 में आपकी इंस्टॉलमेंट स्टार्ट होनी थी। लेकिन 2020 में कोरोना आ गया। लॉकडाउन लगा। आपने हमसे एक साल का वक़्त मांगा। बैंक ने हालात को समझा और आपकी रिक्वेस्ट मानते हुए इंस्टॉलमेंट शुरू होने की तारीख़ 1 अक्टूबर 2021 कर दी, लेकिन कोरोना का खौफ़ लगातार जारी रहा। आपने सितंबर 2021 में बैंक से फिर रिक्वेस्ट की कि आपको और वक़्त दिया जाये। बैंक ने फिर आपकी रिक्वेस्ट मानी और टाइम दिया।

"आपको 1 अक्टूबर 2022 तक का वक़्त दिया गया था। आपने सितंबर 2022 में बैंक से फिर रिक्वेस्ट कर वक़्त मांगा। देश की आर्थिक स्थिति का हवाला दिया, अपने होटल की बैलेंस शीट भी हमको दी जिसमें आप लगातार बेहतर कर रहे हैं। लेकिन बैंक ने आपको तीसरी मोहलत नहीं दी। इसका मतलब ये था कि 1 अक्टूबर 2022 को आपको पहली किश्त की अदायगी करनी थी। आपके टोटल ड्यूज़ अब तक सवा दस करोड़ हो चुके हैं।

"तीन महीने से आपने कोई किश्त जमा नहीं की है। बैंक की नज़र में आप डिफॉल्टर हैं। ऊपर से आये दिशा-निर्देशों के तहत मुझे 1 जनवरी को अकाउंट बैड डिक्लेयर करके अपनी दिल्ली की ऐसेट मैनेजमेंट ब्रांच को भेजना होगा। एक बार अकाउंट वहां चला गया, तब बात आपके और मेरे, दोनों के हाथ से निकल जायेगी।" इतना कह कर मैनेजर हरि सिंह शेखावत चुप हो गये।

"फिर क्या होगा? ऐसेट मैनेजमेंट ब्रांच क्या होती है?" अनन्या की आवाज़ कांप रही थी। उलझन और डर दोनों एक साथ थे। इतना अकेला ख़ुद को कभी महसूस नहीं किया था।

"ये बैंक के बैड लोन अकाउंट के ऐसेट यानी प्रॉपर्टी को मैनेज करके अपनी डूबी रक़म की वसूली करती है," मैनेजर शेखावत बोले।

"वसूली करती है, मतलब?" अनन्या की आवाज़ में कंपकंपाहट साफ़ महसूस की जा सकती थी।

"ये ब्रांच आपके होटल की नीलामी करके अपनी रक़म वसूलेगी।"

"मेरा होटल बिक जायेगा राजीव अंकल?" अनन्या ने सीए की तरफ़ देखते हुए कहा।

"लेकिन मुझे और टाइम क्यों नहीं दे सकते आप? मैं तो कहीं भाग नहीं रही। आपका पैसा देने को तैयार हूं। बस अभी मेरे पास नहीं है। मेरी हालत पिछले तीन महीने में सुधरी है। मैं अब ऑपरेटिंग ब्रेक इवन पर आ चुकी हूं। अगले तीन महीने की मेरी बुकिंग भी अच्छी है। क्लोज़ टू सिक्स्टी-सेवेंटी परसेंट ऑक्यूपेंसी पर हैं हम। हम नब्बे परसेंट पर पहुंच जायेंगे। मुझे सिर्फ़ तीन महीने और दे दीजिये।"

"वी हैव क्रॉस्ड दैट ब्रिज ... अब और वक़्त नहीं मिल सकता, अनन्या जी। आपको चार इंस्टॉलमेंट अगले पांच दिन में जमा करनी हैं।"

"प्लीज़ शेखावत जी, प्लीज़, सिर्फ़ तीन महीने की तो बात है," अनन्या की आवाज़ में गिड़गिड़ाहट थी।

"मैं मजबूर हूं। बैंक के नियम से बंधा हूं। जितनी भी मदद हम कर सकते थे हमने की। अब शर्मिंदा मत कीजिये," मैनेजर शेखावत के सपाट लहजे ने बता दिया कि वक़्त ख़त्म हो चुका है। और मोहलत की गुंजाइश ख़त्म हो चुकी है।

अनन्या ने सीए राजीव अग्रवाल की तरफ़ देखा, उनकी आंखों की बेबसी वो पढ़ सकती थी। वो समझ सकती थी कि अब कोई उम्मीद नहीं बची है। जो भी करना है उसे ही करना होगा। ज़िंदगी की ये लड़ाई बग़ैर लड़े तो नहीं हारेगी।

'कभी ये मत कहना कि ये असंभव है या ये नहीं हो सकता, या हम नहीं कर सकते। हालात कितने ही भयावह और गंभीर हों, इंसानी कुव्वत वहीं तक सीमित रहती है जहां तक हम उसे सीमित करते हैं। हमारा दिमाग़ असीमित संभावनाओं से घिरा है। हम अपनी खुदी के मालिक हैं। जिस दिन हमें इसका अंदाज़ा हो जाता है कुछ भी असंभव नहीं रहता।

ख़ुदी को कर बुलंद इतना कि हर तक़दीर से पहले,
ख़ुदा बंदे से ख़ुद पूछे बता तेरी रज़ा क्या है।'

अनन्या ख़ुद को ही तसल्ली और हिम्मत देने की कोशिश कर रही थी।

राज सिंह चौधरी के ऑफ़िस में गहमा-गहमी थी। नये लॉन्च की एक्साइटमेंट और क्रिसमस की लाइट्स से ऑफ़िस जगमग कर रहा था। लीडरशिप टीम आईपीओ की तैयारियों में लगी थी। राज सिंह चौधरी अपने स्टाफ़ के लिये ईसॉप देने का ऐलान पहले ही कर चुके थे। मतलब हर एम्प्लॉई को शेयर दिये जायेंगे। जिससे वो भी ख़ुद को कंपनी का शेयर होल्डर महसूस करें।

बस एक ही दिक्कत थी। ये नहीं पता था कि आईपीओ आ भी पायेगा कि नहीं क्योंकि कंपनी का सबसे बड़ा शेयर होल्डर ही गायब था।

"सर, वी नीड अमन सर्ज़ सिग्नेचर। पेपर वर्क पेंडिंग पड़ा है। सीएफ़ओ आर.के. खुराना ने कहा। अगर ये विंडो निकल गयी तो फिर नेक्स्ट फाइनेंशियल ईयर में जाना पड़ेगा।"

"खुराना तुम तो जानते हो कि अमन मुझसे बात नहीं करता है। मैं लगातार उससे बात करने की कोशिश कर रहा हूं लेकिन वो सुनने को तैयार ही नहीं है। मेरा फ़ोन तक नहीं उठा रहा। तुम्हीं बताओ कि मैं क्या करूं?"

"आपने मैसेज किया?"

"कितनी बार किया लेकिन वो देखता तक नहीं है मेरे मैसेज। पता नहीं किस बात का ग़ुस्सा है। इतनी नफरता क्यों करता है मुझसे? मुझसे बदनसीब बाप कौन होगा खुराना?" एक बाप की बेबसी और बेटे से ना मिल पाने का दर्द राज की आवाज़ में झलक रहा था।

"आप हौसला रखें सर, और क्या कोशिश कर सकते हैं? और कोई रास्ता है उन तक पहुंचने का?" खुराना ने पूछा।

"क्या रास्ता हो सकता है? कहां है कोई रास्ता? अपने बेटे तक जाने के लिये मेरे पास कोई रास्ता नहीं है। मुझे तो ये तक नहीं पता कि वो रहता कहां है। किसके साथ रहता है या आज इस वक़्त वो कहां है।"

"सर, इस वक़्त तो अमन सर जैसलमेर में हैं।" खुराना ने बताया।

"क्या कह रहे हो खुराना, अमन जैसलमेर में है? तुम्हें कैसे पता?" अचानक राज की आवाज़ में रौनक आ गयी थी।

"ये देखिये," खुराना ने अपना फ़ोन निकाला और अमन का इंस्टाग्राम अकाउंट उनके सामने कर दिया।

काफ़ी देर तक राज सिंह अपने बेटे को निहारते रहे। उसको सुनते रहे। जैसलमेर का क़िला। पालीवालों के गांव कुलधरा की कहानी को उन्होंने बहुत गौर से सुना। इस कहानी को सुनते हुए उनके चेहरे पर मुस्कुराहट गहरी होती रही। अमन की आवाज़ कितने बरसों बाद सुनी थी उन्होंने। कितने दिनों बाद अपने बेटे को देखा था।

"इसके साथ ये लड़की कौन है?"

"कोई टूर गाइड है सर, एक वीडियो में अनन्या नाम बताया था।"

"दिखाओ तो वो वीडियो," राज सिंह ने कहा।

कुछ ही देर में वो वीडियो सामने था जिसमें अनन्या कुलधरा गांव के चौकीदार की कहानी एक्सप्लेन कर रही थी। राज सिंह की आंखें चमक उठीं।

"सर, अमन सर बहुत ज़्यादा फ़ेमस हैं। उनका हर वीडियो हज़ारों, लाखों लोग देखते हैं। काफ़ी फैन फ़ॉलोइंग है उनकी।"

खुराना की बात सुन कर राज को अपने बेटे पर गर्व हो रहा था। 'आज तक मैंने अमन को जानने की कोशिश क्यों नहीं की? अपने बेटे को मैं अब तक क्यों नहीं पहचान पाया? क्यों बेख़बर रहा उसकी कामयाबी से? क्या मैं ख़ुद की कामयाबी को सबसे बड़ा मानता रहा? मेरा साम्राज्य ही मेरे लिये सब कुछ था? नहीं-नहीं, मैंने अपने साम्राज्य को कभी बड़ा नहीं माना। अमन की कामयाबी मैं जानता भी तो कैसे। कोई है ही नहीं मेरे परिवार में जो बताता। स्टाफ़ से क्या बात करूं। जो है वो मेरी सुनता नहीं है।' उनके मन में ये सारे सवाल चल रहे थे। खुराना चुपचाप उनके सामने खड़ा था। दोनों के बीच एक चुप्पी छायी थी। वो खुराना को देखकर मुस्कुराये।

अमन जैसलमेर में है ये बात उन्हें रोमांचित कर रही थी। अचानक उनके मुंह से निकला:

पहुंची वहीं पर खाक जहां का खमीर था।

खुराना हैरानी से राज सिंह का चेहरा देखता रहा। इस तरह की शायरी राज के मुंह से उसने कभी नहीं सुनी थी। राज हमेशा से एक संजीदा बॉस के रूप में नज़र आते थे। पहली बार वो एक पिता नज़र आ रहे थे।

"सुनो एक काम करो। मुझे भी ये सब देखना है। फौरन किसी को बुलाओ, जो मेरे फ़ोन में ये सब एक्टिवेट करे। और कुछ है अमन का जो मैं देख सकता हूं?"

"हां सर, एक यूट्यूब चैनल है, फ़ेसबुक है और ट्विटर है। और उनकी वेबसाइट भी है।"

"इतना कुछ है मेरे बेटे का और मुझे पता ही नहीं है!" राज की आवाज़ में खीझ और ग़ुस्सा दोनों था, "फटाफट मेरे फ़ोन में ये सब एक्टिवेट कराओ। किसी की ड्यूटी लगाओ कि वो मुझे ये सब चलाना सिखाये। सिखाये कि मैं कैसे ये सब देख सकता हूं। मुझे आज तक

किसी ने बताया क्यों नहीं कि अमन को यहां पर भी मिला जा सकता है?" कहते हुए उन्होंने अपना मोबाइल निकाला और एक नंबर डायल कर दिया। वो चाहते थे कि बस एक बार अमन उनका फ़ोन उठा ले। अपने बेटे की आवाज़ वो फ़ोन पर सुनना चाहते थे। फ़ोन की घंटी बज रही थी। घंटी बजती रही। फ़ोन ना उठना था, ना उठा।

लेकिन आज राज परेशान नहीं थे। आज बेटे को क़रीब से जानने का एक नया रास्ता खुला था। बेटा भले ही उनकी ज़िंदगी के बारे में ना जाने, लेकिन वो तो अपने बेटे पर नज़र रख सकते थे। उन्हें यक़ीन भी हो चला था कि कुछ ना कुछ बेहतर घटने वाला है। जैसलमेर की मिट्टी में कुछ ऐसा है कि जो भी वहां जाता है अपना कुछ ना कुछ देकर और लेकर लौटता है। ख़ाली हाथ कोई नहीं वापस आता। अमन भी आयेगा। एक बेहतर इंसान बन कर। उन्हें विश्वास हो रहा था।

ज़िंदगी सच में बड़ी हैरान करने वाली चीज़ है। इससे जब भी मिलने की कोशिश करते हैं अजनबी नज़र आती है। जब भी दूर जाना चाहते हैं, क़रीब आती है। कौन जाने कल किस मुहाने पर खड़ा कर दे। ज़िंदगी के इरादे कौन जान सका है।

अमन कार में बैठा था और कार गायत्री चला रही थी। अमन के दिमाग़ में विचारों का तूफ़ान चल रहा था। तरह-तरह के सवाल थे।

'हमारी ज़िंदगी की दिशा को कौन निर्धारित करता है? हमारा भविष्य कौन तय करता है? क्या कर्म प्रधान है या भाग्य? लोग कहते हैं कि भाग्य कुछ नहीं होता। आप अपना भाग्य ख़ुद तय करते हैं। अपने कर्म से आप अपना भाग्य निर्धारित कर सकते हैं। लेकिन क्या वाक़ई ऐसा होता है? हिन्दू धर्म की मान्यता है कि आप जो भी इस जन्म में पा रहे हैं वो आपके पिछले जन्मों का फल है। और जो कर्म आप इस जन्म में कर रहे हैं, उससे आपके अगले जन्म का भाग्य निर्धारित हो रहा है। आपको मिलने वाला फल या भाग्य आपके कर्म पर निर्धारित है।

'भाग्य मुझे कहां लेकर जायेगा, क्या मैं एक महीना पहले सोच सकता था? क्या अमिता और राज सिंह के यहां जन्म लेना मेरा भाग्य है? क्या अपने माता-पिता से दूर होना भाग्य है? क्या पिता के बिज़नेस से दूर रहना भाग्य है? क्या उपन्यास और कहानियां सुनाना भाग्य है? क्या मेरी कहानी पर अनन्या का नाराज़ होकर फ़ेसबुक पर मैसेज लिखना भाग्य है? क्या अनन्या से मिलने जैसलमेर आना भी भाग्य है? क्या गायत्री से मिलना भाग्य है? क्या मेरा भाग्य मुझे खींच कर यहां लाया है?

'उपन्यासकार अश्विन सांघी कहते हैं कि हमारे जीवन में निन्यानवे फीसदी लक यानी भाग्य होता है और एक फ़ीसदी होता है—ब्लडी लक। ये "ब्लडी लक" है जिसने मुझे अनन्या से मिलवाया और जिसकी वजह से मैं जैसलमेर आया। बाक़ी निन्यानवे फीसदी भाग्य था। ये भाग्य ही तो है कि मैं इतनी विपरीत परिस्थितियों में जन्म लेकर भी आबाद हूं। इसका मतलब ये हुआ कि अनन्या मेरा एक परसेंट वाला "ब्लडी लक" है। ये मेरा "ब्लडी लक" मुझे आगे क्या चमत्कार दिखाने वाला है? घर क्या होता है ... परिवार क्या होता है, इसे लेकर मेरे मन में कोई ख्वाहिश नहीं थी, ना कभी किसी का परिवार देख कर कोई तक़लीफ़ हुई थी। मुझे परिवार का कॉन्सेप्ट ही कभी समझ नहीं आया था। जब अनन्या ने परिवार को लेकर बातें की थीं तब भी मुझे अजीब लगा था कि परिवार की ज़रूरत क्या है!

'कुलधरा में पालीवालों का गांव देखते हुए एक बार मन में आया था कि उससे कहूं कि मेरी मां भी पालीवाल थी लेकिन कह नहीं पाया। रात के इमोशनल ऐपिसोड के बाद मेरा मन नहीं था उससे कुछ और कहने का। फिर डैड का भी फ़ोन लगातार आ रहा था। नहीं चाहिये मुझे डैड की मुहब्बत। बहुत हो गया। उनको अब तक समझ आ जाना चाहिये। क्यों मेरा पीछा कर रहे हैं?

'मैं अकेला जिया हूं। आगे भी जी सकता हूं। लेकिन बड़ी अजीब-सी बात है ना कि पहली बार गायत्री के भैया कहने पर मुझे ख़ुशी मिली थी ... अच्छा लगा था। लेकिन जब उसने मां का नाम लिया था तब मेरा दिल बैठ गया था। मामा, नाना, नानी—ये रिश्ते, ये नाम मेरे लिये

एकदम नये हैं। कभी इनसे वास्ता नहीं पड़ा मेरा। मां का इतना बड़ा परिवार होगा मैं सोच भी नहीं सकता था। क्या परिवार से मिलना ठीक है? क्या मुझे मिलना चाहिये? क्या मुझे मेरी मां को समझने का मौक़ा मिलेगा? मां आख़िर अपने परिवार में कभी वापस क्यों नहीं लौटीं ... क्यों हमसे मिलने कोई नहीं आता था? आज क्या इन सारे सवालों के जवाब मिलेंगे?' यही सब सोच रहा था अमन जब गायत्री ने अपनी कार एक घर के सामने रोक दी।

"आओ भैया, यही है मेरा घर।" गायत्री का चेहरा ख़ुशी से चमक रहा था। गायत्री ने अमन को बता दिया था कि वो उसकी मौसी की बेटी है। उसकी मां का नाम सुनीता है और वो अमन की मां से आठ साल छोटी हैं। मां और सुनीता मौसी के बीच उनके रमेश और सुरेश नाम के दो भाइयों का जन्म हुआ था।

पीले पत्थरों का बना हुआ दो मंज़िला घर, नक्काशीदार दरवाज़ा, जिसके दोनों तरफ़ झरोखे बने हुए थे। दरवाज़े से अंदर आते ही बड़ा-सा आंगन। सामने वरांडा। और सामने ... सामने मां खड़ी थीं। हूबहू ... वही शक्ल—मां-सी!

इतने साल बाद मां-सी सूरत देखते ही अमन की आंखों से आंसू बहने लगे। मौसी भी कहां चुप रह पायीं। उनकी आंखें भी बहने लगीं। आगे बढ़ कर मौसी ने अमन को गले लगा लिया। उनसे लिपट कर वह बुरी तरह रोया। दिल का सारा दर्द आंसुओं में बह रहा था। मौसी के आंचल की छांव में दुबक जाना चाहता था। सिर्फ़ एक ही शब्द बार-बार बोल पा रहा था—मां!

दूर खड़ी गायत्री भी अपनी आंखों से टपकते आंसुओं को पोंछने में लगी थी और चुपचाप मां बेटे का मिलन देख रही थी।

मां की ममता के आगे दुनिया की हर मुहब्बत बेमानी है। इससे क़ीमती कुछ भी नहीं। दुनिया की हर तक़लीफ़ हर मुश्किल को हरा देने का जज़्बा रखती है ये।

'ये दुख साला ख़त्म क्यों नहीं होता?' कहते हुए अनन्या चीख़ी। 'कितना बर्दाश्त करना पड़ेगा जीने के लिये? क्यों ईश्वर, क्यों? आख़िर गुनाह क्या है मेरा? ये दुख मेरे हिस्से में क्यों आया? क्यों रुक गया है दुख मेरे जीवन में? ये जाता क्यों नहीं है? क्यों मुझे पागल किये दे रहा है? क्यों मुझे अंदर ही अंदर खा रहा है?'

अनन्या के दिमाग़ में उथल-पुथल चल रही थी। अनन्या थार से वापस आ रही थी। सीए राजीव अग्रवाल जोधपुर में ही रुक गये थे। वो इस वक़्त अपनी थार में अकेली थी। जीवन की सारी सच्चाई उसके सामने थी। उसे समझ ही नहीं आ रहा था कि किससे बांटे अपना दुख, अपनी तक़लीफ़।

अपना दुख किसी से बांटना उसे कभी आया ही नहीं। ये दुख बहुत पर्सनल होता है। जब लड़ना ख़ुद ही है तो किसी को बताकर क्या फायदा। जब दुख आता है चुपके-चुपके, डंसता है चुपचाप, आप में घुल जाता है तब आप चिल्लाते नहीं हैं। आप जानते हैं कि आपके रोने और शोर का कोई अर्थ नहीं होगा। किसी का दर्द आज तक कोई समझ ही नहीं सका है। आंसू का मोल जान ही नहीं पाया है। जब कोई जानता ही नहीं है तो मदद क्या करेगा।

'किसके पास जाऊं? किससे मदद मांगूं? अमन से मदद मांगूं? नहीं-नहीं, ये ठीक नहीं होगा। वो सोचेगा कि उसका इस्तेमाल कर रही हूं, कि मैंने इसीलिये उससे रिश्ता बनाया। अगर ये ना भी सोचे तो वो अभी ख़ुद अपनी इतनी मुश्किलों में है कि मैं उसकी मुश्किल नहीं बन सकती।' सोचते-सोचते अनन्या ने अपनी थार पोखरण के बाद एक कच्चे रास्ते पर मोड़ दी। ये रास्ता भादरिया गांव को जाता है। इसी गांव में है भादरिया राय माता मंदिर। और इसी मंदिर में है एशिया की सबसे बड़ी अंडरग्राउंड लाइब्रेरी। इस लाइब्रेरी में क़रीब नौ लाख किताबें हैं। कहते हैं कि इक्तालीस साल पहले संत हरवंश सिंह निर्मल उर्फ भादरिया महाराज ने इसकी स्थापना की थी। इलाक़े के लोग बताते हैं कि पंजाब से आने वाले हरवंश सिंह निर्मल उर्फ भादरिया महाराज ने मंदिर के पास ही एक गुफा में नौ साल तक तपस्या की थी। गर्मियों में यहां का

तापमान अड़तालीस से उन्चास डिग्री होता है लेकिन लाइब्रेरी के अंदर हालात एकदम सामान्य रहते हैं। संत हरवंश सिंह निर्मल उर्फ भादरिया महाराज का सपना यहां पर कॉलेज खोलने का था। उन्होंने ही जगदंबा सेवा समिति की भी स्थापना की थी। 21 अप्रैल 1981 को उन्होंने एक धर्मशाला और लाइब्रेरी के लिये नींव रखी थी। इसके बाद अपनी मेहनत से उन्होंने इसे एशिया की सबसे बड़ी भूमिगत लाइब्रेरी बना दिया।

लाइब्रेरी में चार गैलरी हैं। इनमें दो गैलेरियां दो सौ पच्चीस फ़ुट और दो तीन सौ पैंसठ फ़ुट लंबी हैं। इनमें पांच सौ बासठ अलमारियां रखी हुई हैं। सोलह हज़ार रैक हैं। भादरिया माता मंदिर कैंपस में बने इस पुस्तकालय में कुल अट्ठारह कमरे हैं। क़रीब सोलह से अट्ठारह फ़ुट ज़मीन के अंदर बनी यह लाइब्रेरी इतनी बड़ी है कि इसमें एक बार में पांच हज़ार से ज़्यादा लोग बैठ सकते हैं। जगदंबा सेवा समिति इसकी देख-रेख करती है। इस समिति में क़रीब डेढ़ सौ लोग हैं। किताबें ख़राब न हों इसके लिये हर पांच से छह महीने पर ख़ास लेप और पाउडर से इन्हें साफ़ किया जाता है।

इस लाइब्रेरी में सात धर्मों का पूरा साहित्य मौजूद है। यहां हज़ारों साल पुरानी पांडुलिपी के साथ क़ानून से संबंधित लगभग सभी किताबें हैं जो आज तक प्रकाशित हो चुकी हैं। इसके साथ ही वेदों की संपूर्ण श्रृंखलाएं, भारत का संविधान, जर्मन लेखक एफ. मैक्स मूलर की रचनाएं, पुराण, इन्साइक्लोपीडिया, आयुर्वेद, इतिहास, स्मृतियां, उपनिषद, देश के सभी प्रधानमंत्रियों के भाषण और विभिन्न शोधों की किताबों सहित लाखों किताबों को यहां संभाल कर रखा है। हर साल हज़ारों की तादाद में सैलानी इसे देखने के लिये आते हैं।

अनन्या भी अक्सर यहां आ जाती थी। एक सुकून मिलता था उसे यहां। ना कोई जानने वाला, ना पूछने वाला। सिर्फ़ ख़ुद से डिस्कशन।

अमन अपनी मौसी सुनीता पालीवाल के घर पर था और उनके ज़रिये अपनी मां और उनके घरवालों को जानने की कोशिश कर रहा था। मां यानी अमन की नानी, शांति पालीवाल घरेलू महिला थीं। वो ज़्यादा पढ़ी-लिखी नहीं थीं। मौसी बता रही थीं कि उनके पिता यानी अमन के नाना जी, मुंशी लाल पालीवाल सरकारी स्कूल में टीचर थे। 6 फुट 2 इंच लंबा क़द। हमेशा पैंट शर्ट पहनते थे। हाथ में एक छड़ी लेकर चलते थे। सारा गांव उन्हें मास्टर जी के नाम से पुकारता था। गांव पंचायत का मसला हो या किसी का आपसी मसला, मास्टर जी का फ़ैसला अंतिम माना जाता था। बच्चों की पढ़ाई-लिखाई को लेकर वो बहुत जागरूक थे इसीलिये अपने सभी बच्चों को स्कूल में पढ़ाया। सभी लोगों से वो कहते थे कि अपने बच्चों को अच्छी शिक्षा देनी चाहिये। लड़कियों की शिक्षा के लिये तो वो किसी के भी घर में चले जाते थे। ज़िद करके लड़कियों का दाख़िला स्कूल में कराते थे।

उनका परिवार तब जैसलमेर से पच्चीस किलोमीटर दूर काठोड़ी गांव में रहता था। यहीं के सरकारी विद्यालय में मास्टर जी पढ़ाते थे। वे बहुत धीर-गंभीर प्रवृत्ति के थे। रीति-रिवाज, खान-पान, छुआछूत और संस्कार उनके लिये सबसे ज़्यादा महत्वपूर्ण थे। घर का वातावरण एकदम धार्मिक था।

मौसी बोलीं, "अमिता जीजी घर में सबसे बड़ी थीं। बाऊजी को उनसे बहुत लगाव था। वे उन्हें बिटिया कह कर पुकारते थे। घर में घुसते ही सबसे पहले उनकी आवाज़ सुनाई देती थी, 'बिटिया, कहां हो?' ये बिटिया शब्द अमिता जीजी के लिये होता था। बाऊजी अक्सर हमारे पांव छू लिया करते थे। कहते थे तुम तो हमारी देवी हो। तुम से ही तो इस घर की रौनक है। बेटों के लिये वो काफ़ी सख़्त पिता था। उनकी नज़रें बेटों पर हमेशा सख़्त ही रही थीं। मजाल है कि वो उनको बाहर दिख जायें। कई बार भाइयों को उनके हाथ से पिटते देखा हमने, लेकिन बेटियों के लिये उनकी आंखों से आंसू बहते थे।

अक्सर शाम को हमें वो आवाज़ देते थे, 'बिटिया कहां हो?'

हम कहते, 'जी, बाऊजी, यहीं हैं।'

तो कहते, 'बिटिया रामायण सुनाओ।'

फिर हमसे वो रामायण सुनते, हम दोनों बहनें रामायण का पाठ करती थीं। रामायण का पाठ सुनते-सुनते उनकी आंखों से आंसू बहते रहते। फिर वो हमसे कहते, 'जाओ अब सो जाओ। थक गयी होगी।'

कई बार रात को उनका मन कुछ मीठा खाने को करता। तो वो आवाज़ देते, 'बहू जी कहां हो?' ये आवाज़ मां के लिये होती। मां को वो बहू जी के नाम से पुकारते थे।

'यहीं हैं मास्टर जी,' मां कहतीं। वो भी उन्हें मास्टर जी ही कहती थीं। मौसी मुस्कुरा रही थीं। अमन बड़े ध्यान से अपने नाना-नानी की कहानी सुन रहा था। पहली बार उसके ननिहाल की कहानी उसके सामने थी। ये एक ऐसा संसार था जिससे वो अब तक नावाकिफ था।

मां की आवाज़ सुनकर कहते थे, 'मीठा खाने का मन कर रहा है। हलुआ बना लें?'

जब हलुआ बन जाता और मां उनके सामने रख देतीं। तब वो फिर आवाज़ देते, 'बिटिया, कहां हो?'

'जी बाऊजी, यहीं हैं।'

'इधर आओ,' वो कहते। फिर बाऊजी हमें अपने साथ बैठाकर अपने हाथ से हलुआ खिलाते।

मां कहती भी थीं, 'बनवाया तो अपने लिये था, अब इन्हें क्यों खिला रहे हो?' तो वो हंस कर कहते, 'इन्हें खाता देख कर ही मेरा पेट भर जाता है।'

बाऊजी को अपने पालीवाल ब्राह्मण होने पर बड़ा गर्व था। कहते थे, 'इस कुल में जन्म मुश्किल से मिलता है। हम सबका ये कर्तव्य है कि इसकी मर्यादा का पालन करें।' वो हमें बाहर का कुछ भी खाने नहीं देते थे। जब आस-पड़ोस में किसी के यहां कोई कार्यक्रम होता था, वहां से न्योता आता था तो उनको अच्छा नहीं लगता था।

जाते वो हर कार्यक्रम और न्योते में थे लेकिन वहां का खाना खाना तो दूर, पानी भी नहीं पीते थे। कहते थे कि जाने कैसे-कैसे हाथ लगे होंगे।

अगर हमें कभी अच्छे कपड़े पहने देख लेते थे तो पूछते, 'कहां जा रही हो बिटिया?' हम बताते कि किसी का जन्मदिन है या बच्चे का नामकरण है। तो कहते, 'क्या बिटिया, दो लड्डुओं के लिये वहां क्यों जाना। कुछ खाना नहीं,' उनकी ये हिदायत हमें हमेशा याद रहती थी।

अक्सर, घर पर कोई खाना लेकर आ जाता या किसी शादी बारात से कुछ आता तो मां को वो हिदायत देते, 'बहू जी ये बंटवा देना, जाने कैसी-कैसी कमाइयों का खाना है। संस्कार ख़राब हो जाते हैं। अपने बच्चों को ये नहीं खिलाना।'"

अमन उनकी सारी बातें सुन रहा था। उसे समझ नहीं आ रहा था कि ये किस ज़माने की बात है। इस देश में क़रीब पचास-पचपन साल पहले ऐसा भी इंसान था जो कहीं बाहर का खाना ना ख़ुद खाता था, ना किसी को खाने देता था।

"तो आप लोग बाहर जाकर चाट-पकौड़ी नहीं खाते थे?" अमन ने पूछा।

सुनीता मौसी हंस पड़ीं, "सवाल ही नहीं उठता। इजाज़त ही नहीं थी। वैसे भी हमारे गांव में तब चाट-पकौड़ी की दुकान भी नहीं थी। पचास साल पहले ना तो बिजली थी हमारे घर में, ना ही पानी आता था। दूर के तालाब से भर कर पानी आता था। काम वाले घर के अंदर नहीं आ सकते थे। वो दुनिया एकदम अलग थी, मुन्ना!" सुनीता मौसी ने कहा।

अमन के कानों में टन्न से उनकी आवाज़ पड़ी। उसे याद आया कि मां भी उसे मुन्ना कह कर ही पुकारती थी।

"आपने मुझे मुन्ना क्यों कहा? आपको पता है कि मां मुझे मुन्ना कहती थी?" अमन ने हैरानी से पूछा।

"अमिता जीजी ने मुझे बताया था कि उनका मुन्ना कैसा है, कितनी शरारत करता है।" मौसी के चेहरे पर हंसी थी। एकदम मां जैसी।

"और क्या बताया था मां ने आपको?" अमन चहक रहा था।

"जीजी ने कहा था कि मेरा मुन्ना बहुत बोलता है। अभी से जाने क्या-क्या लिखता रहता है।"

"मां, भैया..." इससे पहले अमन कुछ और पूछता गायत्री की आवाज़ ने उनका ध्यान भंग कर दिया, "चलो लंच तैयार है।"

"क्या बनाया है?" अमन ने पूछा। "कुछ ख़ास बनाया है भाई के लिये?"

"अरे आओ तो सही भैया। देखो तो ज़रा, मुंह में पानी ना आ जाये तो मेरा नाम गायत्री नहीं।"

"चलो बेटा अब आगे की बात खाना खाते हुए करते हैं," कह कर मौसी उठ खड़ी हुईं।

बरसों बाद अपने परिवार के बीच में था अमन। खाने की टेबल पर अपनों के बीच। 'ख़ुदा की कितनी बड़ी नेमत है परिवार।' अमन ने मन ही मन भगवान का शुक्रिया अदा किया।

डाइनिंग रूम ख़ुशबू से महक रहा था।

"क्या-क्या बना है, देखें तो ज़रा!" अमन बोला।

"आज पूरी तरह से आपके लिये राजस्थानी डेलीकेसी है," गायत्री बोली। "दाल, बाटी और चूरमा। इसके अलावा गट्टे की सब्ज़ी भी है और अगर आप खाना चाहें तो बेसन की भरवां मिर्ची भी मिलेगी।"

"ओह! लिट्टी चोखा है ये," अमन के मुंह से निकला।

"जी नहीं, ये दाल-बाटी-चूरमा है। बिहार और पूर्वी उत्तर प्रदेश में जो बनता है वो लिट्टी चोखा होता है। हमारे यहां ये दाल-बाटी-चूरमा हर शुभ कार्य पर बनता है। त्योहार पर बनता है, विवाह समारोह या अन्य धार्मिक समारोह में बनता है।" गायत्री की आवाज़ में उलाहना था मानो वो कह रही हो इतना भी नहीं जानते और बने फिरते हो लेखक।

"सॉरी, सॉरी! और बताओ इसके बारे में। आज की स्टोरी इसी पर होगी।" अमन ने कहा।

"मेरा भी ज़िक्र करना पड़ेगा वरना मैं कुछ नहीं बताने वाली," गायत्री ने रूठने का अभिनय किया।

"डील! आज तुम्हारे साथ ही रील और स्टोरी। एक काम करते हैं तुम बोलो मैं रिकॉर्ड करता हूं।"

अमन ने अपना फ़ोन निकाला और गायत्री को इशारा किया। गायत्री अब अपने पूरे रंग में आ चुकी थी। उसने कंटेंट क्रियेटर की तरह बोलना शुरू किया, 'राजस्थान शब्द सुनकर आपके दिमाग़ में एक छवि उभरती है—रेगिस्तान, ऊंट, रंग-बिरंगे कपड़े, क़िले, हवेलियां और खाना। खाने में सबसे पहले दाल-बाटी-चूरमा ही दिमाग़ में आता है।

'आज ये राजस्थानी डिश पूरी दुनिया में मशहूर है। और जैसा इसका स्वाद है, वैसा ही है इसका इतिहास भी। दाल-बाटी-चूरमा के ईजाद होने की कहानी बड़ी ही दिलचस्प है।' गायत्री ने एक नज़र अमन पर डाली। अमन ने सिर हिलाकर उसको कंटीन्यू करने का इशारा किया। 'आज मैं आप सबको इसकी कहानी सुनाती हूं। तो जान लीजिये कि दाल-बाटी-चूरमा का ज़िक्र ट्रैवलर इब्नेबतूता की किताब में भी मिल जाता है। ट्रैवलर इब्नेबतूता ने इस डिश का ज़िक्र कुछ इस तरह किया है "सूरज की रोशनी में पके गेहूं से बनी बाटी"।

'आप ये भी जान लीजिये कि सैकड़ों साल पहले गेहूं, ज्वार, बाजरा और अन्य अनाज सामान्य लोगों के भोजन का हिस्सा थे। दाल-बाटी-चूरमा अपने आप में एक भरपूर खाना है। एक ख़ास बात जान कर आप हैरान हो जायेंगे कि बाटी गेहूं से बनती है, जिसमें घी और ऊंट के दूध, जी हां! ऊंट के दूध का इस्तेमाल किया जाता है। और इसमें नमक का इस्तेमाल नहीं होता था।

'मैं आगे बढ़ूं, उससे पहले थोड़ा इतिहास को जान लेते हैं। इस रेसिपी का ज़िक्र सबसे पहले राजस्थान में मेवाड़ साम्राज्य के संस्थापक बप्पा रावल के समय में मिलता है। यह बात तेरह सौ साल पहले यानी

आठवीं शताब्दी की है। अपना साम्राज्य स्थापित करने से पहले वो एक चरवाहा योद्धा जनजाति के थे। उन्हें मान मोरी से चित्तौड़ दहेज़ के रूप में मिला। कमाल की बात ये है कि बाटी युद्ध के समय खायी जाती थी और ये इत्तेफाक से ही ईजाद हुई थी।

'हुआ यूं कि भूखे सैनिक आटे के टुकड़े बनाकर गर्म रेत में दबा देते थे। जब वो वापस आते थे, तब तक वह गर्म रेत में अच्छी तरह से भुन चुके होते थे। इसके बाद वो इसमें घी डालकर खाते थे। अच्छा दिन होता था, तो दही या छाछ से वो काम चला लेते थे। कोई समाज, संस्कृति या खान-पान कैसे विकसित होता है, इसकी बेहतरीन मिसाल है दाल-बाटी। समय के साथ धीरे-धीरे इस डिश में चूरमा और पंचमेल दाल भी जुड़ गए। अब भी ज़मीनी स्तर पर लोग बाटी को घी, छाछ और बकरी या ऊंट के दूध से बनी दही से ही खाते हैं। जबकि ऊंची या संपन्न जाति के लोग इसके साथ दाल का इस्तेमाल करते हैं। लेकिन बड़ा सवाल ये है कि बाटी की कहानी तो हमने जान ली, पर पंचमेल दाल और चूरमा कहां से और कैसे आए?'

ये कहकर गायत्री कुछ देर के लिये चुप हुई। कोई कुछ नहीं बोला। आख़िरकार अमन ने पूछा, "बताओ कि दाल और चूरमा कहां से आया?"

"तो सुनिये," गायत्री ने मुस्कुराते हुए कहा। 'कुछ व्यापारी मेवाड़ में रहने आए। तब तक बाटी और छाछ का कॉम्बीनेशन प्रसिद्ध हो गया। गुप्त साम्राज्य में पंचमेल दाल बहुत खाई जाती थी। इसे पांच तरह की दालों—चना, मूंग, उड़द, तूर और मसूर दाल आदि में मसालों का तड़का लगाकर बनाया जाता था। इन व्यापारियों ने बाटी के साथ पंचमेल दाल को खाने में शामिल कर लिया। यहां से शुरू हुआ दाल और बाटी का कॉम्बीनेशन।

'दाल की बात तो कर ली, अब चूरमा का ज़िक्र तो बनता ही है। तो साहेबान सुनिये,' गायत्री ने आवाज़ ऊंची की, 'चूरमा के पीछे भी मेवाड़ का राज घराना ही है। प्रचलित कहानियों के अनुसार, एक युद्ध के

दौरान एक बावर्ची ने ग़लती से गन्ने के रस को बाटी में डाला दिया था। तब महिलाओं ने गौर किया कि इससे बाटियां नर्म हो गईं और उनका स्वाद भी बढ़ गया था। तब वो अपने घर में बाटियों को गन्ने के रस या गुड़ के रस में डुबोकर बनाने लगीं। इस तरह धीरे-धीरे बाटी के चूरे से चूरमा बनाया जाने लगा, जिसमें मिश्री और इलायची डाली जाने लगी। इस तरह मेवाड़ से निकला था सुपर टेस्टी खाना दाल-बाटी-चूरमा!'

ये सुनते ही टेबल पर बैठे लोगों ने ज़ोर से तालियां बजायीं। लेकिन गायत्री रुकी नहीं, 'समय के साथ अलग-अलग जगहों और समुदायों ने इसमें अपना फ्लेवर और रूप दिया है। धीरे-धीरे इसमें कढ़ी और साग भी जुड़ गए।'

गायत्री ने फिर एक छोटा-सा पॉज़ लिया और एक बार फिर बोलना शुरू किया। अमन लगातार उसे रिकॉर्ड कर रहा था। 'अब बात ये कि दाल-बाटी-चूरमा मुग़ल दरबार में कैसे पहुंचा? ये कहानी भी बड़ी ज़बरदस्त और इंटरेस्टिंग है।

'कहते हैं कि रानी जोधा बाई के ज़रिये ये डिश मुग़ल दरबार तक पहुंची। अकबर के दौर में मुग़ल साम्राज्य के शाही बावर्चियों ने इसे नए तरीक़े से बनाना शुरू किया और नाम दिया दाल-बाफ़ला और खीच। इस तरह दाल-बाटी-चूरमा राजस्थान से मुग़ल साम्राज्य पहुंचा। बाटी और बाफ़ले में एक ही फ़र्क़ है कि बाटी कंडों या अवन पे सेंकी जाती है और बाफ़ले उबाल कर कंडों पे सेंके जाते हैं।

'तो कैसी लगी आपको हमारी आज की दाल-बाटी-चूरमे की कहानी? कॉमेंट बॉक्स में जाकर अपनी राय हमें ज़रूर दें। और हमारा चैनल सब्सक्राईब करना ना भूलें। आज के लिये टाटा, बाय-बाय, शब्बा-ख़ैर! सलामत रहें! ख़ुश रहें!' इतना बोल कर मुस्कुराते हुए गायत्री चुप हो गयी।

गायत्री की रनिंग कॉमेंट्री के बंद होते ही। सारे लोगों की हंसी छूट गयी। कहकहे के दौर ने ज़िंदगी की सारी कड़वाहटों को दूर कर दिया।

अमन ने अपना फ़ोन बंद करते हुए गायत्री से पूछा, "तुमने कहां से सीखा ये सब?"

"स्कूल में एक प्रोजेक्ट किया था, तब से मुझे ये सारी कहानी याद है।"

"इंटरेस्टिंग स्टोरी है। मुझे पता होनी चाहिये थी।"

"ज़रूरी नहीं है कि हमें सब कुछ पता हो भैया। कुछ बातें अचानक सामने आती हैं तभी अच्छा लगता है।" गायत्री की इस बात ने अमन को सोच में डाल दिया। कितनी गूढ़ बात कितनी आसानी से कह दी गयी थी।

अल्बर्ट आइंस्टाइन ने ठीक ही कहा है कि 'ज़िंदगी को दखने के दो ही नज़रिये हैं—एक, चमत्कार जैसा कुछ नहीं है। दूसरा, सब कुछ एक चमत्कार ही है।'

आज अमन को दूसरे पर ही विश्वास हो रहा था—सब कुछ चमत्कार ही है।

अनन्या अब तक दो दरवाज़े खटखटा चुकी थी। एक दरवाज़ा जैसलमेर के सबसे बड़े प्रॉपर्टी डीलर का था। उन्होंने *जैसल एन* होटल को ख़रीदने में दिलचस्पी तो दिखायी लेकिन बाज़ार से आधे दाम देने में इच्छुक थे। ज़ाहिर है कि वो जानते थे कि *जैसल एन* होटल इस वक़्त मुश्किल में है। वो नीलाम होने के कगार पर है। प्रॉपर्टी डीलर की नज़र भी ठीक नहीं थी। वो जानते थे कि अनन्या अकेले इस होटल को चलाने की कोशिश कर रही है। उन्होंने अनन्या को पैसा उधार देने की पेशकश भी की लेकिन उनकी बातों में छिपी ख्वाहिश अनन्या बख़ूबी समझ रही थी। बहुत जल्द उनके मंसूबे समझ गयी थी। वहां से उठने में ज़्यादा देर नहीं लगायी उसने।

अगला दरवाज़ा राज परिवार का था। उसे उम्मीद थी कि राज परिवार में शायद कोई उसके होटल में दिलचस्पी दिखाये। लेकिन उस वक़्त परिवार से कोई भी वहां नहीं था। सब लोग विदेश में थे। ये दरवाज़ा

भी बंद निकला। हालांकि, उसे उम्मीद तो नहीं थी कि यहां से कुछ होगा लेकिन वो हर दरवाज़ा खटखटा लेना चाहती थी।

अब इस हाल में सिर्फ़ एक दरवाज़ा बचा था। ये दरवाज़ा भी ऐसा था जो पिछले तीस साल से उसके परिवार के लिये बंद था। 'क्या इसे खोलने की कोशिश करनी चाहिये?' उसने ख़ुद से ये सवाल किया। जब सारे दरवाज़े बंद हों तो आख़िरी दरवाज़ा खटखटाने में क्या हर्ज़ है। लेकिन उसके पिता ने कभी उधर मुड़ कर नहीं देखा था। इस ख्याल ने उसके बढ़ते क़दमों को रोक लिया था।

वो पैदल ही जैसलमेर के क़िले की पतली-पतली गलियों से होते हुए शीश महल की तरफ़ बढ़ रही थी। क्या कहेगी वो वहां जाकर? क्यों मांगना उनसे, जिन्होंने जीवन में उसके परिवार से कभी रिश्ता नहीं रखा, उसके पिता ने भी उनसे रिश्ता नहीं रखा।

पर परिवार किसलिये होता है, अगर मुश्किल में काम ना आये वो परिवार ही क्या? अनन्या को परिवार नाम की संस्था पर विश्वास था। हो सकता है कि उसके पापा को भरोसा ना हो, लेकिन उसे तो है। उसमें इसी परिवार का ही तो ख़ून है। 'एक बार कोशिश करने में क्या जाता है। बंद दरवाज़ा खोलने की कोशिश करने में क्या हर्ज़ है। ये आज़माइश भी कर ही लेनी चाहिये। ख़ुद से शिकायत तो नहीं रहेगी कि काश ये दरवाज़ा खटखटा ही लिया होता।' सोचते-सोचते पतली सड़क पर बनी विशाल हवेली शीश महल के सामने खड़ी थी अनन्या।

साल 1810 के आसपास इस हवेली का निर्माण हुआ था। पांच मंज़िला हवेली महाराजा मूलराज के वक़्त में बनना शुरू हुई थी। वास्तुकला का बेजोड़ नमूना था ये शीश महल। इसमें बेल्जियम से मंगाये गये इतने शीशे और मोती लगे थे कि लोगों ने इसका नाम शीश महल ही रख दिया। मार्बल पत्थर ईरान से आया था। बाहर चबूतरों पर मार्बल के हाथी खड़े थे जो सामर्थ्य और ताक़त का प्रतीक थे।

एक ज़माने में ये शीश महल सात मंज़िला था। कहते हैं कि इसकी ऊंचाई जैसलमेर क़िले से भी ज़्यादा हो गयी। तब महाराजा ने इसकी

ऊपरी दो मंज़िलों को गिराने का आदेश दिया ताकि ये क़िले से नीची ही रहे। हवेली को बनाने में सीमेंट का इस्तेमाल नहीं किया गया बल्कि लोहे की छड़ों से पत्थरों को बांधा गया था।

आज ये पांच मंज़िला शीश महल एक पतली और व्यस्त गली में खड़ा है। अपने वैभव और क्रूर इतिहास को समेटे इसकी अड़तीस बालकनी और झरोखे कारीगरी का बेमिसाल नमूना हैं।

अनन्या ने कुछ सैकेंड सोचने के बाद सामने बने एक छोटे-से दरवाज़े को खटखटा दिया। बड़े शीश महल का रास्ता इसी छोटे से दरवाज़े से होकर जाता था।

दरवाज़ा खुला और सामने मौजूद एक शख्स ने सवालिया निगाहों से अनन्या की तरफ़ देखा। "मुझे भीम सिंह जी से मिलना है।"

"आपका नाम?"

"कहना वैभव की बेटी अनन्या आयी है।"

सामने वाले के चेहरे पर असमंजस था, लेकिन उसने कुछ कहा नहीं। अनन्या की बात का मतलब सोचते हुए वो अंदर चला गया।

दरवाज़ा खुला पड़ा रहा। अंदर सन्नाटा था मानो अब इस हवेली में कोई नहीं रहता। एकदम वीरान।

अचानक सामने से सफेद धोती-कुर्ता पहने, सफेद साफा, बड़ी-बड़ी मूछों वाला, हाथ में एक छड़ी लिये शख्स आया। उम्र क़रीब पचहत्तर साल, रौबीला चेहरा। उसने गौर से अनन्या को देखा। कुछ देर उसकी नज़रें अनन्या पर टिकी रहीं, और फिर उसने हवेली के दरवाज़े को बग़ैर कुछ कहे बंद कर दिया।

अनन्या बुत बनी खड़ी रही। उसे इस जवाब की उम्मीद नहीं थी। उसे अब समझ में आया कि उसके पिता ने ये दरवाज़ा कभी क्यों नहीं खटखटाया। 'पिता क्यों हमेशा ठीक ही होते हैं। ऐसा क्या होता है उनके पास? क्यों, वो बच्चों से बेहतर समझ रखते हैं? क्यों?' अनन्या ने आसमान की तरफ़ देखा। हौले से मुस्कुरायी। फिर अपनी राह पर वापस

चल पड़ी। अब कम से कम अफ़सोस नहीं होगा। 'नाऊ व्हॉट, अनन्या ... अब क्या करना है?'

सबसे मुश्किल सवाल यही था कि अब क्या करना है। 'आई हैव फकिंग नो क्लू, व्हाट टु डू? ये फीलिंग ही कितना हैरान करने वाली है। हैल्पलेस ... अकेलापन ... किसी का ना होना ... कहीं से मदद का ना मिलना ... नाउम्मीदी ... बेचारगी। क्या सब कुछ ख़त्म हो जायेगा अनन्या? आई सेड, आई डोंट हैव एनी क्लू! फक ऑफ़!' सड़क पर चलते-चलते ज़ोर से अनन्या चिल्ला दी। रास्ता चलते लोग उसे हैरानी से देख रहे थे। उसने सिर झुकाया और तेज़ क़दमों से आगे बढ़ गयी।

"अमिता जीजी ने दसवीं और बारहवीं में जैसलमेर में टॉप किया था। बड़ा जोरदार जश्न हुआ था दोनों ही बार गांव में। नेता आये थे सम्मानित करने के लिये। बाऊजी के चेहरे पर बड़ा गर्व था। पहली लड़की थीं अम्मू जीजी जिसने पूरे ज़िले में टॉप किया था। वो साइंस पढ़ रही थीं। उनको कम उम्र से ही घर बनाने का बड़ा शौक था। वो कहती थीं कि मुझे घर बनाने हैं।" सुनाती मौसी के घर में बैठक जमी थी। अमन बड़े चाव से अपनी मां की कहानी सुन रहा था। अब तक सुनीता मौसी के पति और बेटा भी आ चुके थे। सब ड्रॉइंग रूम में बैठे थे। चाय के दौर पर दौर चल रहे थे। शाम हो रही थी। लेकिन अमन को कोई जल्दी नहीं थी। उसे आज कहीं नहीं जाना था। वो अपने परिवार के बीच था।

सुनीता मौसी ने अपनी बात जारी रखते हुए कहा, "जीजी आर्किटेक्चर पढ़ना चाहती थीं। आर्किटेक्चर की पढ़ाई जैसलमेर में मुमकिन नहीं थी। जोधपुर में भी तब आर्किटेक्चर नहीं पढ़ाया जाता था। उसके लिये या तो जयपुर जाना था या फिर दिल्ली।

बाऊजी आगे की पढ़ाई के सख़्त ख़िलाफ़ थे। वो अपनी बिटिया का विवाह करना चाहते थे। अकेली बेटी को पढ़ाई के लिये घर से बाहर

भेजने में उनको खौफ़ था। वो कहने लगे कि अम्मू का विवाह कर देते हैं। फिर उसके पति की मर्ज़ी, उसे पढ़ाना हो तो पढ़ाये।

बाऊजी के आगे घर में किसी की बोलने की हिम्मत नहीं थी। जीजी ख़ामोश हो गयीं। रिश्ते देखे जाने लगे थे। पूरे घर का माहौल तनावपूर्ण था। भाई दुबके रहते। बाऊजी के सामने आने की हिम्मत नहीं थी। जीजी रोती रहतीं। मां उन्हें संभालती रहतीं। एक मैं ही थी जो मस्त थी। जीजी से आठ साल छोटी थी। बाऊजी को कुछ कहना होता तो मैं ही ज़रिया बनती थी।

इसी बीच एक जगह जीजी का रिश्ता तय हो गया। लड़का सहकारी बैंक में काम करता था। जीजी की उम्र तब अट्ठारह साल की थी। लड़का पच्चीस साल का था। वो लोग घर आये थे जीजी को देखने। जीजी देखने में बहुत सुंदर थीं।"

"एकदम आपकी तरह?" अमन बोला।

"अरे नहीं, वो बहुत सुंदर थीं। तुझमें उनकी बहुत झलक है। वैसे ये सही है कि हम दोनों बहनें एक-दूसरे से बहुत मिलती हैं लेकिन जीजी की पर्सनैलिटी एकदम अलग थी। हमेशा आत्मविश्वास से लबालब। बाऊजी की इज़्ज़त करती थीं लेकिन करती वो ही थीं, जो उन्हें ठीक लगता था।"

"शादी का क्या हुआ?" अमन ने उतावलापन दिखाया।

"आह, कहानीकार को कहानी सुनने की जल्दी है," मौसी हंसीं। "बम फटा था, बम!" कहते हुए मौसी के चेहरे पर चमक थी। "तूफ़ान आया था। ऐसा तूफ़ान जिसकी कल्पना किसी ने नहीं की थी। लड़के वाले बैठे थे। लड़के के इतने रिश्तेदार आये थे मानो पूरा कुनबा ही उठ आया हो। उन्हें दीदी पसंद थीं। शादी पक्की हो गई और तय ये हुआ कि अभी सगाई कर देते हैं। विवाह की तारीख़ पंडित बाद में निकाल देंगे। तभी जीजी ने धमाका कर दिया। वो अचानक बाहर बैठक में आ गयीं। बैठक में तब महिलायें नहीं आती थीं। पुरुष और महिलाओं की बैठक अलग-अलग होती थी।"

"क्या धमाका हुआ?" अमन इधर-उधर की बातों में समय बर्बाद नहीं करना चाहता था।

"अरे! सब्र रखो, सब बताती हूं। फिर जीजी ने बाहर आकर कहा कि शादी के लिये उनकी एक शर्त है। मुझे याद है उस दिन जीजी ने लाल रंग की साड़ी पहन रखी थी। सिर पर पल्ला लिये थीं। उनका मस्तक सीधा था। मस्तक समझता है ना?"

अमन ने सिर हिला दिया।

"बाऊजी ने उनको टोका था। जीजी का बाहर आना उनको बिल्कुल अच्छा नहीं लगा था।

'बाऊजी, आपने कहा था कि मेरी शादी के बाद मेरी पढ़ाई का फ़ैसला मेरे पति को करना है। तो मैं अपने पति से जानना चाहती हूं कि क्या वो विवाह के बाद मुझे जयपुर जाकर पढ़ने देंगे?'

ये सवाल जीजी ने अपने पति से किया था।

बाऊजी ने फिर टोका था, 'ये बातें विवाह के बाद करने की हैं। अभी इन बातों का कोई अर्थ नहीं है।'

'नहीं बाऊजी, विवाह के बाद इन बातों का कोई अर्थ नहीं है। मुझे इस सवाल का जवाब आज ही चाहिये। अगर इन्हें मेरी पढ़ाई पर आपत्ति है तो आज ही बतायें।'

अंदर मां थर-थर कांप रही थीं। बाहर बैठे भाइयों के चेहरे पर सन्नाटा था। हर कोई सन्न था। इससे पहले किसी लड़की ने पूरे ख़ानदान में अपने विवाह पर शर्त नहीं रखी थी।

कानाफूसी होने लगी। लड़के वालों को लड़की का ये रूप पसंद नहीं आया था। जो लड़की आज इतना बोल रही है वो कल क्या करेगी! उनके चेहरे पर उलझन और तनाव साफ़ दिख रहा था।

बाऊजी का चेहरा तमतमा गया था। जीजी की आवाज़, उनका खड़ा होना, सवाल करना, बाऊजी को अपनी व्यक्तिगत बेइज़्ज़ती लग रहा था।

'बिटिया, आप अंदर जायें। हमें बात करने दें। लड़कियों को इस तरह से बात नहीं करनी चाहिये। अपनी बेटियों को हमने ये शिक्षा नहीं दी थी। कहां से सीखे ये संस्कार?'

'सच बोलने का संस्कार तो आपसे से ही सीखा है, बाऊजी। सही को सही और ग़लत को ग़लत कहना भी आपने ही सिखाया। अपने हक के लिये लड़ना भी आप ही ने सिखाया है बाऊजी। आप ही कह दीजिये कि आपने ग़लत शिक्षा दी है तो हम मान लेंगे कि हमें ग़लत संस्कार मिले।'"

"अरे बाप रे!" अमन सीधा हो गया। "ऐसी थीं मां?"

"हां," पूरी बैठक में सन्नाटा था। सब दम साधे ये क़िस्सा सुन रहे थे। "इस क्लाइमैक्स की उम्मीद किसी को नहीं थी। बाऊजी सन्न थे। उनको जवाब नहीं सूझ रहा था। आख़िर पिता थे, तो जीतना उन्हीं को था। आख़िरकार वो बोले, 'सही कह रही हो बिटिया। ग़लती हमारी ही है। तुम्हें पढ़ा कर हमसे बहुत बड़ी ग़लती हो गयी,' बाऊजी का सिर झुक गया था। 'हमें थोड़ा वक़्त दे दो बिटिया। अभी तुम्हारे सवाल का जवाब लेते हैं। अभी आप अंदर जाओ।'"

"फिर वो अंदर आयीं?" अमन ने पूछा। उसके चेहरे पर मां के अभिमान की चमक थी। उसे अपनी मां पर गर्व हो रहा था।

"नहीं, जीजी ने अंदर आने से पहले एक और धमाका कर दिया," सुनीता मौसी ने हंसते हुए कहा। "जीजी ने वो किया जो इस ख़ानदान की किसी लड़की ने अपने सपने में भी करने की नहीं सोची होगी।"

"ऐसा क्या किया उन्होंने?" सब लोग अचानक बोल पड़े।

"जीजी ने एक कागज़ अपनी साड़ी की ओट से निकाला और सबके सामने किया। बोलीं, 'मेरा एडमिशन गवर्नमेंट आर्किटेक्चर स्कूल, जयपुर में हो गया है। चार साल का कोर्स है। इसी महीने मुझे जाना है। अगर आप लोग चार साल तक शादी के लिये रुक सकते हैं तो फिर मुझे शादी से कोई एतराज़ नहीं है।'

"ये कहते हुए उनकी नज़रें बाऊजी के चेहरे पर थीं। बाऊजी भी अपनी बिटिया को ही देख रहे थे। दोनों के बीच एक तरह का खेल चल रहा था। बाप और बेटी की नज़रें पहली बार मिली थीं। दोनों की ही आंखें नम थीं।"

ये कह कर सुनीता मौसी चुप हो गयीं। ड्रॉइंग रूम में सन्नाटा पसरा हुआ था। हर कोई ख़ामोश था।

अमन ने ही चुप्पी को तोड़ा था, "इसके बाद क्या हुआ, मौसी। नाना ने क्या कहा?"

सुनीता मौसी जैसे कहानी सुनाते हुए अतीत में वापस चली गयी थीं। उनकी आंखें कहीं शून्य में थीं। जैसे वो सब कुछ फिर से देख रही हों। कहने लगीं, "जीजी इसके बाद चुपचाप अंदर आ गयीं। बाहर हंगामा हो गया था। लड़के वाले नाराज़ हो चुके थे। उनके हिसाब से लड़की बेहद बद्तमीज़ है। उसे बात करने का शऊर नहीं है। ये विवाह नहीं हो सकता। बाऊजी ने उनको समझाने की बहुत कोशिश की लेकिन कोई फायदा नहीं हुआ। जीजी की चार साल तक शादी ना करने की शर्त उनको मंज़ूर नहीं थी। पूरे गांव में ख़बर फैल चुकी थी। मास्टर जी की लड़की ने शादी से इंकार कर दिया। सारा गांव मास्टर जी पर हंस रहा था। जिन मास्टर जी का फ़ैसला आख़िरी माना जाता था, उनकी ही बेटी ने पिता के सामने अपना फ़ैसला सुना दिया था।

"शाम तक सारे मेहमान चले गये। बाऊजी बाहर ही बैठे रहे। अंदर नहीं आये। कई बार मां ने उन्हें बुलाने की कोशिश की। भाई भी गये, मैं भी गयी लेकिन वो नहीं आये। सारी रात बीत गयी। बाऊजी बैठक में ही बैठे रहे। सुबह अम्मू जीजी उनके पास गयीं।

'बाऊजी, बाऊजी!'

'बोलो बिटिया।'

'आप अंदर आ जाइये, बाऊजी।'

'क्या करेंगे बिटिया अंदर आकर? अब तो बाहर जाने के लायक़ भी नहीं छोड़ा तुमने हमें। क्या मुंह दिखायेंगे हम?'

'ऐसा मत कहिये बाऊजी। हम पढ़ना चाहते हैं। आप ही तो चाहते थे कि हम पढ़ें।'

'हम तो आपका विवाह भी चाहते थे। आपने तो हमारी इज़्ज़त तार-तार कर दी बिटिया।'

'हमने आपकी इज़्ज़त का मान रखा बाऊजी। पहले ही सब साफ़ कर दिया। विवाह के बाद अगर आपकी बेटी का घर-परिवार टूटता तो क्या आपको अच्छा लगता? आप दुखी होते ना अपनी बिटिया के लिये?'

'इस दुख का क्या करें बिटिया? जग हंसाई हो रही है हमारी। कभी तुमने सोचा कि छोटी बिटिया का क्या होगा? हमारा क्या होगा? कहां जायेंगे? जिनके सामने सिर उठा कर चलते थे, क्या हम उनसे आंख मिला पायेंगे?'

'बाऊजी, हम सिर्फ़ पढ़ना चाहते हैं। हमें चार साल दे दीजिये। उसके बाद आप जहां कहेंगे, जिससे कहेंगे, हम विवाह कर लेंगे। ये हम वादा करते हैं आपसे। अपनी बिटिया पर इतना भरोसा कीजिये।'

'भरोसा अब नहीं रहा बिटिया। ये बाप आज टूट गया।'

'हम आपको साबित करके दिखायेंगे बाऊजी। एक दिन आप हम पर भरोसा भी करेंगे और गर्व भी। आप देखियेगा बाऊजी, आपको अपनी बिटिया पर गर्व ज़रूर होगा।' जीजी की आंखों में आंसू आ चुके थे।

'आप अंदर चलिये बाऊजी,' कहते हुए उन्होंने अपना हाथ बाऊजी की तरफ़ बढ़ाया था।

'तुम जाओ बिटिया। अपनी पढ़ाई करो। जयपुर जाओ।' बैठे-बैठे ही कहा था उन्होंने। उठने की कोई कोशिश भी नहीं की थी।

'सच बाऊजी, मैं जाऊं? आप चाहते हैं कि मैं जाऊं?' जीजी ख़ुशी से झूम उठी थीं।

'लेकिन फिर कभी लौटकर मत आना। हम ये मान लेंगे कि हमारी एक ही बिटिया थी। अब तुम्हारे लिये इस घर में कोई जगह नहीं है। मेरे लिये तुम मर चुकी हो।' बाऊजी ने मुंह फेर लिया था।"

ड्रॉइंग रूम में सन्नाटा था। सुनीता मौसी हिचकियां लेकर रो रही थीं। गायत्री की आंखों में भी आंसू थे। अमन हक्का-बक्का बैठा था। बाक़ी लोग भी हैरत में थे।

अपने कम्फर्ट ज़ोन से बाहर निकले बग़ैर आप ख़ुद को नहीं समझ सकते। अपनी ताक़त और जीवन की संभावनाओं को तलाशने के लिये अनजानी दुनिया में प्रवेश करना ही पड़ता है।

एआरबी टॉवर्स में अपने ऑफ़िस में बैठे राज सिंह की आंखें ख़ुशी से चमक रही थीं। आज उन्होंने सुबह से कोई काम नहीं किया था। वो बस अमन को डिजिटली स्टॉक कर रहे थे। उसकी स्टोरी सुन रहे थे। जितना आज उन्होंने डिजिटली अमन को जाना था उतना तो उसका पिता बनकर नहीं जान सके थे।

अपने बेटे के तीनों उपन्यास उनकी टेबल पर रखे थे। तीनों ही रोमांटिक फिक्शन थे। हंसी आयी थी देखकर कि बेटा इतना रोमांटिक भी है। उपन्यास पढ़ने का मन वो बना चुके थे। यूट्यूब पर उसकी कहानियां वो सुन चुके थे।

इस वक़्त वो दाल-बाटी-चूरमे की कहानी सुन रहे थे अमन और गायत्री के साथ। गायत्री बार-बार अमन को भैया कह रही थी। अमन के चेहरे की ख़ुशी देख कर राज सिंह का मन खिल उठा था। उनका बस चलता तो इस वक़्त वीडियो में घुस जाते और कहते कि ये मेरी भी फेवरेट डिश है। सुनीता की बेटी है गायत्री, ये वो समझ गये थे। बेटा अब अपनों के बीच है इस बात से उन्हें बेहद ख़ुशी थी। बेटे की घर वापसी का रास्ता वो देख रहे थे।

शादी के बाद हर त्योहार पर अमिता का नियम था कि वो चूरमा बनाती थी।

'बग़ैर चूरमे के त्योहार थोड़े होता है। ठाकुर जी को चूरमे का भोग लगाऊंगी फिर खाना खायेंगे।' राज को उसकी सारी बातें याद हैं।

दो ही तो शौक थे अमिता के—घर बनाना और खाना बनाना। जितने चाव से घर डिज़ाइन करती थी, उतना ही मगन होकर खाना बनाती थी। और बनाने के बाद खाना खिलाती भी प्रेम से थी। मजाल है कि कोई ख़ाली पेट उठ जाये। गले तक खाना ठूंस देती थी कई बार। राज को बहुत हंसी आती थी उसके इसरार पर। 'इतना भी ज़िद नहीं करते हैं खाने में।' वो कहते तो जवाब आता, 'घर में आये मेहमान को खिलाना पड़ता है। लोग संकोच करते हैं खाने में।' अमिता को बहुत मिस करते हैं वो। उसी ने तो उनकी ज़िंदगी बदली थी, वरना तो कोई जीवन ही नहीं था उनका। लेकिन किसको बतायें? किससे शेयर करें?

अमिता के जाने के बाद उन्होंने अपना जीवन काम में खपा दिया। जाने कितने मौक़े थे उनके पास किसी को अपनाने के लिये। लेकिन उनका मन ही नहीं हुआ। अमिता की जगह वो किसी को नहीं दे सकते थे। अगर अमन साथ होता तो शायद वो किसी का साथ क़ुबूल कर भी लेते। लेकिन अपने नाराज़ बेटे को वो और नाराज़ नहीं करना चाहते थे। काफ़ी अरसे से उनका मन कम काम करने का था। सोचा था कि अमन आयेगा तो काम संभाल लेगा और वो आराम करेंगे। अमन के बच्चों को खिलायेंगे। रिटायर्ड लाइफ गुज़ारेंगे। जब भी वो ऐसी बातें करते हैं तो लोग हंसते हैं, 'राज, आप पचपन साल की उम्र में रिटायर होना चाहते हैं? ये कोई उम्र है ऐसी बात करने की?'

वे उन्हें कैसे बतायें कि कितना तन्हा और थका हुआ महसूस करते हैं वो।

वीडियो देखते-देखते अचानक उन्होंने अपनी सेक्रेटरी को बुलाया।

"जी सर!"

"मैं कल जैसलमेर जाऊंगा।"

"कितने बजे जाना चाहेंगे?"

"दस बजे।"

"कोई और भी ट्रैवल करेगा आपके साथ?"

"हां, खुराना साहब जायेंगे। उनको मेरे पास भेजना।"

"कितने दिन की बुकिंग करानी है सर?"

"कोई आइडिया नहीं। फिलहाल न्यू ईयर तक की करा दो, फिर देखेंगे।"

"राइट सर, मैं खुराना जी को भेजती हूं," कहते हुए वो चली गयी।

कुछ ही देर में सीएफ़ओ आर के खुराना उनके सामने थे।

"खुराना, अमन के सारे पेपर्स रेडी हैं?" उन्होंने पूछा।

"जी सर, सब रेडी है।"

"कल आप मेरे साथ जैसलमेर चल रहे हैं। हम वहीं अमन के सिग्नेचर करा लेंगे। आई होप आपको कई प्रॉब्लम नहीं?"

"नॉट एट ऑल, सर।"

"लेट्स कैच अप टुमॉरो।"

"गुड नाइट, सर!" कहते हुए खुराना चले गये। राज ने अपना सिर अपनी कुर्सी से टिका दिया। आख़िरकार लगता है कि बाप-बेटे का मिलन अब क़रीब आ गया है।

"तुम्हारा बेटा वापस आ रहा है अमिता," वो बुदबुदाये।

पिता होने का मतलब बहुत सारी चीज़ें हैं, लेकिन सबसे महत्वपूर्ण बात है अपने बेटे के लिये एक अच्छा रोल मॉडल बनना।

रात 9 बजे अमन होटल पहुंचा तो अनन्या के बारे में पूछा। बताया गया कि वो अपने ऑफिस में बैठी है। ऑफिस रिसेप्शन के ठीक पीछे था। उसने केबिन के बाहर जाकर नॉक किया और आवाज़ आने पर धीरे-से दरवाज़ा खोला। उसने देखा कि अनन्या बेहद गंभीर मुद्रा में बैठी है और सामने फाइलें खुली हैं। अमन अंदर पहुंचा तो नज़र सामने लगी दो तस्वीरों पर पड़ी। उसने अंदाज़ा लगाया कि ये शायद अनन्या के पेरेंट्स होंगे। उसने अनन्या की तरफ़ देखते हुए पूछ, "पेरेंट्स?"

अनन्या ने बग़ैर कुछ कहे 'हां' में सिर हिला दिया।

"व्हॉट हैपंड?" अमन ने पूछा।

अनन्या कुछ नहीं बोली। बस 'ना' में सिर हिलाती रही। उसके सब्र का बांध अंदर से टूट रहा था। वो अमन के सामने रोना नहीं चाहती थी इसलिये सिर नीचे झुका कर सिर हिलाती रही।

"मेरी तरफ़ देखो, एन। क्या हुआ है?"

"कुछ नहीं," बहुत मुश्किल से उसकी आवाज़ सुन पाया था अमन।

अमन ने आगे बढ़ कर उसका चेहरा उठाया। आंखें मिलते ही फफक पड़ी अनन्या। काफ़ी देर तक बस सिसकती रही। कुछ नहीं बोली। अमन ने भी ज़्यादा कुछ कहने की ज़हमत नहीं उठायी। वो सिर्फ़ उसके सिर पर हाथ फेरता रहा। तसल्ली देता रहा।

आख़िर में अनन्या ने ही कहा, "चलो ऊपर रूम में ही चलते हैं।" दोनों अनन्या के रूम में थे। उसने टैरेस का दरवाज़ा हल्का-सा खोल दिया और एक सिगरेट जला ली। फिर बोलना शुरू किया।

"मेरे पापा आर्मी में थे। उनकी कश्मीर में पोस्टिंग थी। एक दिन उनको जानकारी मिली कि कश्मीर यूनिवर्सिटी के एक प्रोफेसर के घर अटैक होने वाला है। दरअसल ये प्रोफेसर भारत सरकार के लिये काम करते थे। काम से मतलब है कि वो सेना के इनफ़ॉरमर थे। एक दिन पहले ही सेना ने एनकाउंटर में लश्कर-ए-तैयबा के पांच आतंकवादियों को मार गिराया था। वो ऑपरेशन भी प्रोफेसर की जानकारी के आधार पर ही हुआ था। ये बात कहीं से लीक हो गयी थी। पापा और उनके पांच जवानों पर प्रोफेसर और उनके परिवार की सुरक्षा की ज़िम्मेदारी थी।

"इनके पहुंचने से पहले ही आतंकवादी वहां पहुंच चुके थे। मुठभेड़ हुई, लेकिन आतंकवादियों ने मरने से पहले प्रोफेसर और उनकी पत्नी की हत्या कर दी। युवा बेटी तक आतंकवादी पहुंचते तब तक पापा और उनके साथियों ने घर पर मोर्चा संभाल लिया था। ऊपर की मंज़िल पर फंसी बेटी को पापा ने सुरक्षित निकाला लेकिन आतंकवादियों की एक गोली बेटी को लगी। ये गोली दरअसल आतंकवादी ने पापा पर

चलायी थी लेकिन बेटी ने देख लिया और वो आगे आ गयी। इससे पापा तो बच गये पर वो ज़ख्मी हो गयी।

"बेटी का इलाज पहले श्रीनगर और फिर दिल्ली के अस्पताल में चला। इस दौरान मेरे पापा, मेजर वैभव माहेश्वरी ने लगातार उसकी देखभाल की।"

अनन्या ने एक और सिगरेट जलायी और अपनी कहानी फिर से सुनाना शुरू किया, "प्रोफेसर साहब की बेटी का नाम फातिमा कौसर था। फातिमा श्रीनगर वापस नहीं जा सकती थी। उसकी जान को ख़तरा था। फातिमा कॉलेज में पढ़ रही थी। ख़ानदान में कोई ऐसा नहीं था जो उसकी ज़िम्मेदारी लेने को तैयार हो। आतंकवाद से हर किसी को डर लगता है। और जैसा नियति को मंज़ूर था। धीरे-धीरे मेजर वैभव माहेश्वरी और फातिमा कौसर क़रीब आये। दोनों में इश्क़ हो गया और उन्होंने शादी करने का फ़ैसला कर लिया।

"इधर शादी हुई और उधर मेजर वैभव ने आर्मी को अलविदा कह दिया। अपनी नयी-नवेली दुल्हन को लेकर वो शहर की सबसे शानदार हवेली, शीश महल, पहुंचे जहां शहर के सबसे रसूखदार लोग रहते थे—भीम सिंह माहेश्वरी और उनका कुनबा।" इतना कह कर अनन्या ख़ामोश हो गयी मानो कुछ सोच रही हो। एक बार फिर उसने सिगरेट के गहरे कश लिये और बोली, "भीम सिंह माहेश्वरी के ख़ानदान में आज तक ऐसा नहीं हुआ था कि ग़ैर बनिया बहू आयी हो। भले ही सैकड़ों औरतों की आबरू उन्होंने लूटी। उनकी अस्मत से खेले हों, लेकिन वारिस तो उन्हें अपने ही समाज से चाहिये। फातिमा कौसर को अपनी बहू के रूप में भीम सिंह माहेश्वरी ने अपनाने से साफ़ इंकार कर दिया। उनका कहना था कि मुसलमान बहू उनकी हवेली में क़दम नहीं रख सकती। उनका बेटा चाहे तो उसे रखैल बना कर रख ले, लेकिन बहू तो बनिया ही आयेगी।

"पिता पुत्र में ज़बरदस्त युद्ध चला। दांव-पेंच चले। कभी इमोशनल, कभी फोर्स के साथ लेकिन मेरे पापा ने झुकने से साफ़ इंकार कर दिया।

उन्होंने बता दिया कि फातिमा कौसर ही उनकी पत्नी हैं और आजीवन रहेंगी। उनके पिता चाहें तो उन्हें अपनी ज़िंदगी से खारिज कर दें।

"पापा को हवेली में जगह नहीं मिलनी थी, सो नहीं मिली। फातिमा कौसर को माहेश्वरी ख़ानदान की बहू का दर्जा नहीं मिलना था, सो नहीं मिला। पापा को जायदाद से बेदख़ल कर दिया गया। हवेली के दरवाज़े उनके लिये बंद कर दिये गये। ना वो कभी पलट के वहां गये, ना हवेली से कोई हमारे यहां आया।

"पापा के पास ऑप्शन था कि वो कहीं भी जाकर काम कर सकते थे, लेकिन उन्होंने अपने पुरखों की सरज़मीन पर ही रहने का फ़ैसला किया। उन्होंने अपनी बचत से ये ज़मीन ख़रीदी जिस पर ये होटल बना है।

"फिर मेरा जन्म हुआ। अब तुम समझ सकते हो मेरा इतना गोरा रंग कहां से आया है, कश्मीरी जीन्स हैं। मेरे जन्म के साथ ही उन्होंने यहां पहले एक छोटा-सा ढाबा खोला, फिर कमरे बनाये। मेरी मां और पापा दिन-रात यहीं काम करते थे। यहीं रहते थे। मेरे जन्म के सात साल बाद मेरे भाई का जन्म हुआ। वो अभी ऑस्ट्रेलिया में है। वहां से अपनी पढ़ाई पूरी कर रहा है।

"काम चलता रहा। मेरे दादा ने हज़ार कोशिशें कीं कि ये काम फेल हो जाये। मुसलमान बीवी को उनका बेटा छोड़ दे। तरह-तरह के इल्ज़ाम लगाये गये। हिन्दू-मुसलमान किया गया लेकिन मेरे पापा नहीं डिगे। वो अपनी पत्नी को बेहद प्यार करते थे।

"दादा ने हमसे कोई रिश्ता नहीं रखा। ना तो मेरे जन्म पर वो आये, ना ही भाई के जन्म पर। हम भी ख़ुश थे अपने छोटे से संसार में। क़रीब पांच साल पहले हमारा होटल चौबीस कमरों तक पहुंच गया था। अब ज़रूरत थी इसे नेक्सट लेवल पर ले जाने की।

"पापा ने अपने सहयोगियों से मश्विरा किया और *जैसल एन* होटल को एक थ्री स्टार या फोर स्टार होटल में तब्दील करने का फ़ैसला किया। धीरे-धीरे प्लानिंग शुरू हुई। चार साल पहले बैंक से बिल्डिंग और

नये कमरे बनाने के लिये साढ़े सात करोड़ का लोन लिया गया। दो साल में सारा काम ख़त्म होना था। अक्टूबर 2020 में नया होटल शुरू होना था। सब कुछ ठीक था। काम भी अपनी रफ़्तार से चल रहा था कि पहला झटका अप्रैल 2020 में लगा। कोरोना के बाद चले लंबे लॉकडाउन ने कमर तोड़ दी। होटल का काम रुक गया। लेबर चली गयी।"

अनन्या की आवाज़ काफ़ी गंभीर हो चुकी थी। अमन दम साधे उसकी कहानी सुन रहा था। अनन्या लगातार सिगरेट पी रही थी।

"अक्टूबर 2020 के पेमेंट शेड्यूल को बैंक ने अक्टूबर 2021 तक टाल दिया। जैसे-तैसे काम वापस शुरू हुआ कि अप्रैल 2021 में कोरोना की कयामत वापस आ गयी। काम फिर रुक गया। मां और पापा होटल के काम से एक मीटिंग के सिलसिले में दिल्ली गये थे। वो लोग पापा के एक दोस्त के घर ठहरे थे। वहीं उन्हें कोरोना के डेल्टा वायरस ने पकड़ लिया। दिल्ली उन दिनों ऑक्सीजन की किल्लत से जूझ रही थी। अस्पतालों में ना बेड थे, ना ही ऑक्सीजन ..." अनन्या अब बोलते हुए रोये जा रही थी, "मां और पापा को जैसे-तैसे एक अस्पताल मिला लेकिन उनके साथ कोई नहीं था। हम जैसलमेर से दिल्ली जा भी नहीं सकते थे। हम बस वीडियो कॉल पर ही उनसे बात कर रहे थे। एक दिन वीडियो कॉल का सिरा भी टूट गया। एक के बाद एक, हमने अपने माता-पिता दोनों को खो दिया।

"क्या करते हम भाई-बहन? कोई नहीं था हमारा जिससे फरियाद करते। पिता के दोस्त ने जैसे-तैसे अंतिम संस्कार किया। बॉडी को हाथ तक नहीं लगा पाये। एक बार हम देख भी नहीं पाये अपने माता-पिता को।

"हम हिन्दू-मुसलमान करते हैं लेकिन मेरी मां तो मुसलमान थी। उसको तो मिट्टी नसीब ना हुई। पिता की तरह उनका भी अंतिम संस्कार हुआ। हमारी मां ने कभी हमें किसी धर्म की तरफ़ नहीं मोड़ा। कभी हमसे नहीं कहा कि कुरान शरीफ पढ़ो या रामायण और गीता पढ़ो। हमेशा कहा कि नेक इंसान बनो। नेकी से बढ़ कर कुछ नहीं है। वो हमेशा अपने पति

और बच्चों के लिये वफादार रहीं। पांच वक़्त नमाज़ पढ़ती रहीं, बिला नागा। कभी अल्लाह का शुक्रिया अदा किये कोई निवाला नहीं लिया। फिर उनके साथ ऐसा क्यों हुआ? मेरे पापा ने क्या किया? कौन-सा अपराध किया था उन्होंने जो ऐसी मौत मिली? हमेशा अपने फ़र्ज़ को आगे रखा। ज़रूरतमंद की मदद की। और क्या कर सकते हैं हम?

"हम बच्चों का क्या कुसूर था? हमारे माता-पिता को क्यों छीन लिया? किससे कहूं? भगवान से, या अल्लाह से? क्यों कहूं? भगवान से कुछ मांगने का मन नहीं करता। विश्वास ही उठ गया है। नेकी का सिला क्या होता है? अब जीने का मन नहीं करता ... किसके लिये जियूं?

"कितनी बातें थीं जो मुझे अपनी मां से करनी थीं, अपने पिता से करनी थीं लेकिन कहां हैं दोनों। वक़्त का इंतज़ार नहीं करना चाहिये। वक़्त किसी के लिये नहीं रुकता।"

अमन चुपचाप उसकी बात सुन रहा था। अनन्या ने इतना कुछ झेला है, उसे अंदाज़ा ही नहीं था। ये हर वक़्त हंसने वाली लड़की के दिल में इतना अंधेरा था। इतना ग़म था। इतना दुख था। दुख कब कहां किसके घर में जगह बना लेता है हम कैसे जान सकते हैं? इस वक़्त वह क्या कहे? कैसे अनन्या को समझाये? कैसे दिलासा दे? ये भी तो मुश्किल है। कुछ भी कहना कितना मुश्किल है।

"माता-पिता चले गये। रह गयी मैं और मेरा छोटा भाई। भाई तो अभी पढ़ ही रहा था। सो सारी ज़िम्मेदारियां तो मुझे ही पूरी करनी थीं। उसकी पढ़ाई मैंने वैसे ही जारी रखी और होटल का काम संभाल लिया। बैंक से रिक्वेस्ट की कि अक्टूबर 2021 की डेडलाइन कोरोना की वजह से बढ़ा दें। उन्होंने हमारी बात मान ली। पेमेंट अब अक्टूबर 2022 में देना था। जैसे-तैसे होटल का बचाखुचा काम पूरा किया। होटल चालू किया। अब यह धीरे-धीरे पिक कर रहा है लेकिन अक्टूबर 2022 की इन्स्टॉलमेंट हम नहीं दे पाये। नवंबर और दिसंबर भी ख़ाली निकल गये। अभी हम इतना नहीं बचा पा रहे कि बैंक की किश्त दे सकें। तीन महीने डिफॉल्ट होने की वजह से हमारा अकाउंट बैड डिक्लेयर कर

दिया जायेगा, अगर हमने अगले तीन दिन में क़रीब पचास लाख रुपये जमा नहीं किये। मेरे ऐसे हालात नहीं हैं कि मैं इतना पैसा दे सकूं। बैड अकाउंट होने के बाद बैंक होटल पर क़ब्ज़ा कर लेगा और ये प्रॉपर्टी मेरे हाथ से निकल जायेगी।" कह कर वो चुप हो गयी।

दोनों के बीच सन्नाटा पसरा रहा। अनन्या ने अमन की तरफ़ देखा और बोली, "यही है मेरी कहानी।" और उसने फिर एक सिगरेट जला ली थी।

"आई कैन गिव यू मनी। पचास लाख तो दे ही सकता हूं।"

"मुझे पता था इसीलिये मैं तुमसे बात नहीं करना चाह रही थी। लेकिन मेरी समस्या पचास लाख रुपये नहीं हैं, बल्कि उसके बाद हर महीने जो सात लाख रुपये देने हैं, वो है। कब तक मैं तुमसे पैसे लेती रहूंगी?"

"अभी तो पचास लाख रुपये ले लो बाक़ी का इंतज़ाम करते रहेंगे। इसमें क्या प्रॉब्लम है? हमें टाइम मिल जायेगा।"

"नहीं, ये मेरे उसूल के ख़िलाफ़ है। मेरे माता-पिता के सिखाये गये उसूल के ख़िलाफ़ है। मैं तुमसे पैसा नहीं ले सकती। तुमसे पैसा लेना, तुम्हारा इस्तेमाल करना होगा। मैं किसी का इस्तेमाल नहीं कर सकती।"

"इस्तेमाल कहां है? पैसे वापस दे देना। मैं कौन-सा हमेशा के लिये दे रहा हूं।"

"नहीं, मुझे हमेशा यही लगेगा कि मैंने तुम्हें यूज़ किया।"

"तो फिर और क्या रास्ता है? अगले तीन दिन में कहां से आयेगा पैसा?" अमन ने चिंतित स्वर में पूछा।

"कोई और रास्ता नहीं है। कोई ख़रीददार नहीं है, कोई इन्वेस्टर नहीं है। अगले तीन दिन में मिलेगा भी तो कैसे मिलेगा?"

"तुम्हें मुझसे पैसे नहीं चाहिये लेकिन अगर मैं तुम्हारे लिये इन्वेस्टर का इंतज़ाम कर दूं तो चलेगा? इसमें तो यूज़ और मिसयूज़ जैसा नहीं होगा।"

"ऐज़ लॉन्ग ऐज़ वो तुम्हारा पैसा नहीं है और कोई प्रॉपर ड्यू डेलीजेंस करके पैसा दे रहा है तो मुझे कोई दिक्कत नहीं है।"

"क्या वैल्यूएशन है तुम्हारी इस प्रॉपर्टी की?"

"पच्चीस करोड़।"

"क्या चाहती हो? कितना स्टेक डाइल्यूट कर सकती हो?"

"आईडियली पच्चीस परसेंट, मैक्सिमम चालीस परसेंट पर मैं इतना आगे जाना नहीं चाहती। पच्चीस परसेंट से ही मैं टर्न अराउंड कर लूंगी।"

"प्लीज़ सेंड मी द पेपर्स, वी डोंट हैव मच टाइम।" अमन का इरादा अपने दोस्तों से बात करने का था। बस टाइम कम है। किसी भी बैंकर या कंपनी को इस तरह की डील के लिये कम से कम तीन महीने चाहिये थे। इतने कम वक़्त में इतने पैसे का इंतज़ाम असंभव काम है। लेकिन, इसे संभव करना ही होगा।

"ओके! प्लीज़ डू व्हॉटएवर यू कैन। सी यू इन द मॉर्निंग," कहते हुए अनन्या चलने को उठ खड़ी हुई। अमन ने आगे बढ़कर उसका हाथ पकड़ लिया।

अनन्या ने अमन की तरफ़ देखा तो उसने कहा, "डोंट गो, प्लीज़ स्टे।"

जवाब देने की जगह अनन्या अमन की तरफ़ बढ़ी। अपनी मुलायम हथेली से अमन के चेहरे को छूते हुए उसने अपने लरजते होंठ अमन के होंठों पर टिका दिए। पहले धीमा स्पर्श फिर मानो ज्वालामुखी बन फट पड़ा जिसकी आग में दोनों जल जाने को आतुर थे।

अमन ने अनन्या को अपनी बांहों में कस के भींच लिया था। अमन के भीतर एक बेचैनी थी जिसे वो अनन्या में खो कर मिटा देना चाहता था। वो भी जैसे अमन में समा जाना चाहती थी।

अमन अनन्या के होंठों, गर्दन को बेतहाशा चूम रहा था। उसके हाथ अनन्या की देह को बरबस टटोल रहे थे। दोनों एक-दूसरे में गुंथ से गये थे। देह राग की स्पर्श लहरियां कमरे में तैरने लगी थीं।

अमन ने हल्के से अनन्या के कान में सरगोशी-सी की और कहा, "लेट्स गो टू बेड।"

उसको बांहों में समेटे हुए अमन बेड तक पहुंचा। अमन की बलिष्ठ बाज़ू पर अब अनन्या का सर था और वो उसे बेतहाशा चूमने लगा। अनन्या के वक्ष उसके होंठों में थे। वो उसे लगातार चूम रहा था। उसके चूमने, उसके छूने में इतनी तड़प, इतनी बेचैनी और अधीरता थी कि जैसे ये पल फिर कभी लौट कर नहीं आयेगा।

अनन्या भी इसी बेचैन स्पर्श में पूरी तरह डूबने को तैयार थी। उसके हाथ अमन की पीठ पर और पैर अमन के पैरों में उलझे थे।

अमन ने अपनी पूरी देह से अनन्या को ख़ुद में समेट लिया। मानो वह उसको ख़ुद में समा लेना चाहता है। उसका स्पर्श एक आश्वासन था कि जैसे कह रहा हो कि वो हमेशा अनन्या को सुरक्षित रखेगा। हमेशा अपने साथ रखेगा। हर मुश्किल से बचायेगा। अनन्या इस स्पर्श की आड़ में खो जाना चाहती थी। दोनों के बीच कुछ ही देर में कुछ बचा ना था। कपड़ों की एक महीन दीवार भी अब ढह चुकी थी। अमन ने अनन्या की देह को चुंबनों से सराबोर कर दिया था। और जब अनन्या ने अमन को अपने भीतर महसूस किया तो उसकी जैसे सांसें ही थम गईं। दोनों एक-दूसरे में खो चुके थे और कमरे की खिड़की से जैसलमेर क़िले के ऊपर मौजूद चांद मुस्कुरा रहा था।

"अमिता जीजी कुछ दिनों के बाद जयपुर चली गयीं। कोई उन्हें छोड़ने नहीं गया था। बाऊजी ने फ़ैसला सुना दिया था। जब तक जीजी घर पर रहीं, बाऊजी बैठक में ही बैठे रहे। जीजी के जाते वक़्त भी उन्होंने कोई बात नहीं की।"

"मां फिर कभी वापस लौटीं या नहीं?" अमन ने पूछा।

"आयी थीं, चार साल के बाद। इस उम्मीद में कि बाऊजी ने शायद माफ़ कर दिया होगा। हाथ में गोल्ड मेडल लिये। मेरी शादी से ठीक पहले। बाऊजी को डर था कि कहीं मैं भी जीजी के जैसी ना हो जाऊं इसलिये अट्ठारह साल की होते ही मेरा विवाह कर दिया गया। लेकिन मैं जीजी नहीं थी। ना उनके जैसी हिम्मत थी, ना पढ़ाई में उतनी दक्ष। मुझे विवाह करने से भी समस्या नहीं थी। सो मैंने बग़ैर किसी ना-नुकुर के 'हां' कर दी। मेरी क़िस्मत कि मुझे गायत्री के पापा मिले। मुझे इस घर से, परिवार से, ज़िंदगी से कोई शिकायत नहीं है।

विवाह के एक महीना पहले ही जीजी आयी थीं। बाऊजी बैठक में ही थे। जीजी की आवाज़ मैंने सुनी थी। 'गुड्डी, ओ गुड्डी!' मुझे हमेशा गुड्डी कह कर ही बुलाया जीजी ने। जीजी को देख कर बुरी तरह चौंके थे बाऊजी, लेकिन पिघले नहीं थे। आवाज़ में तल्खी पहले जैसे ही थी।

'किसलिये आयी हो?' वो गरजे थे। मैं भाग कर बाहर आयी, पीछे-पीछे मां भी थीं।

'बाऊजी मैं पास हो गयी। आपकी बिटिया पास हो गयी!' उन्होंने अपने बैग से अपना मेडल निकाला। 'मैंने टॉप किया है, बाऊजी! ये देखिये इस पर मेरे नाम के साथ आपका नाम भी लिखा है।'

'मेरी एक ही बेटी है और उसका नाम है, सुनीता,' बाऊजी अपना मुंह मोड़ चुके थे।

'बाऊजी, प्लीज़ एक बार देख लीजिये बाऊजी। ये मेडल, बाऊजी। ये आपके लिये है।'

'तुम मेरे लिये मर चुकी हो अमिता,' बाऊजी का लहजा बड़ा सर्द था। उनकी सारी संवेदना और मानवीयता मर चुकी थी। मैं भी सहम गयी थी।

'मां, प्लीज़ ये देखो ना, मैंने टॉप किया है।'

'बहू जी आप अंदर जाइये, सुनीता बिटिया, तुम भी अंदर जाओ।' बाऊजी का ये कहना था कि मैं और मां अंदर आ गये लेकिन हमारे कान बाहर ही लगे हुए थे।

'अगले महीने सुनीता की शादी है। तुम यहां नहीं रह सकतीं। तुम्हारे रहने से उसकी शादी टूट सकती है।'

'बाऊजी, मैंने किया क्या है? क्या पढ़ाई करना जुर्म है? क्या मेडल लाना जुर्म है?' अब जीजी संभल चुकी थीं। वो फिर से सवाल कर रही थीं।

'पिता की बात ना मानने से बड़ा जुर्म कोई नहीं है।'

'चाहे पिता ग़लत ही क्यों ना हों?'

'हां, तब भी।'

'तब आपने अपनी बेटी को ग़लत रास्ते पर चलने की शिक्षा क्यों दी? क्यों आपने कहा कि सत्य का मार्ग चुनना? क्यों आपने कहा अन्याय का विरोध करना? आपने जो सिखाया उसी मार्ग पर मैं चली हूं, बाऊजी।'

'बहस मत करो बिटिया, तुम्हारी भलाई हमसे बेहतर कोई नहीं समझ सकता।' बाऊजी गरजे थे।

'बहुत दुख है मुझे बाऊजी, लेकिन ये मेरी भलाई नहीं है। ना आप भलाई का मतलब समझे। आपने मुझे सिर्फ़ एक आज्ञाकारी बेटी बनाने की कोशिश की। जो आपके इशारों पर चले।'

'तुम जा सकती हो।' सख्त आवाज़ में बाऊजी ने कहा।

'मैं भी आप ही की बेटी हूं। आप ही के संस्कार हैं। आप ही की शिक्षा है इसलिये आपके ख़ानदान को अपमानित नहीं करूंगी। गुड्डी की शादी में कोई विघ्न आये, मैं कभी नहीं चाहूंगी। जा रही हूं। यक़ीन मानिये जहां भी रहूंगी, आपका नाम ही रौशन करूंगी।' और वो मुड़ कर वापस चली गयीं। मैं और तुम्हारी नानी चुपचाप अंदर सिसकते रहे।"

मौसी पिछली सीट पर बैठी थीं, गायत्री कार चला रही थी और अमन आगे वाली सीट पर बैठा था। वो लोग अपना पुराना घर देखने जा रहे थे।

काठोड़ी गांव जैसलमेर से पच्चीस किलोमीटर दूर था। कार एक संकरे रास्ते पर जा रही थी। दूर तक वीराना था। नीला आसमान था। जहां तक नज़र जाती, ख़ाली ही ख़ाली। कुछ भी नहीं था। इतना ख़ाली स्पेस जीवन में कहां था? निगाह तक को आदत नहीं रही थी। यहां तो किलोमीटर तक ज़मीन ख़ाली थी। मन करता, बस चलते ही जायें। ये सफ़र कभी ख़त्म ही ना हो।

'इस ख़ाली जगह में लोगों के दिल भी ख़ाली हो जाते हैं क्या? नाना जी ने आख़िर मां को इतना अपमानित क्यों किया? क्या होता अगर वो मां को ख़ुशी-ख़ुशी पढ़ने की अनुमति देते? क्या होता अगर मां ने उस दिन शादी के लिये हां कर दी होती? क्या होता अगर उनके होने वाले पति मां की पढ़ाई के लिये राज़ी हो जाते? क्या तब भी मां और मेरी ज़िंदगी ऐसी ही होती?' ऐसे सैकड़ों सवाल अमन के दिमाग़ को झकझोर रहे थे और इन सवालों के जवाब मिलने के आसार कम ही थे।

तभी अचानक अमन की नज़र दाहिनी तरफ़ एक चमकती हुई चीज़ पर पड़ी, "मौसी, वो क्या है? वो जो चमक रहा है, दूर तक फैला हुआ।"

"लानेला गांव का रणक्षेत्र है जिसमें बरसात का पानी जमा होता है। रणक्षेत्र क्योंकि खारा है तो वहां जमा हुआ पानी नमक हो जाता है और इस विशाल झील का रूप ले लेता है। जब कभी पानी अधिक हो जाये तो वो मोहनगढ़ होते हुए आगे पाकिस्तान की तरफ़ चला जाता है। पता है कि इस देश में पालीवालों ने ही सबसे पहले रेन वॉटर हार्वेस्टिंग की शुरुआत की थी?"

"सच में?" अमन ने हैरानी से कहा।

"एकदम सच है। पालीवालों ने सिर्फ़ कुलधरा जैसा ख़ूबसूरत गांव ही नहीं बसाया बल्कि उन्होंने रेन वॉटर हार्वेस्टिंग से फ़िज़ूल बहने वाले

बरसाती पानी को जमा करने का तरीक़ा ईजाद कर बीस किलोमीटर लंबी एक झील बना दी। फिर झील को खड़ीनों से जोड़ा और खड़ीन के पानी से खेती करने लगे।"

"खड़ीन! ये क्या होता है?" अमन ने पूछा।

"समझ लो कि तुम्हारा एक खेत है, तुम खेती करना चाहते हो लेकिन पानी नहीं है। बारिश ही एकमात्र ज़रिया है पानी का। तो खेत के चारों तरफ़ बाउंड्री वॉल बना कर बारिश का पानी जमा कर लेते हैं। इससे लंबे समय तक ज़मीन में नमी बनी रहती है। जैसलमेर के राजा ने पालीवाल ब्राह्मणों को ज़मीन खड़ीन बनाने के लिये दी थी। ज़मीन का मालिकाना हक राजा के पास ही होता था। उस ज़मीन पर की गई फसल का पांचवां या छठा हिस्सा राजा को दिया जाता था। यह तकनीक इसके बाद जोधपुर, बाड़मेर और बीकानेर के क्षेत्रों में भी अपनायी गई। इस तकनीक के समान दुनिया में और भी प्रयोग हुए हैं, जैसे कि उर लोग, आज के अरब, साढ़े चार हज़ार ईसा पूर्व और बाद में मध्य पूर्व के नेबेतियन समुदाय ने इस तकनीक का प्रयोग किया। इसी तरह क़रीब साढ़े चार हज़ार वर्ष पूर्व नेगेव मरुस्थल के लोग तथा पांच सौ वर्ष पूर्व दक्षिण पश्चिमी कोलोराडो के लोग इसे प्रयोग में लाते थे।

खड़ीन बना कर गेहूं और चने की फसल पालीवालों ने रेगिस्तान में लहलहाकर जो कमाल सात सौ साल पहले किया था, वह आज भी रेगिस्तानी जलाशयों को बरसात के बाद लबालब रखने की मिसाल बना हुआ है। एक अंग्रेज़ अफ़सर था कर्नल जेम्स टॉड। वो काफ़ी वक़्त राजस्थान में रहा। फिर वो वापस ब्रिटेन चला गया। उसने राजस्थान पर काफ़ी किताबें लिखीं। कर्नल जेम्स टॉड ने भी लिखा कि पालीवालों से खड़ीन से हासिल कृषि की उपज का पांचवां व सातवां भाग लिया जाता था। अनाज को बेचकर उनसे प्राप्त नक़द राशि को राजकोष में जमा करा दिया जाता था। जैसलमेर रियासत के आसपास के क्षेत्रों में नगरों व छोटी-छोटी पहाड़ियों में निर्मित क़रीब पांच सौ खड़ीनों की तलहटी में गेहूं व चने की खेती की जाती थी।"

"आपको बड़ी जानकारी है मौसी! आप भी रेन वॉटर हार्वेस्टिंग करती हो क्या?"

"नहीं, नहीं, बस अपनी परंपरा और विरासत पर गर्व होता है इसलिये पढ़ लिख लिया है। हम कौन हैं, कहां से आते हैं, ये हम सबको जानना चाहिये। इसी को संस्कार कहते हैं। यही हमें ग्राउंडेड रखता है।"

"और ये रहा हमारा ननिहाल," कहते हुए गायत्री ने कार रोक दी। "लीजिये भैया देख लीजिये अपने नाना का घर।"

अमन की नज़र सामने बने मकान पर पड़ी। दो मंज़िला घर। पीले पत्थरों का बना हुआ। नक्काशीदार पत्थर। एक के ऊपर एक सलीके से रखे हुए। ऊपर की मंज़िल पर झरोखे या बालकनी। छोटी-छोटी खिड़कियां। छत पर बल्लियों को जोड़कर उस पर पत्थर रखे हुए थे। सैकड़ों साल बाद भी आज तक मज़बूत खड़े थे। घर बंद था। सुनीता मौसी ने ताला खोल दिया। पूरा घर सांय-सांय कर रहा था। घुसते ही सबसे पहले बैठक थी। पीछे आंगन और कमरे बने हुए थे। चौका था। छत पर जाने के लिये पत्थरों की पतली-सी सीढ़ियां थीं।

"यहां कोई नहीं रहता?" अमन ने पूछा।

"नहीं, दोनों भैया बाहर हैं। एक जयपुर में और एक बीकानेर में।"

"नाना-नानी की डेथ कब हुई?"

"मां तो काफ़ी साल पहले चली गयीं। बाऊजी अभी पांच साल पहले गये।"

"मैं यहां रह सकता हूं?" अमन ने पूछा।

गायत्री हंस पड़ी, "आप क्या करोगे यहां रह कर? वो जो आपकी राह देख रही हैं जैसलमेर में उनका क्या होगा?" उसने अमन को छेड़ा।

"कौन है जैसलमेर में?" अमन ने पूछा।

"वही, जिसे वीडियो में एन-एन कह कर बुला रहे थे। बड़े भोले बन रहे हैं, कभी उनकी आंखें देखी हैं आपने? आपको देखते वक़्त कहीं खो जाती हैं।"

"देखिये मौसी, ये कैसी बातें कर रही है।"

"वैसे कह तो सही रही है। मैंने भी नोटिस किया है तुम्हारे वीडियो में।"

"लोग कहते हैं तो ठीक ही कहते होंगे," अमन ने हंस कर जवाब दिया। "चलिये अब वापस चलते हैं।"

"चलते-चलते आपको एक और जगह दिखाते हैं। आप भी क्या याद रखेंगे किस दिलदार से पाला पड़ा है," गायत्री ने अपना कॉलर सीधा करने का नाटक किया।

"चल नौटंकी चल," अमन ने उसकी चोटी खींची। तीनों हंस पड़े।

"इस गांव में भी कुलधरा जैसे ही घर बने हुए हैं। पर ये गांव इतना मशहूर क्यों नहीं है?" अमन ने पूछा।

"कुलधरा को तो उसकी भुतहा कहानियों ने मशहूर कर दिया। रही-सही कसर टीवी चैनलों ने पूरी कर दी। बाक़ी कुछ काम आपके जैसे यूट्यूबर्स ने भी कर दिया," गायत्री ने हंसते हुए कहा।

"मैं यूट्यूबर नहीं हूं, आई एम ए राईटर। फ़र्क़ है दोनों में!"

"जी ठीक है, समझ गये। ये देखो, ये सामने मंदिर देख रहे हो, यह मंदिर दो सौ साल पुराना है।"

"इस देश में मंदिरों की कमी नहीं है। इससे पुराने भी मंदिर हैं। इसकी ख़ासियत क्या है? हम यहां क्यों आये हैं?"

"ये मंदिर ठाकुर जी का है। क़रीब दो सौ साल पहले इसका निर्माण शुरू हुआ था। ये वही वक़्त था जब पालीवालों पर सालिम सिंह के अत्याचार बढ़ रहे थे। पालीवालों की जिस पंचायत में जैसलमेर के चौरासी गांव छोड़ने का फ़ैसला हुआ था। वो यहीं, इसी मंदिर के बाहर हुई थी। यहां से उस रोज़ जो पालीवाल निकले, तो फिर कभी नहीं मिले।"

"फिर ये मंदिर कैसे बना?"

"हमारे परिवार जैसे कुछ परिवार बाद में यहां वापस आये। हां, जाते-जाते पालीवाल मंदिर का नक्शा बाहर रखे एक पत्थर पर बना कर चले गये थे। उसी नक्शे के आधार पर दो साल पहले मंदिर का अधूरा निर्माण पूरा किया गया। ठाकुर जी की मूर्ति की प्राण प्रतिष्ठा की गयी।"

"अच्छा, तो ये इतिहास और कहानी है इस मंदिर की! ये क्या है?" कहते हुए अमन ने कोने पर बने एक छतरी नुमा ढांचे की तरफ़ इशारा किया। पत्थर के चबूतरे पर छतरी के नीचे एक मंदिर जैसा कुछ बना हुआ था।

"इसे देवली कहते हैं। ये किसी ने अपने परिवार के सदस्य की याद में बनवाई है। छतरी के नीचे चबूतरे पर जो मंदिर है, उसमें एक खिड़की है। इस खिड़की के क़रीब जाकर अंदर झांको।"

अमन चबूतरे पर बैठ गया। मुश्किल से दो फुट का मंदिर था जो तीन तरफ़ से बंद था। इसमें सिर्फ़ एक ही तरफ़ खिड़की थी, वो भी मुश्किल से छह इंच की। अमन उसके क़रीब गया और गौर से देखने की कोशिश करने लगा। अंदर दो लोगों की आकृति एक पत्थर पर उभरी हुई थी। किसी संगतराश ने उसे गढ़ा होगा।

"किसी ने अपने परिवार की याद में इसे बनवाया है। इस प्रकार की छतरियों और देवलियों से उस गांव की संपन्नता का पता चलता है। आज की तारीख़ में एक छतरी की क़ीमत दस लाख से ज़्यादा है। चलो मंदिर की छत पर चलते हैं। वहां से गांव का नज़ारा दिखाई देता है।" कहते हुए गायत्री तेज़ी से मंदिर के अंदर चली गयी।

छत पर जाकर अमन ने देखा मंदिर के बुर्ज पर जाने के लिये एक दीवार पर पत्थर लगे हुए थे। उनके नीचे कोई सहारा नहीं था। जैसे छजरी बना दी जाती हैं।

"मेरे वज़न से ये टूट तो नहीं जायेंगे?" अमन ने पूछा।

"बहुत मज़बूत हैं। आ जाओ।"

डरते-डरते अमन एक-एक क़दम रखता हुआ ऊपर पहुंच गया। ऊपर जाकर उसने चैन की सांस ली। दूर-दूर तक खंडहर घर। एक सीधी लाइन में उजाड़ बस्ती।

"ये सब घर हमारे थे। पालीवाल ब्राह्मणों के। आज मुश्किल से पांच परिवार यहां रहते हैं। कितना मुश्किल और दुखदायी होता है अपनी विरासत को यूं तबाह और बर्बाद होते देखना," गायत्री बोल रही थी। कुछ सेकेंड वो चुप रही। फिर कहने लगी, "लेकिन हम ख़त्म नहीं हुए भैया। जहां भी गये, ख़ुशियां ही बिखेरी हैं। बर्बाद नहीं हुए, आबाद ही रहे।"

"इकबाल का शेर है गायत्री ..." अमन ने कहा—

कुछ बात है कि हस्ती, मिटती नहीं हमारी।
सदियों रहा है दुश्मन, दौर-ए-ज़माँ हमारा।।

शाम हो चली थी। पूरा होटल न्यू ईयर सेलिब्रेशन की तैयारियों में था। हर तरफ़ रंगीनियां और लाइट्स थीं। क्रिसमस पर लॉबी में लगा ट्री सबका मन मोह रहा था। एक जादुई खुमार छाया हुआ था। पूल साइड पार्टी की तैयारियां थीं। रेस्तरां पर अगले कुछ दिन नयी तरह की सजावट रहने वाली थी। गुब्बारे, फेरी लाइट्स और वॉल हेंगिंग्स से पूरा होटल जगमगा रहा था। अनन्या हर चीज़ को सुपरवाइज़ कर रही थी। कोरोना के बाद होटल का ये पहला न्यू ईयर था। स्पेशल पैकेज लॉन्च किया था जिसका बहुत ही शानदार रेस्पॉन्स रहा था। आज और कल की रात होटल पूरा बुक था। सौ फीसदी बुकिंग। यहां तक कि अनन्या को अपना कमरा भी ख़ाली करना पड़ा था।

आज अगर दस-बीस कमरे और भी होते तो वो भी कम पड़ जाते। वह अभी-अभी पूरे होटल का राउंड लगा कर आयी थी। सब कुछ ठीक था। उम्मीद थी, पहली जनवरी की सुबह एक नयी शुरुआत लेकर आयेगी।

अनन्या अपने केबिन में मां और पापा की तस्वीर के सामने खड़ी थी, 'आज पहली बार हम हंड्रेड परसेंट ऑक्यूपेंसी पर हैं। आपका सपना पूरा हो गया मां-पापा! हम और आगे जायेंगे, आपकी अनन्या फेल नहीं होगी। मां-पापा, बहुत मुश्किल है रास्ता लेकिन कोई ना कोई तो हल होगा। आप ही तो कहते थे कि अपना कर्म करो और बाक़ी सब ऊपर वाले के हाथ में छोड़ दो। हम भगवान नहीं हैं। परिणाम हमारे हाथ में नहीं है। यही कहते था ना आप! आपकी ऐनी कर्म में पीछे नहीं हटेगी। ये मेरा वादा है आप दोनों से। मुझ पर भरोसा रखना पापा,' कहते हुए उसने दोनों की तस्वीरों के आगे हाथ जोड़ दिये।

अपनी सीट पर बैठ कर उसने फ़ोन निकाला और अमन का नंबर डायल कर दिया। चौबीस घंटे से कम का वक़्त बचा था उसके पास। अमन ही उसकी एकमात्र उम्मीद था। 'अगर अमन फेल हो गया तो?' इस सवाल को सोच कर ही वो कांप गयी। 'नहीं-नहीं, अमन फेल नहीं हो सकता। अगर अमन फेल हो गया तो वो भी फेल हो जायेगी।'

कभी-कभी ज़िंदगी एक ऐसे मुहाने पर लाकर खड़ा देती है जहां ना चाहते हुए भी आप दूसरों से मदद लेने पर विवश हो जाते हैं।

अमन का फ़ोन लगातार बजता रहा। वो उम्मीद करती रही कि फ़ोन अब उठेगा, अब उठेगा। लेकिन फ़ोन नहीं उठा। हार कर उसने फ़ोन टेबल पर रख दिया। जाने कहां चला गया था, अमन।

कुछ ही देर में फ़ोन की घंटी बजी।

"हैलो अनन्या, सॉरी फ़ोन नहीं ले पाया।"

"मन कहां हो?"

"रीचिंग इन हाफ़ एन आवर, काठोड़ी गांव आया था।"

"मन, कुछ हुआ? कोई रेस्पॉन्स आया?"

"आ रहा हूं, एन। आकर बात करता हूं। सी यू सून। यू डोंट वरी। कुछ ना कुछ हो जायेगा," कह कर अमन ने फ़ोन काट दिया।

अनन्या ने अपने फ़ोन को देखा। पूरी बातचीत से वो कन्फ्यूज़ हो गयी।

'ये काठोड़ी गांव घूम रहा है? किसके साथ गया है? इसको मेरी मुश्किल की ज़रा भी परवाह नहीं है। इसने इतना भी ज़रूरी नहीं समझा कि मुझे अपडेट देता। ये आदमी इतना इनसेंसिटिव है। आई कांट बिलीव दिस!' अनन्या के दिमाग़ में तरह-तरह के विचार आ रहे थे।

'नहीं-नहीं, वो कर भी क्या सकता है। मेरे लिये अपने कमरे में बैठ कर क्या करेगा। घूमने ही तो आया है, घूमने दो। क्या अनन्या, बेकार की बातें सोच रही हो। कोई रेस्पॉन्स आया ही नहीं होगा। आयेगा तो बता देगा।' हर तरह के ख्याल उसके दिमाग़ पर हावी हो रहे थे। वो बेचैन होकर इधर-उधर घूमने लगी। काफ़ी देर तक ये सिलसिला चलता रहा। अंत में थक कर अपनी कुर्सी पर बैठ गयी और सिर टेबल पर टिका दिया। और बुदबुदाने लगी—

आज की रात बचेंगे तो सहर देखेंगे ...

अनन्या का फ़ोन रखते ही अमन ने अपनी मौसी से फिर सवाल किया, "आप मां से आख़िरी बार कब मिली थीं?"

"तुम्हारे जन्म के बाद।"

"कहां?"

"वो जयपुर आयी थीं तुमको लेकर।"

"जयपुर! वहां क्यों?"

"मेरी शादी के बाद जीजी ने मेरा पता खोज लिया था। हम एक-दूसरे को चिट्ठी लिखते थे। ऐसी ही एक चिट्ठी में उन्होंने मुझे तुम्हारे डैड के बारे में बताया था। ये भी कहा था कि वे लोग शादी कर रहे हैं। तुम्हारे जन्म की ख़बर भी उन्होंने चिट्ठी से ही दी थी। फिर एक बार जब मैंने बताया कि हम लोग जयपुर घूमने जा रहे हैं तो वो भी वहां आ

गयी थीं। तब तक तुम्हारा जन्म हो चुका था। हम दोनों बहनें सालों बाद पहली बार एक साथ थीं।"

"और मौसा जी?" अमन ने कहा।

"वो बहुत समझदार हैं। उन्होंने मुझे कभी नहीं रोका, ना किसी को बताया। जयपुर में ही पहली बार मैंने तुम्हें देखा था। शायद साल भर के रहे होगे।"

"मां की तबीयत तब ठीक थी?"

"हां, जीजी तब एकदम ठीक थीं।"

"डैड के बारे में कुछ कहा था मां ने?"

"तारीफ़ ही की हमेशा। कहती थीं, 'बहुत ख्याल रखते हैं। बहुत प्यार करते हैं।' दरअसल, उनके लिये बहुत बड़ी बात थी कि कोई आदमी उन्हें बराबरी का दर्जा देता है। औरत होने का अहसास नहीं कराता है।"

"ये सब कहा था मां ने?" अमन हैरान था।

"जीजी ने शादी इसी शर्त पर की थी कि वो सारी ज़िंदगी काम करेंगी। तुम्हारे डैड अमिता जीजी से दो साल सीनियर थे। जीजी को पसंद करते थे। शादी करना चाहते थे। लेकिन जीजी अपने पिता को देख चुकी थीं। उनको आदमी की फितरत से डर था। वो घर में क़ैद नहीं रहना चाहती थीं। वो समाज में बदलाव लाना चाहती थीं। कुछ ऐसा करना चाहती थीं जिससे उनके पिता उन पर गर्व कर सकें।"

"फिर मां ने डैड का प्रपोज़ल स्वीकार कैसे किया?"

"तुम्हारी मां ने बराबरी की पार्टनरशिप की शर्त रखी। वो एक ही शर्त पर शादी करेंगी जब तुम्हारे डैड उन्हें बराबरी का दर्जा दें। ये पार्टनरशिप फिफ्टी-फिफ्टी की होगी।"

"ये शर्त रखी थी मां ने?"

"इससे भी ज़्यादा ... एक क्लॉज़ और था।"

"क्या?"

"अगर कभी दोनों के बीच कोई मनमुटाव होता है तो तुम्हारे डैड अपने शेयर बेचेंगे और कंपनी से बाहर निकल जायेंगे। उनके शेयरों को ख़रीदने का पहला अधिकार जीजी के पास होगा।"

"ऐसी शर्त कौन रखता है!" अमन ने हैरानी से कहा।

"तुम्हारी मां ने अपनी शर्तों पर ज़िंदगी जी। अपने फ़ैसले ख़ुद किये। किसी मर्द को ये हक नहीं दिया कि वो उनकी क़िस्मत तय कर सके। सॉरी अमन, तुम्हें ज़रूर बुरा लगेगा लेकिन तुम्हारी मां एक रोल मॉडल थीं।"

"नो-नो, मुझे बिल्कुल भी बुरा नहीं लग रहा। आई एम रियली प्राउड ऑफ़ हर। लेकिन क्या डैड ने उनकी शर्तें मानीं?"

"सारी शर्तें मानी थीं। उन्होंने तुम्हारी मां को वो सारा हक दिया जो वो चाहती थीं। तुम्हारी मां को राज जी से कभी शिकायत नहीं रही। तुम्हारे पिता एक अच्छे लाइफ़ पार्टनर ही नहीं, एक अच्छे बिज़नेस पार्टनर भी थे।"

"फिर शादी कैसे हुई? कोई गया था उस शादी में?"

"हमारी तरफ़ से कोई नहीं गया था। जीजी ने चिट्ठी लिख कर बाऊजी को बताया था कि वो शादी कर रही हैं। तुम्हारे पिता की तस्वीर भी भेजी थी।"

"फिर क्या हुआ? नाना जी ने क्या कहा?"

"कुछ नहीं कहा था। मेरी तो शादी हो चुकी थी। जो डर था उनका, वो ख़त्म हो चुका था। जीजी क्या कर रही थीं, उनको अब इस बात से कोई फ़र्क़ नहीं पड़ता था। लेकिन इस चिट्ठी को पढ़ने के बाद वो चुप हो गये थे।"

"मतलब! चुप होने का क्या मतलब?"

"बाऊजी ने किसी से भी बात करना बंद कर दिया था। उन्होंने ख़ुद को घर में क़ैद कर लिया था, जैसे उन्हें डर था कि कोई उनसे अमिता जीजी के बारे में सवाल ना कर ले। वो डरने लगे थे।"

“मां की कामयाबी के बारे में क्या वो जानते थे?”

“हां, गांव में कोई ना कोई बता ही देता था। मैंने ही कितनी बार ज़िक्र किया। जीजी की कामयाबी दरअसल उनकी हार थी। ये बात वो स्वीकार नहीं करना चाहते थे। यही बात उन्हें खाये जा रही थी। इसीलिये वो घर से नहीं निकलते थे।”

“मां को क्या बीमारी हुई थी?”

“तुम्हारे डैड ने बताया था कि जीजी डिप्रेशन में चली गयी थीं। बस वो केस बिगड़ता ही चला गया। इससे ज़्यादा कुछ नहीं कहा उन्होंने।”

“आपकी बात होती है डैड से?”

“नहीं, जीजी के जाने के बाद नहीं हुई है। बस होली-दिवाली पर बधाई संदेश आ जाता है।”

“नानाजी को पता था कि मां चली गयी हैं?”

“हां,” कहते हुए मौसी चुप हो गयीं। “मैं ही गयी थी उनको ख़बर देने के लिये। तुम्हारे पिता ने फ़ोन किया था। मैंने जीजी को पड़ोसी का नंबर एक बार दिया था। उसी नंबर पर फ़ोन आया था। मैं घर गयी थी। बाऊजी बाहर ही बैठक में थे। मां भी वहीं थीं। मेरी आंखों से आंसू बह रहे थे। मैं डर रही थी कि पता नहीं बाऊजी कैसे रियेक्ट करेंगे। जीजी से तो वो नफ़रत करते थे। उनका नाम नहीं सुनना चाहते थे। मेरे आंसू देख कर वो कुछ डर गये थे कि पता नहीं क्या हुआ है।

उन्होंने पूछा था, ‘क्या हुआ बिटिया? सब ठीक तो है? कुंवर सा तो ठीक हैं?’

‘हां, बाऊजी वो ठीक हैं। जीजी नहीं रहीं।’

‘कौन, बिटिया?’

‘आपकी अम्मू बिटिया, बाऊजी। जीजी नहीं रहीं। वो चली गयीं।’

मां की रुलाई फूट पड़ी थी। लेकिन बाऊजी स्तब्ध थे, ‘बहूजी ये बिटिया क्या कह रही है?’ वो कन्फ्यूज़ थे।

'बाऊजी, जीजी चली गयीं ये दुनिया छोड़ कर ...'

बाऊजी के चेहरे पर भाव आ जा रहे थे। वो दीवान से उठे, ख़ुद को नियंत्रित करने की कोशिश कर रहे थे वो।

आख़िर में वो बोले, 'क्या, बिटिया चली गयी?' उनकी आवाज़ और आंखों में अविश्वास था। 'अम्मू बिटिया चली गयी!' एक ज़ोर की चीख़ उनके गले से निकली। 'मैंने अपनी बिटिया को मार डाला। मुझसे बड़ा पापी कोई नहीं है। मेरे दंभ ने उसे मार दिया।'

वो वापस दीवान पर गिर पड़े थे। देर तक वो ख़ुद को कुसूरवार मानते रहे। ये कहते रहे, 'बिटिया हमें माफ़ कर दो। हमें माफ़ कर दो बिटिया। हमने तुम्हें जीने नहीं दिया।'"

कार में सन्नाटा था। अंधेरी सूनसान सड़क पर सिर्फ़ कार की हेडलाइट की रोशनी नज़र आ रही थी। तीनों लोग अपनी-अपनी सोच में गुम थे। अपने-अपने हिस्से की कहानी कह रहे थे या सुन रहे थे।

ज़िंदगी कहानी के सिवा है ही क्या, या तो हम कहानी में होते हैं या कहानी हमारी होती है। जो लोग इस कहानी में आते हैं उनका क्या? बाऊजी की कहानी का क्या? जिस इंसान ने अपनी बेटी की शक्ल नहीं देखी, वो अपनी बेटी की मौत की ख़बर सुन कर क्यों बिलख पड़ा? ये कैसा रिश्ता है? क्यों वो अंत समय में ख़ुद को कुसूरवार मान रहे थे? क्यों उन्होंने जीते जी अपनी बेटी को नहीं अपनाया? और बेटी अपने पिता की आंखों में प्रशंसा देखने का इंतज़ार करते हुए चली गयी। क्या सच में पिता के दंभ ने एक बेटी की जान ले ली थी? ये कैसा प्रेम है?

कहते हैं कि प्रेम में कोई विकल्प या टर्म और कंडीशन नहीं होतीं। प्रेम में प्रवेश करने से पहले आपको अपने अहंकार को दहलीज़ पर छोड़ देना चाहिए।

31 दिसंबर की सुबह हो गयी थी। अमन का कहीं पता नहीं था। अनन्या सारी रात होटल में अमन का वेट करती रही। फ़ोन पर फ़ोन करती रही,

लेकिन कोई जवाब नहीं मिला। अमन रात को सुनीता मौसी के यहां ही रुक गया था। वो लोग देर रात तक अमिता के बारे में बात करते रहे। सुनीता मौसी के पास उसकी मां की लिखी चिट्ठियां थीं। उनकी तस्वीरें थीं। अमन अपनी मां को एक नये रूप में देख रहा था। वह चिट्ठियां पढ़ता रहा, उसने ध्यान नहीं दिया कि फ़ोन साइलेंट है।

अमन सुबह उठा तब देखा तो उसे अहसास हुआ कि क्या हो गया है। हालात की गंभीरता को देख कर आनन-फानन में गायत्री ने अमन को होटल पहुंचाया। जब अमन वहां पहुंचा तो देखा कि अनन्या रिसेप्शन पर ही बैठी है। चुपचाप वो अमन और गायत्री को देखती रही। कुछ बोली नहीं। फिर वो वहां से उठी और अपने केबिन में चली गयी।

अमन उसके पीछे-पीछे केबिन में चला आया।

"आई एम सॉरी एन, मेरा फ़ोन साइलेंट था। आई एम रियली सॉरी!"

"तुम्हें कुछ आइडिया है कि कितने लोग इस वक़्त जैसलमेर में हैं न्यू ईयर मनाने के लिये? लाखों की तादाद में। सारे होटल भरे पड़े हैं। कहीं जगह नहीं है। कितनी कारें सड़कों पर दौड़ रही हैं। शराब पीकर सारे लोग सड़कों पर नाच रहे हैं। और तुम रात भर गायब थे। तुम्हारा फ़ोन नहीं उठ रहा था। मैसेज का जवाब नहीं आ रहा था। मुझ पर क्या बीत रही होगी, मैं क्या सोच रही होंगी, इसका कुछ अंदाज़ा है तुम्हें?

"कैसे गुज़ारी है सारी रात मैंने तुम्हारे इंतज़ार में, कितनी फिक्र थी तुम्हारी। पुलिस के पास जाऊं, ना जाऊं। क्या करूं, क्या ना करूं। तुम्हारे किस रिश्तेदार को फ़ोन करूं? अपनी प्रॉब्लम देखूं कि तुम्हारी चिंता करूं, अमन! क्या तुम्हें कुछ ख्याल भी है कि तुमने क्या किया है?" अनन्या ग़ुस्से से कांप रही थी। अपनी आवाज़ को उसने नीचे रखा हुआ था ताकि स्टाफ़ में से कोई सुन ना ले।

"क्या हम रूम में चल सकते हैं, एन? वहां चल कर बात कर सकते हैं?"

"प्लीज़, स्टॉप इट। तुम ठीक हो ये मेरे लिये काफ़ी है। इस वक़्त मेरी दिक्कतें बहुत ज़्यादा हैं। मेरा इंटरेस्ट अब ये जानने में नहीं है कि तुम कहां थे, किसके साथ थे। मुझे ये बता दो कि क्या मेरे लिये किसी इन्वेस्टर का इंतज़ाम हुआ?" अनन्या ने सपाट लहजे में पूछा। उसकी आंखें अमन के चेहरे पर थीं, माने वो चेहरा पढ़ रही हों।

अमन के पास इस सवाल का जवाब नहीं था। वो तैयार भी नहीं था इस सवाल के लिये। उसके किसी दोस्त ने कोई जवाब नहीं दिया था लेकिन वो अनन्या की उम्मीद नहीं तोड़ना चाहता था।

"हां, एक इन्वेस्टर है एन। तुम तैयार रहना कॉल के लिये। थोड़ी देर में मैं तुम्हें कनेक्ट करता हूं," अमन ने बेसाख्ता झूठ बोला।

"सीरियसली! ओह मन, थैंक यू सो मच। लेट मी गेट रेडी। थैंक यू सो मच!" अनन्या के चेहरे पर एक संतोष था। "तुम सोच भी नहीं सकते कि ये मेरे लिये कितनी बड़ी बात है।"

'सिर्फ़ कॉल की बात से अनन्या इतना ख़ुश हो गयी है, अब क्या करूं? किससे कॉल कराऊं?' सोचते हुए अमन केबिन से बाहर निकल गया।

अपने रूम तक आते-आते वो यही सोचता रहा कि क्या किया जाये, किसे बोले इतनी बड़ी रकम के लिये? इतने पैसे तो उसके पास भी नहीं हैं। वैसे भी अनन्या उसकी मदद लेने को तैयार नहीं थी। अनन्या से उसने झूठ तो बोल दिया था लेकिन अब वो क्या कर सकता है। किससे मदद मांगे? कौन कर सकता था उसकी मदद? क्या सुनीता मौसी से कहे? लेकिन उनका घर और रहन-सहन देख कर लगता नहीं कि वो इतने रुपयों का इंतज़ाम इतनी जल्दी कर सकती हैं।

इसी उधेड़ बुन में वो बैठा था कि उसके फ़ोन की घंटी बज उठी। फ़ोन करने वाले का नाम देख कर उसका चेहरा पहले गंभीर हुआ, फिर मुस्कुराहट आ गयी। कुछ पल इस कशमकश में गुज़रे कि फ़ोन उठाया जाये या नहीं, आख़िर में उसने फ़ोन उठा लिया।

"हैलो ..."

कुछ कॉल उठानी ही पड़ती हैं। ज़्यादा लंबे समय तक आप उन्हें इग्नोर नहीं कर सकते पर इस एक कॉल से अमन की ज़िंदगी हमेशा के लिये बदलने वाली थी।

ना जाने कितने दिनों के बाद दोनों एक-दूसरे के सामने थे। ये मुलाक़ात ऐसे हालात में होगी इसकी कल्पना शायद ही दोनों में से किसी ने की होगी लेकिन होनी को कौन टाल सका है। ऐसा होना पूर्वजों की सरज़मीन पर ही लिखा था।

राज के सामने उनका तीस साल का बेटा, अमन, खड़ा था। वही अमन जिससे मिलने की, जिसे मनाने की कितनी दुआएं उन्होंने मांगी थीं। आज उनकी दुआ क़ुबूल हुई थी। राज सिंह की आंखें भर आयीं। कुछ देर पहले ही उन्होंने उसको फ़ोन किया था।

उधर से 'हैलो' की आवाज़ आयी थी।

"हैलो बेटा, कैसे हो?"

उधर से जो कहा गया उस पर वे हैरान हो गये, "आई नीड यॉर हेल्प।"

"एनीथिंग माई सन, जस्ट लेट मी नो।"

"आई नीड मनी।"

"हाऊ मच?"

"टेन टू फिफ्टीन करोड़!"

"दिस इज़ ए बिग अमाउंट सन, बट व्हाय डू यू नीड इट?"

"फ़ॉर ए फ्रेंड।"

"कैन वी मीट?"

"आई नीड दिस मनी टुडे। अगर आप दे सकते हैं तो हम बात करते हैं वरना ये बात यहीं ख़त्म, डैड।"

"ओके, लेट्स मीट। पहले सब कुछ बताओ, समझने तो दो मुझे।"

"वी कांट मीट डैड, आई एम इन जैसलमेर।"

"वी कैन, अगर तुम मुझ तक आना चाहो। तुम्हारे क़रीब हूं, वॉकिंग डिस्टेंस पर," उन्होंने अपने होटल का नाम बताया। यह एक पांच सितारा होटल था।

"सीरियसली डैड, आप यहां हैं?"

"हां बेटा, चले आओ। आई एम वेटिंग फ़ॉर यू," कह कर उन्होंने फ़ोन रख दिया।

कुछ ही मिनटों के बाद अमन और राज एक-दूसरे के सामने थे।

फ़ॉरमैलिटीज़ के बाद अमन ने *जैसल एन* होटल की पूरी कहानी उन्हें सुना दी। साथ ही अनन्या की शर्त भी बता दी कि वो अमन से सीधी मदद नहीं चाहती। अगर उसे पता चल गया कि राज सिंह उसके पिता हैं तो वो ये मदद लेने से इंकार कर देगी।

"स्ट्रेंज, ऐसे भी लोग हैं अभी इस दुनिया में?" राज हैरानी से बोले।

"बहुत खुद्दार लड़की है," अमन ने मुस्कुराते हुए कहा।

"लेकिन बर्बाद हो रही है अपनी खुद्दारी की वजह से। ये बेवक़ूफ़ी है।"

"हां, हर कोई आप जितना समझदार नहीं होता है ना।"

"क्या कहना चाहते हो?" राज गंभीर हो गये।

अभी मैं कोई और बात नहीं करना चाहता। पहले अनन्या की प्रॉब्लम सॉल्व कीजिये।

"हो जायेगा, लेकिन मेरी एक शर्त है।"

"आपकी हर शर्त क़ुबूल है। बस *जैसल एन* होटल को बैंक के हाथ में जाने से बचा लीजिये। लेकिन ये काम प्रोफेशनल तरीक़े से होना चाहिये। दया या खैरात नहीं लगना चाहिये।"

"यू लीव इट टू मी। तुम्हारे पास डीटेल्स हैं? बैलेंस शीट? प्रोजेक्शंस वग़ैरह?"

"आई हैव एवरीथिंग।"

"ओके गुड," कहते हुए उन्होंने सीएफ़ओ आर के खुराना को फ़ोन लगाया और उन्हें वहां बुला लिया।

कुछ ही सेकेंड में खुराना जी उनके सामने थे। पूरी बात राज सिंह ने उन्हें समझायी।

"गो एंड डू ए क्विक ड्यू डेलीजेंस। डोंट टेक मोर दैन टू आवर्स। कॉल मी आफ्टर फिनिशिंग एवरीथिंग। मैं ख़ुद फाइनल बात करूंगा।"

"अमन, तुम अनन्या को फ़ोन कर दो कि मिस्टर खुराना होटल पहुंच रहे हैं।"

अमन के अनन्या को फ़ोन करते ही खुराना होटल के लिये निकल गये। अमन ने एक गहरी सांस ली।

राज सिंह उसके चेहरे के उतार-चढ़ाव को देख रहे थे।

"प्यार करते हो अनन्या से?" राज ने मुस्कुराते हुए सवाल किया।

अमन ने गहरी नज़र से राज को देखा, "आप मां से प्यार करते थे?"

"सवाल का जवाब सवाल नहीं होता अमन।"

"कई बार सवाल के जवाब में सवाल पूछना ज़रूरी हो जाता है।" अमन ने जवाब दिया।

"तुम्हें क्या लगता है कि मैंने अमिता से प्यार नहीं किया? बेवजह उससे शादी की? तुम्हारा जन्म हुआ, हमने एक साथ कारोबार शुरू किया। ये सब बेवजह था?"

"मां को मरने क्यों दिया?" अमन की आंखें भर आयी थीं, "बचाया क्यों नहीं उन्हें?"

"अमिता के जाने का जितना दुख तुम्हें है बेटा, उससे ज़्यादा दुख मुझे है। शायद यही लिखा था हमारे भाग्य में।"

"नहीं, भाग्य में नहीं था डैड। आपकी बेरुखी ने उन्हें मार दिया। जब वो बीमार थीं, आप उनके पास नहीं थे।"

"ये तुमसे किसने कहा कि मैं उसके पास नहीं था?" राज को हैरानी हो रही थी कि अमन के दिमाग़ में ये ज़हर कहां से आया, कहां से उसने ऐसा समझा।

"मैंने ख़ुद देखा है। मां जब बीमार थीं, आप कभी उनके साथ नहीं थे। वो हमेशा नर्स के साथ ही रहती थीं।"

"तो सुनो, वक़्त आ गया है कि तुम पूरी कहानी जान लो। तुम चार या पांच साल के थे। अमिता एक बार तुमको लेकर अपने बाऊजी के पास जाना चाहती थी। तुम्हारी मां को अपने बाऊजी से बेहद प्यार था। अपनी पूरी ज़िंदगी उसने जो कुछ भी किया वो अपने बाऊजी के लिये किया। वो हर हाल में उन्हें ख़ुश करना चाहती थी। वो चाहती थी बाऊजी बस एक बार कह दें कि उन्हें अपनी बिटिया पर गर्व है।"

"ये आपको कैसे पता?"

"कैसे पता का क्या मतलब है? तुम्हारे नाना जी के बाद मैं ही था उसकी ज़िंदगी में जिस पर अमिता ने भरोसा किया था। मुझसे कितनी बार कहा था कि काश एक बार बाऊजी आकर देख लें कि अमिता क्या कर रही है। एक बार बाऊजी कह दें कि अमिता बिटिया हमें तुम पर गर्व है। उसकी बस यही एक ख्वाहिश थी।

"बाऊजी नाराज़ थे, ये बात उसे खाये जाती थी। खुद्दार थी इसलिये झुकना मंज़ूर नहीं था। बर्बाद होना मंज़ूर नहीं था। बाऊजी की मुहब्बत में वो ऊपर, और ऊपर जाना चाहती थी। वो इतना मशहूर होना चाहती थी कि काठोड़ी गांव तक उसकी शोहरत पहुंच जाये। दुनिया कहे कि ये मुंशी लाल पालीवाल की बेटी है और बाऊजी पूरे गांव में फिर से सिर उठाकर घूमें। लेकिन होनी को कुछ और ही मंज़ूर था। हमने अपनी नयी कार ख़रीदी थी। घर तो पहले ही बन गया था। प्रोजेक्ट अच्छे चल रहे थे। अमिता ने मुझसे कहा कि हम सब बाऊजी से मिलने जायेंगे।

"मैंने मना भी किया कि कोई फायदा नहीं है। जो इंसान अब तक नहीं माना वो अब क्या मानेगा, पर वो ज़िद पर अड़ी रही। हमारे बीच ये समझौता था कि जिस मसले पर हम दोनों असहमत होते थे उस पर आख़िरी बात अमिता की होती थी। हम कार से जैसलमेर होते हुए काठोड़ी पहुंच गये। अक्टूबर का महीना था। दिन में अभी गर्मी ही थी। यही कोई एक बजे का वक़्त रहा होगा जब हम लोग काठोड़ी पहुंचे थे। मैंने गाड़ी बाहर ही रोक दी। कार देख कर आस पास के कई लोग आ गये थे। उस रोज़ घर पर मां और बाऊजी ही थे। अमिता तुम्हें लेकर गाड़ी से बाहर निकली ही थी कि घर का दरवाज़ा खुल गया। हलचल देख कर बाऊजी बाहर आ गये।

'यहां क्यों आयी हो, बिटिया?' बाऊजी की आवाज़ में गर्जना थी। बावजूद इसके बिटिया कहना नहीं भूले थे वो।

'आपका धेवता है, बाऊजी। आपके पैर छूने हैं इसे, आशीर्वाद लेने आया है।' तुम अपनी मां की उंगली थामे खड़े थे।

'कोई ज़रूरत नहीं है इस नाटक की,' बाऊजी की आवाज़ की सख्ती बरक़रार थी।

'ये आपके दामाद हैं—राज! राज बाऊजी के पैर छुओ।'

मैंने आगे बढ़ने की कोशिश की ही थी कि बाऊजी की आवाज़ गूंजी, 'ख़बरदार मुझे छूकर अपवित्र मत करो। मेरा तुम्हारा कोई रिश्ता नहीं है।'

'बाऊजी, दामाद हैं आपके, ऐसा तो ना कहें!'

'ना तो मेरी कोई बेटी है, ना दामाद। बिटिया कितनी बार एक ही बात समझायेंगे?'

'बाऊजी हमने कार ख़रीदी है, देखिये,' अमिता की आवाज़ कांप रही थी। वो अपने पिता की आंखों में अपने लिये वो प्यार खोजने आयी थी जो वहां था ही नहीं। वहां तो सिर्फ़ नफ़रत थी। लेकिन वो उसको दिख ही नहीं रही थी। वो पिता के प्यार में अंधी हो चुकी थी। 'आपकी बिटिया ने अपना घर भी बना लिया है। अब तो आपको ख़ुश होना चाहिये!' जाने

क्या-क्या बोल रही थी। 'बाऊजी इस साल हमने पांच सौ घर बनाये हैं। मार्केट भी बना रहे हैं।' पर बाऊजी को कुछ नहीं बोलना था, सो नहीं बोले। चुपचाप खड़े रहे।

"अमिता की तक़लीफ़ मुझसे देखी नहीं जा रही थी। मैंने उससे चलने को कहा, उसका हाथ पकड़ा और गाड़ी की तरफ़ चल दिया। पर उसने मेरी तरफ़ देखा, एक बेबसी थी उसके चेहरे पर। जैसे पूछ रही हो मैं और क्या करूं? कैसे अपने बाऊजी को मनाऊं? मेरे पास कोई जवाब नहीं था। क्या कहता मैं? उसने मेरा हाथ छुड़ाया और तुम्हें पकड़ कर आगे ले गयी। तुम्हें बाऊजी के ठीक सामने खड़ा करके बोली, 'ये आपका ख़ून है, बाऊजी। इसे तो आशीर्वाद दे दीजिये।'

'ये गंदा ख़ून है, इसके लिये मेरे पास कोई आशीर्वाद नहीं है,' कह कर बाऊजी अंदर चले गये।

"लेकिन अमिता वहीं बुत बन कर खड़ी रह गयी, जैसे किसी ने उसकी सारी शक्ति छीन ली हो। वो मौन हो गयी। मैंने उसे गाड़ी में बैठाया। सारे रास्ते वो कुछ नहीं बोली। ना उसके आंसू निकले ना आवाज़। हम वापस आ गये। अपने काम में लग गये, लेकिन अमिता में बदलाव आ गया था। अब वो पहले वाली अमिता नहीं रह गयी थी। अब वो एक गुमसुम अमिता थी। जैसे उस की सारी उम्मीदें ख़त्म हो गयी हों।

"पूछो भी तो कई जवाब नहीं मिलता था। ऐसा लग रहा था कि वो कोई रोबोट हो। एक बार जब बहुत कुरेदा था तब उसने कहा था, 'मेरा अमन गंदा ख़ून नहीं है। वो मेरा हिस्सा है। कोई उसे गंदा ख़ून नहीं कह सकता। मेरे बाऊजी भी नहीं।' फिर धीरे-धीरे वो सबसे कटने लगी। बात नहीं करती थी। काम पर जाना बंद कर दिया।"

"आपको उनके सिम्पटम्स समझ नहीं आये?" अमन ने ग़ुस्से से कहा।

"सच कहूं तो, नहीं आये थे। आज से पच्चीस साल पहले इतनी जानकारी नहीं थी। होती तो क्या मैं डिप्रेशन का इलाज नहीं कराता? लेकिन मैंने कोशिश की थी। तमाम डॉक्टर्स के पास लेकर गया था। जो

मैं कर सकता था, किया। मुझे जानकारी नहीं थी लेकिन डॉक्टर भी तो समझ नहीं पाये थे। मेरे पास उसके सारे पेपर्स आज भी हैं। चाहो तो दिखा दूंगा। जानता था कि एक दिन तुम मुझसे ये सवाल ज़रूर करोगे।"

"मुझे हॉस्टल क्यों भेजा? मां के पास क्यों नहीं रहने दिया?" अमन ने अगला सवाल किया।

"एक रोज़ अमिता ने तुम्हें मारने की कोशिश की थी। उसने तुम्हें पहचानना ही बंद कर दिया था। क़रीब सात साल के हो गये थे तुम। इतना तो याद है ना, जब तुम्हें हॉस्टल में डालने का मैंने फ़ैसला किया था?"

"याद है मुझे, वो दिन मैं कैसे भूल सकता हूं।"

"तुम्हारी बेहतरी के लिये मैंने तुम्हें हॉस्टल में डाला था। मुश्किल फ़ैसला था लेकिन एक बाप होने के नाते मुझे यही सही लगा था। मैं हर वक़्त तुम्हारी और अमिता की पहरेदारी नहीं कर सकता था।"

"क्यों नहीं कर सकते थे? आप पति थे ... पिता थे! आपकी और क्या ज़िम्मेदारी थी?"

"हाथ पर हाथ धर कर घर बैठ जाना ज़िम्मेदारी नहीं होती। ज़िम्मेदारी सब कुछ संभालने में होती है। ये कंपनी अकेले मेरी नहीं थी, अमिता की भी थी। वो नहीं थी यहां तो ज़िम्मेदारी किसकी थी? मेरी ही थी ना! बर्बाद कर देता सब? करोड़ों का बिज़नेस नहीं देखता तो सब लूट कर खा जाते। क्या होता तब?"

"कम से कम मां तो बच जातीं," अमन की आवाज़ में गहरा तंज़ था।

"बचता वो है जो बचना चाहता है। जो मरना ही तय कर ले उसका क्या। और फिर उसका बिज़नेस, बच कर मुझसे पूछती कि उसके बिज़नेस का क्या हुआ, तो मैं क्या जवाब देता? मैंने बेस्ट डॉक्टर्स लगाये थे। अच्छी नर्स थीं। सारा इंतज़ाम यहीं घर पर कर दिया था। चाहता तो अस्पताल में भी भर्ती कर सकता था, लेकिन नहीं किया। कोई कमी नहीं छोड़ी थी मैंने।"

"मां को कुछ नहीं चाहिये था, डैड। मां को आपकी और मेरी ज़रूरत थी। उन्हें हमारा प्यार चाहिये था। आपकी ज़िद ने उन्हें मार डाला।"

"मैंने नहीं मारा उसे, शी किल्ड हरसेल्फ!" राज ने गरजते हुए कहा।

"व्हॉट! व्हॉट आर यू सेइंग? मां किल्ड हरसेल्फ? मां ने आत्महत्या की?"

"हां, तुम्हारी मां को डिप्रेशन था। उसने आत्महत्या की थी। मैं तुमसे ये बात छुपाना चाहता था। नहीं बताना चाहता था। सारी दुनिया से भी यह बात छुपायी है मैंने।"

"आप झूठ बोल रहे हैं।"

"तुम पुलिस रिपोर्ट देख सकते हो। डॉक्टर की रिपोर्ट देख सकते हो।"

"दिस इज़ अनबिलीवेबल!"

"यस, इसीलिये कहते हैं कि सच कड़वा होता है। जानते हो तुम्हारी मां को असल में किसने मारा? जानना चाहते हो? यक़ीन नहीं कर पाओगे।"

"क्या कहना चाहते हैं आप?"

"उसे ना तो डिप्रेशन ने मारा, ना आत्महत्या की उसने। उसे उन दो लोगों ने मार दिया जिससे उसने सबसे ज़्यादा प्यार किया। तुम्हारी मां ने सबसे ज़्यादा प्यार मुझसे नहीं किया।"

"फिर किससे किया?"

"अपने बाऊजी से और तुमसे ..."

"रबिश!"

"जिस दिन तुम्हारे नाना जी ने तुम्हें गंदा ख़ून कहा ना, उसी दिन उसके जीने की उम्मीद ख़त्म हो गयी थी। वो टूट गयी थी। उनकी वो बात उसे खा गयी। उसके बाऊजी की ज़बान खा गयी, तुम्हारी मां को।"

"और?"

"दूसरे हो तुम। अपने बाऊजी के बाद वो सबसे ज़्यादा प्यार तुमसे करती थी। तुम्हें गंदा ख़ून कहे जाना बर्दाश्त नहीं कर पायी। अपने बेटे की इज़्ज़त के लिये जान दे दी उसने। तुम्हारे लिये जान दे दी उसने।"

अमन के चहरे पर भाव बन-बिगड़ रहे थे। अपने पिता की बातें उसके कान में हथौड़े की तरह बज रही थीं।

"एक बात और जान लो, अपनी बीमारी से पहले उसने कंपनी के अपने पचास फीसदी शेयर तुम्हारे नाम कर दिये थे। मेरे पास भी उनको बेचने का अधिकार नहीं है। मुझसे ज़्यादा वो तुमसे प्यार करती थी, ये बात कभी मत भूलना। इस कंपनी के बड़े शेयर होल्डर तुम हो। अमिता के वारिस तुम हो। उसकी लिगेसी को आगे ले जाना तुम्हारा काम है।"

अमन बुत बना अपने पिता को देख रहा था।

"अमन क्या तुमने कभी मेरी ज़िंदगी में किसी और को देखा है? या कुछ सुना है? मेरी ज़िंदगी में तुम्हारे सिवा कोई नहीं है बेटा। अब बहुत हो गया, प्लीज़ मुझे माफ़ कर दो। अपने घर आ जाओ।"

अमन कुछ बोलता इससे पहले ही राज सिंह के फ़ोन की घंटी बजने लगी।

मोबाइल फ़ोन की सबसे बड़ी ख़राबी यही है कि अक्सर उसकी घंटी ग़लत वक़्त पर बजती है।

राज सिंह इस वक़्त होटल *जैसल एन* में आ चुके थे। एक कॉन्फ्रेंस रूम में वो और अनन्या बैठे थे। फ़ोन सीएफ़ओ आर के खुराना का ही था। उन्होंने कहा था कि उन्होंने सारे पेपर्स चेक कर लिये हैं। डील की जा सकती है।

राज ने आने के बाद खुराना को बैंक ट्रांज़ेक्शन तैयार करने का निर्देश दिया, लेकिन कहा कि वो उससे पहले अनन्या से कुछ बात करना चाहते हैं। पेमेंट उसके बाद ही होगी।

"सो, अनन्या, टैल मी व्हॉट डू यू वॉन्ट?"

"सर, वी नीड एन इन्वेस्टर। आपने देख ही लिया है कि हम लोन डिफॉल्ट कर चुके हैं। इस वक़्त और कोई रास्ता नहीं है मेरे पास।"

राज ने सामने रखे पेपर्स उठाये और बोले, "तुम्हारे हिसाब से इस होटल की वैल्यूएशन पच्चीस करोड़ है। तुमको दस करोड़ रुपये चाहिये, राइट?"

"जी सर।"

"क्या करोगी दस करोड़ का?"

"मैं सारा लोन क्लीयर कर दूंगी फिर चैन से होटल चलाऊंगी।"

"लेकिन बदले में तुम्हारी चालीस फीसदी इक्विटी चली जायेगी।"

"कोई और ऑप्शन नहीं है मेरे पास। मैंने बैंक से एक साल मांगा था, अगर वो मिल जाता तो मैं बेटर कंडीशन में होती।"

"एक साल में तुम्हारा क्या प्रोजेक्शन है।"

"सर, दिवाली से अब तक हमने पचास परसेंट पर ऑपरेट किया है। बैंक्वेट सर्विसेज़ को मिलाकर इस साल हम ऑपरेटिंग ब्रेक ईवन पर होंगे। मतलब हमें कोई घाटा नहीं होगा। नेक्स्ट ईयर ऑक्यूपेंसी लेवल अस्सी परसेंट का प्रोजेक्शन है मेरा। उससे जो प्रॉफ़िट आयेगा, वो मेरी बैंक इंस्टॉलमेंट को कवर कर लेगा। आई विल बी कम्फर्टेबल।"

"इस वक़्त क्या सिचुएशन है?"

"वी आर फुली बुक्ड, रिव्यूज़ भी अच्छे हैं। सो वी आर गुड।"

"अच्छी बात है। नेक्ट थ्री मंथ्स की क्या सिचुएशन है?"

"क्लोज़ टू सिक्स्टी परसेंट ऑक्यूपेंसी। इट विल गो अप फ्रॉम हेयर।"

"ये होटल तुम क्यों चला रही हो?"

"इट्स माय प्रॉपर्टी इसलिये चला रही हूं।"

"लेकिन तुमने तो पॉलिटिकल साईंस से एम.ए. किया, फिर टूर गाइड का कोर्स किया। तुमको तो कुछ और करना था?"

"आपकी बात सही है। अगर मेरे माता-पिता होते तो शायद मैं होटल नहीं चला रही होती।"

"डोंट गेट मी रॉन्ग। अगर मुझे तुम्हारे साथ पार्टनरशिप करनी है तो ये जानना बहुत ज़रूरी है कि तुम अपने प्रोजेक्ट को लेकर कितनी सीरियस हो।"

"अगर मैं सीरियस नहीं होती तो आपसे बात नहीं कर रही होती।"

"तुम मुझसे बात इसलिये कर रही हो क्योंकि तुम डेस्परेट हो। सीरियस होकर बात नहीं कर रही हो, एंड डेस्परेट पीपल डू डेस्परेट थिंग्स।"

"व्हॉट डू यू मीन?"

"मैं तुम्हें पच्चीस करोड़ रुपये देने को तैयार हूं। बैंक लोन काट कर पंद्रह करोड़ देता हूं। आज से होटल मेरा, मंज़ूर है तुम्हें?"

"ये क्या बात हुई, ऐसी तो कोई बात ही नहीं हुई थी। मैं अपना होटल बेचना नहीं चाहती," अनन्या के चेहरे पर उलझन थी। राज के सवाल उसे असहज कर रहे थे।

"क्यों बेचना नहीं चाहतीं? पूरे पैसे दे रहा हूं। तुम्हारी वैल्यूएशन जितनी है उतने दे रहा हूं।"

"मैं इसे नहीं बेच सकती।"

"बर्बाद होने दे सकती हो ... नीलाम करा सकती हो ... बेचने में क्या दिक्कत है?"

"मेरे माता-पिता की प्रॉपर्टी है। इमोशनल अटैचमेंट है मेरा। आई लव दिस प्लेस। ये घर है मेरा, इट्स नॉट जस्ट ए होटल फ़ॉर मी," अनन्या ने ग़ुस्से से कहा।

"यू लव दिस प्लेस! अगर ये होटल ही नहीं रहा तो क्या करोगी?"

"शायद मैं ही ना रहूं। इस जगह के बग़ैर मैं अपने होने की कल्पना ही नहीं कर सकती।"

"अगर ये सिचुएशन है, इतनी इमोशनल हो इस जगह को लेकर तो ग़लत फ़ैसला क्यों कर रही हो?"

"मतलब? आप कहना क्या चाहते हैं?"

"यही कि चालीस फीसदी शेयर क्यों बेचने हैं तुम्हें जब पांच से छह फीसदी से काम हो सकता है। इतना भरोसा तो तुम्हें ख़ुद पर होना चाहिये। शॉर्टकट क्यों ले रही हो?"

"मैं समझी नहीं," अनन्या के चेहरे पर असमंजस के भाव थे।

"तुमने बैंक से एक साल मांगा और हमसे दस करोड़ रुपये। दोनों में से एक प्रपोज़ल ग़लत है।"

"मैं समझी नहीं।"

"देखो, तुमने कहा कि अगर बैंक तुम्हें एक साल दे दे तो तुम्हारे इस प्रोजेक्शन के हिसाब से तुम उनको एक साल बाद रेगुलर पेमेंट करने की स्थिति में होगी। ठीक है ना?"

"एकदम ठीक।"

"तो अगर कोई तुम्हें एक साल के पेमेंट का पैसा दे दे, तो तुम्हारी प्रॉब्लम सॉल्व ... अगले साल तक तुम अपने पैरों पर खड़ी हो चुकी होगी। राइट, अनन्या?"

"एकदम सही सर।"

"अब बताओ, एक साल के लिये तुम्हें कितना पैसा चाहिये?"

"पचास लाख पेंडिंग इंस्टॉलमेंट के लिये और सात लाख हर महीने के हिसाब से चौरासी लाख। मोटे तौर पर डेढ़ करोड़ रुपया समझ लीजिये।"

"तो डेढ़ करोड़ रुपये के लिये तुमको सिर्फ़ छह फीसदी शेयर बेचने होंगे, समझीं? जब छह फीसदी से काम चल सकता है तो चालीस फीसदी बेचने की क्या ज़रूरत है?" राज ने अनन्या से सवाल किया।

"अगर अगले साल फिर हालात ख़राब हो गये तो?" अनन्या ने कहा। वो अभी भी उलझन में थी।

"हम तो हैं ही ... एक बार कंपनी में इन्वेस्ट कर दिया तो छोड़ कर थोड़े भागेंगे। अपने पैसे भी तो बचाने हैं। अच्छा इन्वेस्टर कभी अपने प्रमोटर पार्टनर को नहीं छोड़ता। प्रमोटर ग्रो करेगा तभी तो इन्वेस्टर ग्रो करेगा," राज के चेहरे पर मुस्कुराहट थी।

राज ने खुराना को बुलाकर सारी बात समझायी और फौरन बैंक की पेमेंट क्लीयर करने को कहा, "ये काम फौरन करना है खुराना। पर्सनली हैंडल कीजिये इसे और मुझे जल्द से जल्द कन्फर्म कीजिये।"

"जी सर," कहते हुए खुराना जी बाहर चले गये।

"अनन्या, बिज़नेस में इमोशनल नहीं होते। यहां फ़ैसले अपने फायदे के लिये किये जाते हैं। उस फायदे को आप इमोशनली इन्वेस्ट या यूज़ कर सकते हैं।"

"राइट सर, आपने एक अच्छा लेसन दिया मुझे आज। मैं हमेशा इसे याद रखूंगी।"

अनन्या अपने केबिन में बैठी पिछले कुछ घंटों के बारे में सोच रही थी। चमत्कार ही तो था राज सिंह का मिलना। कितना आसान कर दिया उन्होंने सब कुछ। बैंक में पैसे जमा हो चुके थे। बैंक से पेमेंट की रसीदें भी आ गयी थीं। अब होटल को कोई ख़तरा नहीं था। कितना हल्का महसूस कर रही थी वो। ये सब कुछ अमन की वजह से हुआ था। वह अमन को फ़ोन करके थैंक्स बोल चुकी थी। कुछ ही देर में वो राज और अमन के साथ लंच करने वाली थी। जब तक खुराना ने आकर बैंक के पेमेंट की जानकारी नहीं दी थी राज और अनन्या बातें करते रहे थे। एक घंटे से भी ज़्यादा वक़्त उन्होंने बात की थी।

राज सिंह एआरबी नाम की बड़ी कंपनी के मालिक हैं। बिल्डर हैं। टाउनशिप बनाते हैं। होटल भी बनाये हैं। रियल एस्टेट में बड़ा नाम

है। अमन उनके बेटे का दोस्त है। उसी ने उन्हें अनन्या के बारे में बताया था। इस तरह के छोटे-छोटे इन्वेस्टमेंट्स भी उनकी कंपनी करती रहती है इसलिये उन्हें प्रपोज़ल पसंद आया। वो छुट्टी मनाने जैसलमेर में ही थे इसलिये ज़्यादा दिक्कत नहीं हुई।

अनन्या को इस इत्तेफाक पर भी बड़ी हैरानी हुई। ये खेल किसने रचा, ये किसका भाग्य है कि राज यहीं मौजूद थे। अमन को भी इसका अंदाज़ा नहीं था।

लेकिन कोई छुट्टी मनाने अपने सीएफ़ओ को लेकर आयेगा, ये बात उसकी समझ से परे थी। हां, राज सिंह की दूरदर्शिता से वो काफ़ी प्रभावित हुई थी। कितने कम शेयर खरीदे थे। कितनी आसानी से बिज़नेस का पाठ पढ़ाया था उन्होंने। कितनी आसानी से समझाया कि पैशन क्या होता है और विज़न क्या।

इस वक़्त उसने एआरबी की वेबसाइट खोल रखी थी। कंपनी के बारे में सब कुछ जान लेना चाहती थी।

राज के एक सवाल पर वो चौंक गयी थी। उन्होंने अमन के बारे में एक सवाल किया था। सवाल बेहद मामूली था, लेकिन अहम था। उन्होंने पूछा था कि वो अमन को कब से जानती है। मन में एक खटका लगा था। इनको इस बात से क्या मतलब कि वो अमन को कब से जानती है।

अवर प्रमोटर सेक्शन पर जाकर वो रुक गयी। सबसे ऊपर एक फ़ोटो थी, क्लोज़अप, एक गरिमामयी महिला मुस्कुरा रही थी। नाम—अमिता सिंह चौधरी, जयपुर से आर्किटेक्चर का कोर्स किया था। 1990 में कंपनी की स्थापना की। विज़नरी लीडर। 1997 में निधन।

राज सिंह की पत्नी का निधन हो चुका था। 'तो इसलिये सीएफ़ओ के साथ छुट्टी मना रहे हैं साहब!'

नीचे दूसरा नाम लिखा था—राज सिंह चौधरी। फ़ोटो भी लगी थी। नाम पढ़ते ही अनन्या का माथा ठनका। अमिता सिंह चौधरी, राज सिंह चौधरी और अमन चौधरी—क्या ये महज़ इत्तेफाक है?

क्या वही रिश्ता है जो वो समझ रही थी? क्या राज जी को अमन ने बुलाया? अनन्या के मना करने के बावजूद अमन ने कंपनी में पैसे लगाये?

अनन्या ने कंपनी के बारे में इंटरनेट पर पढ़ना शुरू किया। धीरे-धीरे सारी कहानी साफ़ हो गयी। एआरबी और कुछ नहीं अमिता राज बिल्डर के नाम से शुरू हुई थी। बाद में इसे सिर्फ़ एआरबी कर दिया गया, जैसे डीएलएफ। अमिता का निधन बहुत ही कम उम्र में हो गया। उन दोनों का एक ही बेटा है जिसका नाम अमन है।

'ओह माय गॉड, दिस इस अनबिलीवेबल!' अनन्या ने अपना सिर पकड़ लिया।

उसे राज और अमन से इस झूठ की उम्मीद नहीं थी। ये मदद नहीं खैरात है, और उसे खैरात नहीं चाहिये थी। बाप-बेटे को ये बात समझनी होगी ... अभी और इसी वक़्त। उसने घड़ी देखी। लंच का वक़्त हो गया था। अनन्या ने लैपटॉप बंद किया और तेज़ क़दमों से बाहर निकल गयी।

ज़िंदगी का एतबार कभी ना करें। आपका सबसे बेहतरीन वक़्त चंद लम्हों में ही आपकी ज़िंदगी को वीरान बना सकता है। जश्न मनाने में जल्दबाज़ी नहीं करनी चाहिये।

अनन्या जब रेस्तरां में पहुंची तो राज सिंह और अमन दोनों उसका इंतज़ार कर रहे थे। दोनों उसे देख कर खड़े हुए और मुस्कुरा कर स्वागत किया लेकिन अनन्या का चेहरा तमतमाया हुआ था।

"कैन वी टॉक?" अनन्या ने पूछा।

"लेट्स फिनिश लंच फर्स्ट, फिर बात करते हैं," अमन ने कहा।

"नो, पहले मुझे बात करनी है। लंच इंतज़ार कर सकता है।"

"ओके, यहीं बात कर सकते हैं?" अमन ने पूछा। राज चुपचाप दोनों की बातें सुन रहे थे।

"तुम्हारे रूम में चलते हैं, वहीं बात करेंगे," कह कर अनन्या मुड़ी और रूम की तरफ़ चल दी। राज और अमन उसके पीछे थे।

रूम में दो कुर्सियां थीं। अनन्या ने ज़िद करके राज और अमन को बैठने को कहा और ख़ुद खड़ी रही।

"आप दोनों ने अपनी रिलेशनशिप मुझसे क्यों छिपायी?" ग़ुस्से से भरी अनन्या ने सीधा सवाल किया।

"अनन्या, मैंने ही डैड को मना किया था," अमन का जवाब आया।

"क्यों मना किया था?"

"क्योंकि अगर डैड सच बताते तो तुम किसी हाल में हां नहीं करतीं।"

"इक्ज़ैक्टली! क्या कहा था मैंने तुमसे? मैं अपनी नज़रों में गिरना नहीं चाहती, तुम्हें यूज़ नहीं करना चाहती। हर रोज़ जब आईने के सामने खड़ी होऊं, तो मेरा वजूद मुझ पर हंसे नहीं। लेकिन तुमने मेरी बात का मान नहीं रखा," अपने जज़्बातों पर क़ाबू रख पाना अनन्या के लिये मुश्किल हो रहा था।

"मेरे पास कोई रास्ता नहीं था, एन। मैं मजबूर हो गया था डैड की मदद लेने पर।"

"और डैड के पास जादू की छड़ी थी, वो तुम्हारी मदद के लिये जैसलमेर में मौजूद थे। तुमने मुझे बहुत बड़ा धोखा दिया है, अमन। छला है तुमने मुझे!"

"अनन्या मैंने ऐसा कुछ भी नहीं किया है, तुम ग़लत समझ रही हो।"

"मुझसे कहा कि डैड से बात नहीं करते हो। मेरे सामने उनका फ़ोन तक नहीं उठाते और आज तुमने अचानक उनको मेरे सामने लाकर खड़ा कर दिया! कितनी ख़ूबसूरत कहानी बुनी है। बेचारा बेटा, ज़ालिम पिता, और एक बेसहारा लड़की की मदद। मान गये राइटर साहब!

कमाल की कहानी लिखते हैं आप," कहते-कहते अनन्या ताली बजाने लगी। उसकी आंखों से आंसू बह रहे थे।

अमन अपनी कुर्सी से उठने को हुआ तो अनन्या ने उसे रोक दिया, "प्लीज़, वहीं बैठ कर बात करो। मेरे पास आने की कोशिश नहीं करना।"

अमन को कुछ समझ ही नहीं आया कि वो क्या कहे। उसने अपने पिता की तरफ़ देखा जो चुपचाप सारा माजरा देख रहे थे।

"अमन मैंने तुमसे कहा था ना कि मुहब्बत एकतरफ़ा हो सकती है, नफ़रत एकतरफ़ा हो सकती है, लेकिन इज़्ज़त एकतरफ़ा नहीं होती ... इसे दोतरफ़ा होना पड़ता है। तुमने मेरी इज़्ज़त नहीं की, मेरे जज़्बातों को नहीं समझा।"

"अनन्या, तुम्हारी शिकायत जायज़ है। हमें सच बता देना चाहिये था, लेकिन कई बार सच बोलना इसलिये घातक होता है क्योंकि सामने वाला इमोशनली फ़ैसले करता है ना कि प्रैक्टिकली," आख़िरकार राज सिंह को बोलना पड़ा। "तुमसे एक सवाल करता हूं कि अमन की ग़लती बड़ी है या तुम्हारे माता-पिता के होटल का नीलाम होना? होटल नीलाम हो जाता तो तुम अपने उसूलों से क्या हासिल कर लेतीं? अपने माता-पिता को क्या जवाब देतीं? अपने भाई से क्या कहतीं? कि डेढ़ करोड़ की रक़म का इंतज़ाम इसलिये नहीं कर पायी क्योंकि जो मुझे मदद दे रहा था वो मेरा दोस्त था। बेटा, हर बिज़नेस और हर फ़ैसला इमोशंस के साथ नहीं होता। दिल को अक्सर ताला लगाना पड़ता है। दिमाग़ का इस्तेमाल करना पड़ता है।"

"आप जैसलमेर में क्या कर रहे हैं? आपको किसने बुलाया?" अनन्या ने ग़ुस्से से पूछा।

"किसी ने नहीं बुलाया, मैं ख़ुद ही आया था।"

"ऐसे ही, अचानक? और कोई जगह नहीं मिली आपको?" अनन्या ने थोड़ा मज़ाक़ उड़ाने वाले अंदाज़ में कहा, "बाप-बेटा एक ही शहर में साथ-साथ, वाह! अजब इत्तेफाक है ये!"

"मैं अमन से मिलने आया था क्योंकि ये मेरा फ़ोन नहीं उठा रहा था। मेरा इससे मिलना बेहद ज़रूरी था। मुझे इसके सोशल मीडिया अकाउंट के ज़रिये पता चला था कि ये जैसलमेर में है।" इसके बाद उन्होंने अनन्या को आईपीओ और शेयर ट्रांसफ़र की सारी कहानी सुना दी।

"अगर मैं यहां नहीं आता तो कुछ भी नहीं होता। हम ये बात कर ही नहीं रहे होते। मैं एक बिज़नेसमैन हूं, इमोशनली फ़ैसले नहीं करता। तुमको भी जो पैसे दिये हैं परख कर दिये हैं। तो इसे खैरात ना समझो। अपने हार्ड वर्क का ईनाम समझो। आज जिस रेट पर दिये हैं, एक-दो साल में इससे ज़्यादा रेट पर किसी और को बेच दूंगा। मैं तो मुनाफा ही कमाऊंगा।"

"आपने तो परख कर फ़ैसला किया लेकिन अमन का फ़ैसला? मुझे तक़लीफ़ अमन से है, उसने मुझे धोखा क्यों दिया?" अनन्या ने अमन की तरफ़ देखते हुए कहा।

"मुझे लगता है कि अमन ही इसका जवाब दे तो बेहतर है," राज ने अमन की तरफ़ देखते हुए कहा, "यॉर चांस, बोलो, इससे बेहतर मौक़ा नहीं मिलेगा।"

"अनन्या, आई लव यू! मुझे तुमसे प्यार हो गया है और मेरे पास इसके अलावा कोई रास्ता नहीं था। मैं तुम्हें दुखी नहीं देख सकता था।"

राज सिंह चौधरी मुस्कुरा रहे थे।

"यू लव मी!" अनन्या ने हैरत से पूछा।

"यस, आई लव यू।"

"कब से?"

"जब से मैं यहां आया हूं। जब से तुम्हें जाना है, समझा है, देखा है। मुझे जैसा तुम्हारे साथ महसूस हुआ वैसा कभी महसूस नहीं हुआ। मेरा मन हर वक़्त तुमसे बात करने का करता है। चाहता हूं कि तुम्हारी नज़र से ही सब कुछ देखूं। तुम मेरे आस पास रहो।"

"आई डोंट बिलीव दिस। तुम मुझे ख़ुश करने के लिये ये सब कह रहे हो," अनन्या को विश्वास ही नहीं हो रहा था कि अमन उससे प्यार करता है। जबकि सच्चाई ये थी कि वो अमन को चाहने लगी थी इसीलिये उससे मदद नहीं लेना चाहती थी। नहीं चाहती थी कि अमन मदद का ग़लत मतलब निकाले।

"प्लीज़ बिलीव मी, अनन्या, आई लव यू," ये कहते हुए वो उठ कर अनन्या के सामने आ गया। उसने अनन्या को कंधे से पकड़ा और अपने पिता की ओर मुड़कर बोला, "डैड, आई वॉन्ट टू मैरी दिस गर्ल। आई होप, यू आर ओके विद इट।"

"इडियट, अनन्या से पूछो ये सवाल," राज हंस रहे थे।

"अनन्या माहेश्वरी, विल यू मैरी मी?" अमन अपने घुटने पर बैठ गया, "हां, पर इस वक़्त मेरे पास रिंग नहीं है। विल यू मैरी मी, एन?"

"येस ... येस, आई विल मैरी यू, मन!" कहते हुए दोनों एक-दूसरे के गले लग गये।

राज का चेहरा ख़ुशी से चमक रहा था। वो चुपके से अपनी आंख की कोर को पोंछ रहे थे। कोई देख ना ले कि वो इमोशनल हो रहे हैं। वाक़ई जैसलमेर की धरती में कोई जादू है। पहले उनको यहां अपनी जीवनसंगिनी मिली थी और इस बार बेटे के साथ-साथ बहू भी वो लेकर जा रहे थे। राज सिंह चौधरी ने मन ही मन तय कर लिया कि आज के दिन को ख़ास बनायेंगे। इतना ख़ास कि अमन और अनन्या इस दिन को हमेशा याद रखें।

रात ढल रही थी। अमन और अनन्या डांस फ़्लोर पर थे। म्यूज़िक की मस्ती, नये साल के आगमन का जश्न और पहला-पहला प्यार। दोनों मदहोश थे। एक-दूसरे से चिपके, आंखों में डूबे। दुनिया से बेख़बर। तभी अमन को अहसास हुआ कि उसका फ़ोन बज रहा है। उसने पॉकेट से फ़ोन निकाला तो देखा कि गायत्री का फ़ोन था।

अनन्या को इशारा करके वो पार्टी हॉल से बाहर आया।

"हां गायत्री, बोलो।"

"अरे भैया, आप कहां हो? मां का जन्मदिन है और आप ना जाने कहां हो।"

"क्या? आज मौसी का जन्मदिन है!" अमन ने ख़ुशी से चहकते हुए कहा।

"हमने सरप्राइज़ पार्टी रखी है। आप भी चले आओ और हां, भाभी को भी ले आना। हमें राज मौसा जी ने सब बता दिया है," हंसते हुए गायत्री बोली।

"ठीक है, आता हूं," अमन ने फ़ोन रख दिया।

अंदर आकर उसने अनन्या का हाथ पकड़ा और भागते हुए कहा, "चलो, बाहर चलते हैं।"

"अरे कहां ले जा रहे हो मन? रुको तो।" भागते-भागते अनन्या ने अपना बैग उठाया। काली पार्टी ड्रेस में वो बेहद सुंदर लग रही थी। जब अमन बाहर जाने लगा तो वो रुकी और बोली, "हैलो, दिसंबर की सर्दी में इन कपड़ों में बाहर नहीं जा सकती। कहां जा रहे हो, पहले बताओ तो सही? मुझे कुछ पहनना पड़ेगा।"

"अरे, एक सरप्राइज़ है, चलो तो।"

अनन्या ने भागते हुए अपने केबिन से एक कोट उठाया और जल्दी से पहन लिया।

अमन ने कार स्टार्ट की और कुछ ही देर में वो सुनीता मौसी के घर के सामने थे। पूरा घर रोशनी से सजा हुआ था। 'फुल पार्टी मूड है!' अमन ने सोचा।

"ये किसका घर है, मन?" अनन्या ने पूछा। बाहर लिखा था—पालीवाल निवास।

"यहां क्यों आये हैं?" अनन्या असमंजस में थी।

"यही तो सरप्राइज़ है! अंदर चलो," कहते हुए अमन ने घंटी बजा दी।

गायत्री ने मुस्कुराते हुए दरवाज़े पर उनका स्वागत किया। जैसे ही उन्होंने अंदर क़दम रखा। पूरा कमरा कॉंग्रेचुलेशंस की आवाज़ से गूंज उठा और फूलों की वर्षा होने लगी।

जब बधाई का सिलसिला रुका तो राज ने आगे बढ़ कर अनन्या का हाथ पकड़ा और बोलना शुरू किया, "अनन्या ये मेरा परिवार है, अमन का परिवार है। और ये है अनन्या। अमन की पार्टनर, उसकी होने वाली पत्नी। बहू बनने से पहले ये मेरी बेटी है।"

अनन्या को कुछ समझ नहीं आ रहा था कि ये कौन-सा परिवार है। अमन का परिवार कहां से आ गया? वो भी पालीवाल परिवार!

"अनन्या, ये हैं सुनीता पालीवाल, ये अमन की मौसी हैं। अमिता की छोटी बहन। ये हमारी गायत्री है, इनकी बेटी। ये बेटा और ये हैं इनके पति। आज इस ख़ास मौक़े पर अमन के दोनों मामा अपने परिवार के साथ आये हैं—रमेश पालीवाल और सुरेश पालीवाल। शायद तुम्हें पता नहीं कि अमन की मां अमिता पालीवाल यहीं जैसलमेर की रहने वाली थीं।"

अनन्या का मुंह हैरत से खुला रह गया। अमन ने तो इस बारे में उसे कुछ बताया ही नहीं था। 'आख़िर ये आदमी कैसा है, इतना कुछ है इसके पास कहने को लेकिन बोलता ही नहीं है। पालीवालों की सारी कहानी ऐसे सुनता रहा जैसे अजनबी टूरिस्ट है। फिर अचानक इंटरेस्ट दिखाने लगा। मां के बारे में कुछ बोला ही नहीं।' उसे इस वक़्त अमन पर बेहद ग़ुस्सा आ रहा था, लेकिन ये मौक़ा ग़ुस्सा करने का नहीं था।

वो मुस्कुरा कर सबसे मिलती रही। अचानक राज ने उससे पूछ लिया, "बेटी कोई तुम्हारा रिश्तेदार है यहां जिसे हम इस जश्न के मौक़े पर बुला सकें?"

"नहीं सर, छोटा भाई तो ऑस्ट्रेलिया में है। एक गुरु जी हैं जो डैड के दोस्त हैं, लेकिन वो पोखरण के पास हैं।"

"कोई बात नहीं बेटा, हम ही हैं तुम्हारा परिवार। चलो, मेरे साथ आओ," कहते हुए सुनीता मौसी ने उसे अपने साथ चलने का इशारा किया।

अनन्या के अंदर जाते ही अमन ने गायत्री की ओर देखा और पूछा, "आज मौसी का बर्थडे नहीं है ना, तूने क्या नाटक किया है? क्या हो रहा है यहां?"

"थोड़ी-सी रस्म अदा कर रहे हैं आज। एक तरह से प्रॉपर इंगेजमेंट है। आधे घंटे का काम है फिर तुम लोग पार्टी करने निकल जाना," राज सिंह चौधरी ने अमन को जवाब दिया।

"अरे डैड, कम से कम मुझे तो बता दिया होता," अमन थोड़ा हड़बड़ाया था। उसे समझ नहीं आ रहा था कि अनन्या इस पूरे डेवलपमेंट को कैसे हैंडल कर रही होगी। अकेली लड़की के लिये इतना कुछ अचानक हैंडल करना आसान नहीं है। फुल फैमिली प्रेशर। जब वो इतना हड़बड़ा रहा है, तो अनन्या का हाल वो समझ सकता था।

उधर अनन्या को लेकर मौसी एक कमरे में आ गयीं। वहां उन्होंने बेहद ख़ूबसूरत साड़ी और गहने रखे थे, "ये सब तुम्हारे लिये हैं। इन्हें पहन लो।"

"मौसी, ये सब मेरे लिये है! पर क्यों? क्यों पहनना है? आज क्या ज़रूरत है?"

"बेटा, राज साहब चाहते हैं कि आज तुम्हारी और अमन की एक छोटी-सी रस्म हो जाये। आज का दिन भी शुभ है और वो आज बेहद ख़ुश हैं। हम लोग उनका दिल नहीं तोड़ना चाहते हैं।"

"लेकिन, मुझे थोड़ा टाइम तो दिया होता सोचने के लिये," अनन्या ने झिझकते हुए कहा।

"समझ सकती हूं बेटा, लेकिन राज जी ने स्पेशल प्लेन से ये सारा सामान दिल्ली से मंगवाया है।"

"दिल्ली से मंगवाया है?" अनन्या हैरान हो गयी।

"स्पेशल प्लेन से। जैसे ही शाम को तुमने शादी के लिया हां कहा, उन्होंने फटाफट सारा इंतज़ाम किया और स्पेशल प्लेन से सामान आ गया। ऐसे ही हैं हमारे राज साहब! देखो, ये साड़ी अमिता जीजी की है। ये गहने-ज़ेवर सब उन्हीं के हैं। राज जी ने बताया कि अमन की बहू के लिये छुटपन से ही सामान जमा करती रहती थीं, जीजी।"

"ओह," ये सुन कर अनन्या सोच में पड़ गयी, ये तो मुश्किल में पड़ गयी वो। इस वक़्त उसे कुछ समझ नहीं आ रहा था। दिमाग़ में विचारों का मंथन चल रहा था। क्या करना चाहिये। ये साड़ी, गहने और ज़ेवर पहन ले, चुपचाप सब कुछ होने दे, या इस परिवार को जो ख़ुशियां आज मिली हैं उन्हें ख़त्म कर दे?

'या ख़ुदा, हे भगवान, ये कैसे संकट में डाल दिया है। एक तरफ़ दुनिया जहान की ख़ुशियां दीं, दूसरी तरफ़ ये मुश्किल। यार गॉड तुम भी ना पूरे वाले ही ग्रेट हो!'

इस परिवार को संकट में डालने की बात वो सोच भी नहीं सकती थी। धीरे-धीरे उसने कपड़े पहनने शुरू किये। गायत्री उसकी मदद कर रही थी—लाल रंग की बनारसी साड़ी, हीरे का सेट, जिसमें हाथ से कारीगरी की गयी थी। देखने में ही भव्य लग रहा था। साथ में बड़े-बड़े झुमके थे, हाथों में कंगन, एक करधनी और मांग टीका।

राज ने मानो तय कर लिया था कि आज अनन्या पूरे दुल्हन वाले श्रृंगार में होगी।

आधा घंटा लगा अनन्या को तैयार होने में। गायत्री ने उसका पूरा श्रृंगार किया था। अनन्या ने ख़ुद को आईने में देखा तो देखती ही रह गयी। वो ख़ुद को ही पहचान नहीं पायी। आज वो बेहद ख़ूबसूरत लग रही थी। 'मुझे मेरी ही नज़र लग जायेगी आज!' वो सोच कर मुस्कुराने लगी। अचानक वो संजीदा हो गयी। 'आज मां होती तो क्या कहती, बड़ी ख्वाहिश थी मुझे दुल्हन के रूप में देखने की। कहती थी बहुत क़िस्मत वाली है मेरी लाडो। ऐसा शौहर आयेगा जो काम ही नहीं करने देगा। बैठे-बैठे खायेगी मेरी लाडो।'

मां को मिस कर रही थी वो और पापा को भी। रोने का मन कर रहा था उसका।

'क्या करना चाहिये मुझे?' वो फिर अपनी सोच की भूल-भुलैया में खो गई। 'क्या करूं, कुछ समझ नहीं आ रहा। ख़ुश रहना और ख़ुश रखना—यही तो कहा था ना पापा आपने। कैसे मुमकिन हैं ये दोनों? कैसे दोनों को साधूं? मैं ख़ुश रहना चाहती हूं। अमन मुझे अच्छा लगता है। ये परिवार बहुत अच्छा है। अच्छे लोग हैं। आपकी एनी ख़ुश रहेगी लेकिन क्या सच जानकर ये लोग ख़ुश रहेंगे?'

"चलिये भाभी, बाहर सब लोग आपका इंतज़ार कर रहे हैं," गायत्री की आवाज़ से चौंक उठी थी अनन्या। उसने नज़र उठाकर गायत्री की तरफ़ देखा और सिर हिलाकर चलने की हामी भर दी।

बाहर आते ही सब लोगों की नज़रें अनन्या पर ही टिक गयीं। अमन का मुंह खुला का खुला ही रह गया। सबसे ज़्यादा ख़ुशी राज के चेहरे पर थी।

राज ने अपने कोट की जेब से एक डिबिया निकाली। उसमें से एक हीरे की इंगेजमेंट रिंग निकाल कर अमन को पकड़ायी। परिवार के सभी लोग अपने फ़ोन लेकर उस मौक़े को कैप्चर करने के लिये तैयार थे। अमन के चेहरे पर हज़ार वॉट की हंसी थी। अनन्या के चेहरे पर थोड़ी उलझन थी।

अमन ने अनन्या की ओर देखा और कान में फुसफुसाया, "बेहद सुंदर लग रही हो। आज ही हनीमून भी मना लें क्या?"

अनन्या हल्के से मुस्कुराई लेकिन कुछ बोली नहीं।

सारे लोग जल्दी से रिंग पहनाने के लिये शोर मचा रहे थे।

अमन ने अपना हाथ आगे बढ़ाया और अनन्या का हाथ पकड़ कर वो रिंग पहनाने ही वाला था कि अनन्या ने अपना हाथ वापस खींच लिया।

"मैं ये शादी नहीं कर सकती। आई एम सॉरी! ये ग़लत होगा। ये शादी नहीं कर सकती," कहते-कहते वो उठ खड़ी हुई। हर कोई भौचक्का था। ये एंटीक्लाईमैक्स तो किसी ने नहीं सोचा था।

"क्या हो गया, एन? ऐसा क्या है जो तुम ये शादी नहीं कर सकतीं?" अमन ने पूछा।

"बस, ये सवाल ना करें तो बेहतर है। मैं इसका जवाब देना नहीं चाहती।"

"बेटा, बात क्या है, हमें भी तो पता चले। तुमने तो दिन में हां की थी। अब कुछ ही घंटों में ऐसा क्या हो गया?" राज ने पूछा।

"इस सवाल का जवाब देना मेरे लिये बेहद मुश्किल है। प्लीज़, आप लोग ज़िद ना करें," अनन्या ने सकुचाते हुए कहा।

"फिर भी हमें इतना जानने का तो हक है ना बेटा कि आख़िर तुम ये शादी क्यों नहीं करना चाहतीं?"

"अगर आप लोग ज़िद ही कर रहे हैं तो सुनिये, मुझे यहां आने से पहले पता नहीं था कि अमन की मां पालीवाल ब्राह्मण हैं। उसके नाना यहीं के हैं। सारा ख़ानदान जैसलमेर का ही है। आपको पता है कि मेरा ख़ानदान भी यहीं का है? आज यहां आकर, आप सबसे मिलकर मेरे वो ज़ख़्म ताज़ा हो गये जिसे कितने बरसों से हमने छुपाकर रखा था। लेकिन कहते हैं ना कि आप दुनिया से झूठ बोल सकते हैं पर ख़ुद से नहीं। किसी रोज़ आपका झूठ आपके सामने आकर खड़ा हो ही जायेगा।"

"कैसा झूठ बेटा? आख़िर ऐसा क्या झूठ बोला है आपने?" राज ने पूछा।

"झूठ अभी तक बोला नहीं है, लेकिन अगर आज सच नहीं बोला तो बहुत अनर्थ हो जायेगा। मैं ख़ुद से आंख नहीं मिला पाऊंगी।"

"बोलो बेटा, मेरा तो मन डूब रहा है," राज सिंह चौधरी घबरा रहे थे।

“बात इतनी है कि मैं उसी ख़ानदान की बेटी हूं जिस पर आरोप है कि उनकी वजह से पालीवालों को कुलधरा समेत जैसलमेर के चौरासी गांव छोड़ने पड़े थे। कहानियों के हिसाब से मेरे ही पूर्वज सालिम सिंह ने पालीवालों की बेटी पर बुरी नज़र डाली थी। मैं नहीं जानती कि ये कितना सही है लेकिन सब कुछ जानकर मैं ये अनर्थ नहीं कर सकती,” कहते हुए अनन्या तेज़ी से घर से बाहर निकल गयी।

जब तक बाक़ी लोग कुछ समझते, अनन्या अपनी कार स्टार्ट करके वहां से जा चुकी थी।

कमरे में सन्नाटा था। सभी हक्के-बक्के-से एक-दूसरे को देख रहे थे।

अनन्या के जाने के बाद हलचल मच गयी। हर किसी को हैरानी थी कि ऐसी बात अनन्या सोच भी कैसे सकती है। इतिहास में हुए गुनाह के लिये आज के बच्चे कैसे ज़िम्मेदार हो सकते हैं? ये अन्याय ही होगा। अन्याय का बदला अन्याय होगा, तो सृष्टि ही ख़त्म हो जायेगी।

“सालिम सिंह और अनन्या माहेश्वरी कैसे एक ख़ानदान के हो सकते हैं?” अमन ने सवाल किया।

“हो सकते हैं,” सुनीता मौसी ने कहा। “सालिम सिंह के ख़ानदान से ही जैसलमेर की रियासत के दीवान नियुक्त होते थे। सालिम सिंह के पिता भी दीवान थे। सिंह एक पदवी थी जो रियासत की तरफ़ से दी गयी थी। हकीकत में वो माहेश्वरी और मेहता बनिया ख़ानदान से आते थे।”

“इसका मतलब अनन्या ने कुछ भी झूठ नहीं कहा है, लेकिन हमारा फ़र्ज़ है उसे समझाने का। चलो चलते हैं, फ़िज़ूल की बात पर रिश्ते नहीं छोड़े जाते। वैसे भी दो सौ साल बाद इन बातों का कोई मतलब नहीं है,” राज सिंह के ये कहते ही सब लोग घर से निकल पड़े।

पूरा जैसलमेर इस वक़्त नये साल के आगमन में झूम रहा था। हर तरफ़ सैलानी थे। हर कोई अपने-अपने तरीक़े से आनंद ले रहा था। हर

होटल और हर रेस्तरां, हर घर में पार्टी चल रही थी। जिसके पास जगह नहीं थी वो कार में संगीत बजा कर सड़क पर ही मस्त था। राज और उनके परिवार का पहला पड़ाव होटल *जैसल एन* ही था। वहां पहुंचने पर पता चला कि अनन्या वहां नहीं आयी। अनन्या का फ़ोन उठ नहीं रहा था। वो अपने घर नहीं गयी थी। होटल स्टाफ़ ने बताया कि तीन महीने से घर बंद था। अनन्या यहीं, होटल में ही रहती थी। फिर भी एक आदमी को भेजा गया ये देखने कि कहीं आज तो वहां नहीं चली गयी थी वो। उसने घर पहुंच कर फ़ोन पर बताया कि घर बंद था। अनन्या वहां नहीं थी।

काफ़ी देर तक सोच-विचार करने के बाद आख़िर में अमन ने कहा कि शायद वो जानता है कि अनन्या कहां होगी। उसने सभी लोगों से होटल में ही रुकने को कहा।

"अमन चाहे कुछ हो जाये तुम्हें अनन्या को लाना ही है। मैंने उसमें तुम्हारी मां का अक्स देखा है। अमिता को बेहद ख़ुशी होती अनन्या को बहू के रूप में पाकर," राज ने अमन के सिर पर हाथ रखा। आज मत चूकना।

हाथ में पकड़ी अंगूठी को अमन ने जेब में डाला और पैदल ही चल पड़ा अनन्या को ढूंढ़ने। रात के बारह बजने वाले थे। गाड़ी चलाने से कोई फायदा नहीं था। उसे जहां जाना था, वहां तक गाड़ी नहीं जाती थी। तेज़ क़दमों से वो आगे बढ़ रहा था। सामने जैसलमेर का सोनार क़िला जगमगा रहा था। आज की लाइटिंग की छटा निराली ही थी। मेन गेट पर लोग पार्टी कर रहे थे। मस्ती में थे। एक-एक करके वो सारे गेट पार करता चला गया। लोगों की भीड़ से रास्ता बनाता हुआ वो उस मोड़ पर पहुंच गया जिसके आगे कोई रास्ता नहीं था।

एक छोटा-सा स्लोप था जिससे आगे जाया जा सकता था। बहुत कम लोगों को ही उस जगह के बारे में पता था। जिसमें से एक अनन्या थी। वहां चढ़कर एक समतल जगह पर दीवार के मुहाने पर तोप लगी थी। वहां पहुंच कर अमन ठिठक गया। आगे का क़दम उसे बेहद सतर्क

होकर उठाना था। इस मौक़े को वो गंवाना नहीं चाहता था। अनन्या को वो जान चुका था। कुछ करना होगा, कुछ अलग। उसने इधर-उधर देखा। दूर खड़े एक ग्रुप पर उसकी नज़र गयी। कुछ लोग ड्रोन से शूटिंग कर रहे थे। उसे एक आइडिया सूझा।

क़िले की अपनी फेवरेट जगह पर अनन्या अकेली खड़ी थी। उसके हाथ में सिगरेट थी और वो धुएं के छल्ले उड़ा रही थी। दिसंबर की सर्दी उसकी हड्डियों में घुसी जा रही थी। क्या उसने शादी के लिये ना करके सही किया? या फिर क्या ये बचकाना फ़ैसला था? या वो शादी के नाम से घबरा रही थी? क्या अमन उसे पसंद नहीं था? उसके मन में ये सब सवाल उमड़-घुमड़ रहे थे। क्या अमन की कहानी को वो दोहरा रही थी? वही कहानी जिसे सुनकर उसने अमन को मैसेज किया था।

'ऐसा कुछ भी नहीं है,' उसने ख़ुद को जवाब दिया। सब कुछ सही था, बस अपने ख़ानदान के सच से वो घबरा रही थी। इसी घबराहट में जब कुछ नहीं सूझा तो वो वहां से भाग खड़ी हुई।

'क्या अमन को याद होगा कि मैं कहां होऊंगी? क्या वो यहां आयेगा मुझे मनाने? और अगर ना आया तो?' इन सारे सवालों का सामना अनन्या अकेले खड़े होकर कर रही थी। एक उम्मीद थी कि अमन आयेगा ज़रूर। उसे छोड़ेगा नहीं। वो ज़रूर समझेगा उसकी उलझन।

अचानक घूं-घूं की आवाज़ से उसका ध्यान टूटा। आसमान की तरफ़ देखा तो अंधेरे में कुछ दिखायी नहीं दिया। बस एक-दो लाल बत्तियां-सी दिखीं। एक बारगी तो उसको डर लगा लेकिन वो हिम्मत करके वहां खड़ी रही। आख़िरकार वो घूं-घूं क़रीब आया तो उसने देखा कि एक ड्रोन है और उससे एक पैकेट लटक रहा है। उसने हाथ बढ़ाकर उस पैकेट को ड्रोन से निकाल लिया। उसमें एक एनवलप था। एनवलप देख कर अनन्या मुस्कुरायी। एनवलप पर उसका नाम लिखा था।

ड्रोन वापस ऊपर की तरफ़ उड़ गया। अनन्या ने एनवलप खोला तो अंदर एक काग़ज़ था। ये कोई सामान्य काग़ज नहीं था, ये एक खत था। एक चिट्ठी ... एक लेटर! अनन्या के चेहरे पर आती मुस्कुराहट और गहरी हो गयी। उसने पढ़ना शुरू किया।

डियर एन,

मुझे पता है कि तुम ये चिट्ठी देख कर हैरान हो रही होगी, आज तक तो कभी लिखी नहीं, तो अब क्यों? जीवन के जिस दोराहे पर हम खड़े हैं, उस पर कोई निर्णय लेने से पहले मुझे लगता है कि मुझे तुम्हें एक बार फिर कहना है कि मुझे तुमसे बहुत प्यार है। कितना करता हूं, बता नहीं पाऊंगा, क्योंकि दुनिया में आज तक प्यार तौलने का पैमाना बना नहीं पाया कोई।

आसमान को कोई नाप पाया है भला या कहो तारे ही गिन दिये हों किसी ने कभी। फिर भी इतना कह सकता हूं कि मेरी बांहों के घेरे जितना है मेरा प्यार जिसमें तुम्हें समेट कर मैं तुम्हें दुनिया के सारे दुख-दर्द से बचाने की कोशिश करता हूं।

मैं जानता हूं कि तुम मुझसे इसलिये शादी नहीं करना चाहतीं क्योंकि हमारे परिवारों का अतीत तुम्हें डराता है। तुम्हें डर है कि कहीं उसका बैगेज हम सारी ज़िंदगी ढोते ना रह जायें। पर तुम ये क्यों भूल जाती हो कि आगे चलने के लिये पीछे नहीं देखना होता। गिरने का डर ज़रूर रहता है लेकिन तुम्हें गिरने ना देने का वादा मैंने ख़ुद से किया है।

मैं मानता हूं कि तुम्हारा डर, तुम्हारी चिंता ग़लत नहीं है पर इसके चलते जीना तो नहीं छोड़ सकते ना। हम बिछड़ कर रोज़-रोज़ नहीं मर सकते। एन, कल किसने देखा, स्वर्ग की परियां किसने पाईं, मुझे तो अपना स्वर्ग यहीं रचना है, तुम्हारे साथ।

वो क्या कहते हैं कि डर के आगे जीत है, तो मेरी जान! तुम्हारे इस डर के आगे प्यार है, तुम हो, मैं हूं या कहूं हम हैं, एक साथ, हमेशा के लिये।

मुझे मालूम है कि तुम अब ये सोच रही हो कि ये आसान नहीं है। तो ये बताओ कि आसान क्या है जीवन में? पर फिर क्या हम जीना छोड़ देते हैं? कभी आंधी तूफ़ान में बिखरे घोंसले को संवारती चिड़िया देखी है? एक-एक तिनका फिर से जोड़-जोड़ बनाती नन्ही-सी चिड़िया, हार कहां मानती है।

और तुम तो मेरी बहादुर एन हो, तुम्हें भी लड़ना है हर डर से जो तुम्हें पीछे की ओर धकेलने की कोशिश करता हो।

और याद रखना कि इस लड़ाई में तुम अकेली नहीं हो, मैं हूं तुम्हारे साथ, हर पल, हर क्षण।

एन, तुम्हें एक बात कहूं, तुम्हारे मेरे जीवन में आने से पहले तक मैं एक बहुत ही रूखा और संजीदा-सा इंसान था। ज़िंदगी में ना कोई चाव था, ना रस। बस जिये जाने की रीत है तो निभा रहा था।

फिर तुम आईं, रेगिस्तान में ओएसिस जैसी। फिल्मों में कहते हैं ना जिसे देख कर आपके कानों में गिटार बजने लगे, वो ही तुम्हारा प्यार है। जब मैंने तुम्हें देखा था तो तुम मानोगी कि नहीं, क्या गिटार क्या सितार, दुनिया की सारी सरगम मेरे कानों में गूंजने लगी थीं। तुमसे मिल कर मैंने जाना था कि फूल मुस्कुराते भी हैं, पेड़ गाते भी हैं।

बेरंग-सी ज़िंदगी को तुमने अपने प्यार के हज़ार रंगों से भर दिया है। तुम्हारी आंखों में मैंने अपने लिये प्यार देखा, बेशुमार देखा और इसी प्यार ने मुझे हमेशा जीने की, आगे बढ़ने की हिम्मत दी।

और आज तुम अपने जीवन के नाज़ुक मोड़ पर हो, ख़ुद को कमज़ोर समझ रही हो, तो मैं तुम्हें मझधार में छोड़ कर नहीं जाऊंगा। मैंने तुम्हें सबसे बढ़ कर चाहा है, सबसे बढ़ कर माना है। मैं एक ऐसे जीवन की कल्पना भी नहीं कर सकता जिसमें तुम नहीं हो।

तुम्हारा हंसना, रोना, रूठना, मनाना, और वो तुम्हारी ठहाके वाली हंसी, जिसे तुम राक्षसी हंसी कहती हो, पागल लड़की! उस राक्षसी हंसी में ही तो तुम्हारे इस बेचारे तोते की जान अटकी है।

हंसती रहना नहीं तो ...! एन, तुम अपने जीवन का हर फ़ैसला लेने के लिये स्वतंत्र हो, मैं तुम पर कोई दबाव भी नहीं डालना चाहता, लेकिन कोई भी फ़ैसला लेने से पहले ये ज़रूर सोचना वो सिर्फ़ अपने लिये नहीं बल्कि हम दोनों के लिये ले रही हो।

एक बार याद करना कि कोई है जो तुम्हें बेहद प्यार करता है, जिसके जीने का सबब तुम हो।

और सुनो! तुम्हें डरना नहीं है, किसी से भी नहीं। मैं चाहता हूं कि तुम जियो, खुल के। वैसे ही जैसे तुम जीना चाहती हो। मुझे वो आसमान बनना है जिसमें तुम स्वच्छन्द होकर उड़ सको। एक कोशिश करके देखो, यक़ीन करो, तुम जीतोगी। मेरा प्यार तुम्हारी ताक़त बन हमेशा तुम्हारे साथ है।

अच्छा सुनो! याद है, तुमने एक बार मुंह बना कर मुझसे फरमाइश की थी कि मैं तुम्हें लव लेटर लिखूं।

लो, आज लिख दिया। हालांकि मुझे इसमें भी शक है कि ये कोई लेटर है भी कि नहीं। लव थोड़ा बहुत है, ऐसा लग रहा है, पर एक चीज़ है जो उसमें पूरी है, वो हूं मैं, सिर्फ़ तुम्हारे लिये।

लौट आओ लड़की।

इंतज़ार कर रहा हूं। आसपास ही हूं।

तुम्हारा

मन

चिट्ठी पढ़ते-पढ़ते अनन्या के चेहरे की रंगत बदलती गयी। मुस्कुराहट से उसका चेहरा और लाल हो गया था। आंखों में आंसू थे। उन्हें पोंछने की कोशिश उसने नहीं की। ख़ुशी के मारे उसने खत से अपना चेहरा छुपा लिया।

आख़िर में उसने रुंधे गले से आवाज़ दी, "बोरिंग राइटर, कहां हो? बहुत ठंड लग रही है। जल्दी आओ ना!"

"मुझे ऊंचाई से डर लगता है," अमन दूर से ही चिल्लाया।

"डर गया नहीं अभी तक तुम्हारा?"

"हाहाहा ... वैसे सच ये है कि डर तो पहले भी नहीं था। बस बेमौत मरने का इरादा आज भी नहीं है।"

"मतलब मुझे ठंड में अकेले मरना पड़ेगा?"

"किसी को आज मरने की ज़रूरत नहीं है एन।"

"उफ! बकबक ही करते रहोगे या कुछ करोगे भी?"

"मतलब?"

"अब ये भी मैं ही समझाऊं? गले भी मैं लगाऊं, किस भी मैं करूं, मरूं भी मैं!" अनन्या ज़ोर से चिल्लायी।

अमन ने इस बार सोचने में वक़्त ज़ाया नहीं किया। झटके से ऊपर चढ़ा और अनन्या को खींच कर उसके होंठों पर अपने होंठ रख दिये। आज उसमें कोई हिचक नहीं थी। वक़्त बीतता रहा।

अचानक सोनार क़िले में तेज़ शोर उठा और आवाज़ आने लगी 10, 9, 8, 7, 6, 5, 4, 3, 2, 1 ... हैप्पी न्यू ईयर ... हैप्पी न्यू ईयर!

जैसलमेर का आसमान अचानक आतिशबाज़ी से रोशन हो गया था। दूर-दूर तक रोशनी फैल गयी। मानो दो दिलों के मिलन का जश्न सारी कायनात मिल कर मना रही थी। दुनिया से बेख़बर वो आज की रात एक-दूसरे में खोए हुए थे। कभी ना दूर जाने की तमन्ना लिये।

आभार

साथियो, ये कहानी मैं कई साल से लिखना चाह रहा था। ये हमारी कहानी है, यानी पालीवालों की कहानी, लेकिन मैं इसे इतिहास की तरह नहीं लिखना चाहता था। इतिहास काफी उथल-पुथल लेकर आता है। मैं मानता हूं कि इतिहास ग़लतियों से सबक़ सीखने के लिये होता है नयी ग़लतियां करने के लिये नहीं। इतिहास में वक़्त के साथ मिथक भी जुड़ जाते हैं जिससे इतिहास मिलावटी हो जाता है। पालीवालों के इतिहास के साथ भी यही हुआ। मैं विक्टिम की तरह पालीवालों को पेश नहीं करना चाहता था। ये भी सच है कि आजकल व्यक्ति या समाज ख़ुद को विक्टिम के रूप में रख कर ही गौरवान्वित महसूस करने में सुकून पाता है। मेरी कोशिश रही है, सभी तथ्यों को आपके सामने रख देने की। सच क्या है, ये आप ख़ुद महसूस करें और जानें। मैंने मौजूदा दौर की एक रोमांटिक कहानी लिखी है, जिसमें आज के सारे टूल्स हैं। यह सोशल मीडिया पर समय बिताते, उसी से जानकारी जुटाते युवाओं की कहानी है। उन्हीं की ज़बान में, उन्हीं के अंदाज़ में। उम्मीद है मैं अपने उद्द्देश्य में सफल रहा हूं।

मैं कई बार राजस्थान के जैसलमेर जा चुका हूं। ये शहर हर बार मुझे अपनी तरफ खींचता है। इसने मुझे मजबूर कर दिया लिखने के लिये। जैसलमेर से सुंदर शहर मुझे भारत में कोई और नज़र नहीं आता।

उपन्यास पहला हो या तीसरा या सौवां, हर बार पहले से ज़्यादा मेहनत करनी पड़ती है। दिमाग़ में खुराफात चलती रहती है कि कुछ

नया करना है। तो उम्मीद करता हूं कि आप यहां तक आ गये हैं तो मेरा तीसरा उपन्यास *ये इश्क़ नहीं आसां* आपने पढ़ लिया होगा और आपको पसंद आया होगा वरना आप यहां तक रुके नहीं होते। उपन्यास बंद करके आगे बढ़ गये होते।

सबसे पहले एका-वेस्टलैंड-प्रतिलिपि की टीम का धन्यवाद, मुझ पर भरोसा करने के लिये। ख़ास तौर पर मीनाक्षी ठाकुर, अमृता तलवार और पल्लवी सिंह का। इस तिकड़ी की वजह से *नैना* और *पिशाच* के बाद *ये इश्क़ नहीं आसां* आपके सामने है।

अर्चना प्रधान ने मुझे अनन्या और अमन दिये। कहानी मेरे पास थी लेकिन किरदार नहीं थे। ये दोनों किरदार मुझे इनकी वजह से ही मिले। शुक्रिया अर्चना।

मीनाक्षी चौधरी के इनपुट के बग़ैर ये उपन्यास थोड़ा नीरस होता। वो भी ऐसे वक़्त में जब मैं इसे री-राइट कर रहा था। कुछ समझ नहीं आ रहा था कि क्या करूं, तब मुझे मीनाक्षी की मदद मिली। शुक्रिया मीनाक्षी।

जय प्रकाश पांडेय मेरे पहले पाठक होते हैं। इस बार भी ये लगातार पढ़ते रहे और बताते रहे कि गाड़ी पटरी पर है।

उम्मीद है *ये इश्क़ नहीं आसां* से भी मुझे आप सबका प्यार मिलेगा। ये वादा कर सकता हूं कि मेरा अगला उपन्यास क्राइम थ्रिलर ही होगा। अपने गुरु सुरेंद्र मोहन पाठक सर का आशीर्वाद फिर ले सकूंगा।

जुलाई में पापा, श्री जे. सी. पालीवाल हमें छोड़ कर चले गये। उन्हें अपनी मिट्टी, अपनी विरासत से बड़ा लगाव था। दुख यही है कि किताब उनके सामने नहीं आ सकी।

पालीवाल समाज के इतिहास की जानकारी जुटाने में मेरी मदद की जोधपुर के ओम प्रकाश पालीवाल जी और जैसलमेर के ऋषि दत्त पालीवाल जी ने। आप दोनों का बेहद आभारी हूं।

अब बात मेरे पिछले उपन्यास *पिशाच* पर मिले सहयोग की। बॉस सुप्रिय प्रसाद और उनकी पत्नी अनुराधा प्रीतम ने मेरे पिछले दोनों उपन्यास सबसे पहले पढ़े। हिम्मत बढ़ाई। हौसला दिया।

मैं आभारी हूं शशि शेखर जी, राजदीप सरदेसाई, यतीन्द्र मिश्र, दीपक चौरसिया, आशुतोष, अजीत अंजुम, विनोद कापड़ी, अनंत विजय, प्रभात रंजन, डॉ. ओम निश्चल, भगवानदास मोरवाल, रत्नेश्वर सिंह, उमा शंकर सिंह, अंजना ओम कश्यप, ऋचा अनिरुद्ध, शम्स ताहिर खान, चित्रा त्रिपाठी, तस्लीम खान, इक़बाल रिज़वी, नीरज गुप्ता, गीताश्री, राज शेखर त्रिपाठी, सरदार साजिद इमाम, पंकज भार्गव, अतुल अग्रवाल, आशीष मनचंदा, देव प्रकाश चौधरी और हरमिंदर चहल का। इनके सहयोग की वजह से ही *नैना* और *पिशाच* आम लोगों तक पहुंच सकीं। मेरे बारे में लोग जान सके।

इनके अलावा प्रभा खेतान फाउंडेशन, जानकीपुल.कॉम, समय पत्रिका, हिन्दीनामा, हिन्दी जगत, मातृभूमि, सरल भारत और थॉट्स एंड इंक का भी आभार। आजतक.इन का भी धन्यवाद, जिसने वर्ष की श्रेष्ठ दस क्राइम पुस्तकों की सूची में मेरे उपन्यासों को रखा।

वरिष्ठ लेखिका चित्रा मुद्गल जी का विशेष उल्लेख करना चाहूंगा। उन्होंने मेरे दोनों क्राइम फिक्शन उपन्यास पढ़े और लंबी पोस्ट लिखी। साथ ही दोनों बार मुझे बतौर ईनाम पांच-पांच सौ रुपये मिले। वो दोनों नोट मैंने आज भी सहेज रखे हैं। ये मेरी उपलब्धि है, उपहार हैं।

अंत में बारी उनकी जिनके बग़ैर ज़िंदगी की कल्पना मुश्किल है—मां संतोष पालीवाल और पत्नी शुचि बंसल। दोनों के योगदान को कभी भुला नहीं सकता।

आपकी प्रतिक्रियाओं का इंतज़ार इस बार भी रहेगा। अच्छा या बुरा जैसा भी लगे लिखियेगा ज़रूर। मेरा इमेल है:

paliwal.sanjeev@gmail.com

आभार

संजीव पालीवाल

First published in Hindi as *Ye Ishq Nahin Aasaan* in 2023 by Eka, an imprint of Westland Books, a division of Nasadiya Technologies Private Limited

No. 269/2B, First Floor, 'Irai Arul', Vimalraj Street, Nethaji Nagar, Alapakkam Main Road, Maduravoyal, Chennai 600095

ISBN: 9789357769327

10 9 8 7 6 5 4 3 2 1

Typeset by Neo Software Consultants, Prayagraj (Allahabad)

Printed at HT Media Ltd, Greater Noida

ये इश्क़
नहीं आसां
संजीव पालीवाल
eka